新 潮 文 庫

再　　会

慶次郎縁側日記

北原亞以子著

新 潮 社 版

6753

目次

「慶次郎縁側日記」、なんとか映像化したいなァ。　寺　田　農

再会

慶次郎縁側日記

恩返し

これが、鬼の霍乱《かくらん》というものかもしれなかった。鼻梁《びりよう》の奥、目頭に近いあたりが干からびているように痛いと思っているうちに鼻がつまり、軀《からだ》がだるくなって高熱が出た。定町廻り《じようまちまわ》同心《どうしん》は、軀が弱くてはつとまらない。森口慶次郎《もりぐちけいじろう》も、赤ん坊の頃はともかく、見習い同心からの三十年間に、一度も寝込んだことのないのが自慢だった。それが、今度ばかりは寝込むどころか、医者を呼ぶ騒ぎとなった。

医者は、風邪だといった。風邪ならひいたことがある。が、今までは、咳《せき》を二つ三つしただけできれいに癒《なお》った。きれいに癒った筈《はず》なのに、今度の風邪は手足の関節がこわれてしまったように痛み、軀中の力が抜けて、厠《かわや》へ行くのさえつらかった。

「年齢《とし》だよ」

と、佐七は、妙に嬉《うれ》しそうな顔をして言う。自分の方が二年、ことによると三年ほど先に生れてしまった恨みを、こんな時に晴らしているのかもしれなかった。その証拠に、「頑丈そうに見える人間ほど、どこかに綻《ほころ》びがきれてるものなのさ。それが、年齢《とし》をとるとよくわかる」と、心地よげに笑うのである。

慶次郎は、三日ほど寝床の中にいて、四日目を寝床の上に坐《すわ》り、詰将棋の盤を睨《にら》んで過ごした。山口屋の番頭、文五郎と、嫁の皐月《さつき》が駕籠《かご》を飛ばしてきたのは、その時だった。

二人は、出入口へ出て行った慶次郎を見て、拍子抜けのした表情を浮かべた。風邪だと診断した医者が、山口屋で「大木は、ぽっきりと折れることもある」と言ったのだという。冗談じゃねえと怒る慶次郎を、文五郎は苦笑しながら宥《なだ》め、医者の診立て違いだと主人に伝えると言って帰って行った。

皐月は、かかえてきた風呂敷《ふろしき》包の中から、前掛とたすきを取り出した。半月くらいは泊まることになるだろうと、晃之助《こうのすけ》に置手紙をしてきたのだそうだ。

明日は晃之助もきますよと言って、皐月は台所の土間へ降りて行った。せっかくそのつもりできたのだからと、一晩泊まってゆく気らしい。

翌日、晃之助が息せききってあらわれ、やはり拍子抜けのした顔を見せた。慶次郎は、皐月に晃之助と一緒に帰れと言い、円光寺の前まで送って行った。その男には、円光寺の境内で出会ったのである。

円光寺は、かつて藤寺と呼ばれていた。

茅葺《かやぶき》のひなびた寺で、境内も決して広くないのだが、祀《まつ》られている弁財天は弘法大師の作と伝えられている。本堂の前には鏡の松と呼ばれる名木があり、遠くから参詣《さんけい》にくる者もいた。

　が、それよりもこの寺を有名にしていたのが、境内の藤棚であった。文化の頃はこの木の盛りで、慶次郎も、妻と五つか六つだった娘の三千代を連れて訪れたことがある。棚は二十七間の長さがあり、美しい花房が重たく垂れていた。四尺あまりもあったという。まことに見事なものだったが、その藤は文政と年号の変わった頃に枯れ、今は棚すらなくなっている。

「面影はなくなっちまったな」

　と、呟《つぶや》いたのが、その男に聞えたのかもしれない。藤の切株でも探しているように、地面を杖《つえ》で叩《たた》いていたその男が、慶次郎を見て微笑《ほほえ》んだ。

「諸行無常ですな。あの頃は、あれほど見事に咲く藤が、まさか枯れるとは思いませんでした」

「まったく」

　うなずいた慶次郎の声に力がこもった。

　病気とは縁のない軀と思っていたのに、たかが風邪で三日も寝込んだ上、医者に「ぽっきりと折れることもある」と言われたのである。美しく咲き誇ることしか知らなかった藤の木の枯れていった姿が、ぽっきりと折れたかもしれない我が身の姿にかさなって、盛者必衰《じようしやひつすい》の感慨にふけっていたところだったのだ。

「いつかは死ぬとわかっているつもりでも、案外にわかっていないものですなあ。仕事に悩み、女に迷って、まだまだ若いと思っているうちに、冥土《めいど》の入口へ近づいている」

「ご同様だ」

「失礼ですが、ご浪人で？」

「いや、酒問屋の寮番《りようばん》でね」

酒問屋の寮番？――と、男は鸚鵡《おうむ》返《がえ》しに言った。慶次郎の正体をつかみかねたのだろう。

慶次郎も、あらためて男を見た。

年頃は、慶次郎より六つか七つ年上か。十徳姿《じつとくすがた》で杖をひいている。十徳は儒学《じゆがく》を教える者や医者、狩野《かのう》派土佐派など本絵《ほんえ》の絵師がよく着ているが、とても儒者や医者には見えない。といって、絵師や俳諧《はいかい》師でもなさそうだった。

よほど裕福でなければ手に入れられない眼鏡をかけていて、大店《おおだな》の隠居かもしれぬが、それにしては十徳に隠された軀つきが頑丈に過ぎる。蔵前の札差《ふださし》でも、この年齢《とし》まで鍛えてはいまい。蔵米《くらまい》取りの旗本や御家人《ごけにん》が、借金のかたにとられた米を腕ずくで持って行こうとすることがあるために、札差は剣術の稽古《けいこ》に通うのだが、この年齢《とし》になれば皆、雪月花にことよせての風流を楽しんでいる。

「あちらに水茶屋があります」

と、男が眼鏡を懐《ふところ》へしまいながら言った。水茶屋の床几《しょうぎ》に腰をおろして、ゆっくり話をしようというつもりらしかった。

先に立って歩き出した男のあとを、慶次郎は喜んでついて行った。男の正体がわからぬうちに帰るのは気分がわるかった。

男は、右足をひきずっている。頑丈な軀に杖はおかしいと思っていたのだが、足に怪《け》我《が》をしているようだった。

「十日ほど前に転びましてね」

慶次郎の胸のうちを見透かしたように男がふりかえった。

「それが、こんな小さな穴に爪先《つまさき》をひっかけたのですよ。ええ、道端にね、一寸《いっすん》の深さもありゃしない小さなのがあったんです。昔はあんなものにひっかかったって、足首を捻《ね》じったりしなかったものですがねえ。第一、転びゃしなかった」

そうだろうなあと答えるほかはない。

男は、足をひきずりながらかなりの早さで歩き、茶店の女に声をかけて床几に腰をおろした。

「もう仕事はむりだと思いましたよ」

「そのお年齢《とし》で、まだ仕事ですかえ」

「お武家様だって、寮番をなすっていると仰言《おつしや》ったじゃありませんか」

男はあたりに響くような声で笑って、茶店の女のはこんできた茶に口をつけた。

風が、茶店の横の松を揺すって行く。慶次郎も湯呑《ゆの》みをとって、さりげなく尋ねた。

「何のご商売で？」

「いい風ですなあ」

と、男は答えた。

「実は、伜《せがれ》が日本橋で糸物問屋をいとなんでおります。わたしの商売を継がせたかったのですが、糸物問屋へ奉公させたのが失敗でございました」

「で、そちらのご商売……」

「どちら様も同じでしょうが、子供は十五、六になりますと、一人で大きくなったような顔をいたします。商売を継がせようといたしましても、口ではかないません。何のかのと屁理屈《へりくつ》をこねられて、負けました。ええ、申し上げるまでもなく、店を出す金はわたしが出しましたよ」

慶次郎は口を閉じた。男の話は、まだつづいている。

「が、お蔭様《かげさま》で孫も生れました。そろそろ隠居をして、孫の相手をして暮らせというので伜の家へまいりましたが、お武家様、近頃の男はだらしがないですねえ」

「お内儀《ないぎ》に頭が上がらぬとか？」

「上がらぬも何も」

男は湯呑みを置き、軀を慶次郎の方へ向けようとした。男の足が、慶次郎のそれにぶつかった。「ご無礼を」と言って、男は急いで足を引いたが、孫の相手をして、髀肉《ひにく》の嘆《たん》をかこっているような足ではなかった。

「嫁がわたしを邪魔者扱いにしても、叱《しか》るどころか、辛抱してくれと頭を下げるのですから」

呆《あき》れたものですと、男は言った。

「それならこっちも一人で生きてやると、伜のうちを飛び出したまではいいのですが、一寸の穴で、このざまです。人が病気をしたって怪我をしたって、わたしだけは無事だったのですが。――そぞろ無常を感じますなあ」

そんな愚痴をこぼす相手に選ばれたのかと思ったが、そうではなかった。男には待ち合わせの約束があったようで、その暇つぶしの相手に選ばれたのだった。二十七、八の、これは一目で商家の若主人とわかる男が、急ぎ足に茶店へ近づいてきたのである。

男が嬉しそうに手招きをして、若主人はほとんど駆足になった。

「申訳ございません。すっかり遅れてしまいました」

若主人は、男へ丁重に頭を下げ、ついでといった感じで慶次郎にも挨拶《あいさつ》をした。

「出かけようといたしましたところへ、大事なお客様がみえまして」

約束の時刻に遅れるのもむりはなかったが、男は、「お前までがわたしと縁を切りたくなったのかと情けなくなった」と拗《す》ねてみせた。たった今、話に出た伜ではないようだった。

男が、慶次郎を見た。

「養子でございます。こちらは、この通りの孝行者でございまして」

「ご養子？」

「田島屋の道三郎《みちさぶろう》でございます。日本橋本石町《ほんこくちょう》で、風呂敷、手拭《てぬぐ》い、晒布《さらし》などを商っております」

聞いたことのある名前だった。慶次郎は、三千代が田島屋の風呂敷だといって、小粋《こいき》な柄のそれを幾枚も持っていたのを思い出した。

「というと、そちらは田島屋のご隠居で？」

「いえいえ」

男は、ゆっくりとかぶりを振った。

「どうもお喋《しゃべ》りが先になってしまいまして。わたしは九右衛門《きゅうえもん》と申します。上野新黒門《しんくろもん》町《ちょう》に住んでおります」

「別々に住んでいなさるのかえ」

「養い子の道三郎は、田島屋の入聟《いりむこ》となりました。田島屋さんに見込まれて——というより、田島屋さんの一人娘が、道三郎と所帯をもてなければ死んでしまうと言いなすって……」

　男は、そこで言葉をきって笑い出した。道三郎が、耳朶《みみたぶ》まで赤くして九右衛門の袖《そで》を引いていた。

「この通り、気の優し過ぎるのが短所のような男でございます。わたしが足をひねって動けないと聞くと、とるものもとりあえず看病にきてくれますし、仕事を手伝ってくれぬかと使いを出せば、何はさておいても飛んできてくれます」

　九右衛門は、目を細めて道三郎を見た。田島屋の聟となっても、九右衛門を第一に考えてくれる養子が嬉しくもあり、頼もしくもあるのだろう。が、道三郎は、九右衛門の視線を避けるように俯《うつむ》いた。

　行こうか――と、九右衛門が言った。道三郎が手を差し出して、その手と杖にすがって立ち上がる。藤棚のあったあたりから茶店まで、早足で歩いてきた男にしては大仰なしぐさだった。

「大丈夫でございますか。わたしの乗ってまいりました駕籠を、門前に待たせてありますが」

「大丈夫さ」

　そう言いながら、九右衛門は道三郎の肩を借りようとする。そのくせ慶次郎が茶代を置こうとすると、杖まで道三郎にあずけて懐へ手を入れた。大きな紙入れを出して茶代を払っている顔は、枯れてしまった藤に無常を感じていた男とは別人のようだった。

「あの、お名前を伺ってもよろしゅうございますか」

「森口慶次郎。山口屋の寮番といえば、この辺ではすぐにわかる」

「森口様――でございますね。ぜひまた、お目にかかりましょう」

九右衛門は深々と頭を下げ、杖と道三郎の肩にすがって歩き出した。

慶次郎は、首をかしげてその後姿を見送った。尾《つ》けて行った方がよいと、定町廻り同心だった頃の『勘』が言っていた。が、九右衛門に肩を貸しているのは、田島屋の聟である。現在の主人は三代目か四代目の筈で、昨日や今日、暖簾《のれん》を出した店ではない。

「あの風呂敷問屋がまさか」

そう思う。

新黒門町の九右衛門か――。

聞いたばかりの名前を呟きながら、慶次郎も、寺の門へ向って歩き出した。

あれから七日が過ぎただけなのに、縁側に将棋盤を持ち出して駒《こま》を並べていると、風通しのよさよりも、陽当《ひあた》りのよさを感じるようになった。陽射《ひざ》しが暑いのである。

明後日の五月五日からは麻の着物を着るのだが、そんな約束事は気にせず、もう袷《あわせ》を脱いでしまいたかった。慶次郎は、詰将棋の本を放り出して片肌を脱ぎ、井戸端へ行った。

井戸の上には東屋《あずまや》に似せた屋根があり、その上には栗《くり》の木が枝をのばしている。冬は霜解けに悩まされるところだったが、風の通り道であり、夏は極楽だった。

つめたさが心地よくなった汲《く》みたての水を飲み、口のまわりの雫《しずく》を拭っていると、裏口から佐七が顔を出した。皐月から着物が届いたという。

あわてて部屋へ戻ったが、皐月の姿はなかった。着物は山口屋の小僧が届けにきたらしい。小僧は佐七から小遣いをもらい、飛び跳ねるようにして帰って行ったそうだ。

慶次郎は、部屋に置かれていた畳紙《たとうがみ》を開けた。衣替えの五日から着られるようにとの心遣いだろう。越後上布《えちごじょうふ》の着物が入っていた。

絣《かすり》の大きさが少し派手なような気もするが、仕立ては上々だった。八丁堀の屋敷の、かつては慶次郎の居間だった部屋で、熱心に針をはこぶ皐月の姿が目に浮かんだ。三千代も自分の部屋より慶次郎の居間が好きだと言い、よく針箱を持ち込んでいたものだった。

だが、なぜ皐月は、できあがった越後上布を自分で届けにこなかったのだろう。風邪をうつしたのではないかと思った。あれは、たちのわるい風邪だった。慶次郎は急いで身支度をして、台所で煎餅《せんべい》を食べていた佐七に出かけると言った。

急いでいる時は、思うように道がはかどらない。汗みずくになって屋敷に着き、声をかけると、皐月はたすきがけであらわれた。いつあらわれるか知れぬ岡っ引達のために、めしを炊《た》いていたのだという。

「一昨日《おととい》、おかしな出来事がありまして」

皐月はたすきを袂《たもと》に入れ、現在は晃之助の居間となっている部屋へ慶次郎を案内した。

「二百両も盗まれたと、番頭が青くなって番屋へ駆け込んだというのに、そのお店の主人は、何も盗まれていないと強情を張っているのだそうでございます」

「そりゃあ裏に何かあるのさ。番頭の言うのが、ほんとうだろう」

「はい。女中衆の一人も、泥棒に入られたとご近所に言っていたそうでございます。その上、その店の主人が親戚《しんせき》筋に当るお人を殴りつけて、軽い怪我をさせたとか」

晃之助は、岡っ引達に事件の裏を探らせることにしたという。昨日から岡っ引達はその店を見張り、主人の素性を調べるなど、隠密裡《おんみつり》に動いているが、時折、この屋敷へ戻ってくる。腹を空かせてくるので、飯炊きまかせにしていると、めしの足りなくなることがあるのだそうだ。

若い頃のにおいをかいだような気がした。事件を追い、屋敷へ戻ってくる時は、慶次郎も岡っ引達も、腹の皮が背に張りつくような思いをしていたものだった。

「いそがしかっただろうに。俺の着物なんざ、あとでよかったんだ」

「いえ、昨日、山口屋の番頭さんがお酒を届けにきて下さいまして。それならば、こちらで届けて差し上げようと言って下さいました。今年ももう、麻の季節になってしまったんですねえ」

「有難うよ」

皐月は、竈《かまど》の火を引いてくると言って、台所へ出て行こうとした。慶次郎は何気なく、二百両を盗まれたという店の名を尋ねた。

「日本橋大伝馬町《おおでんまちよう》二丁目の糸物問屋、三杵屋《みつきねや》だそうでございます」

と、皐月は答えた。

「主人の名は、茂八《もはち》といった筈《はず》です。親戚筋の方は本石町の田島屋という風呂敷問屋で、怪我をいたしましたのは、若主人の……」

「わかった」

慶次郎は、茶を飲み干して立ち上がった。


だが、怪我をしている筈の道三郎は、田島屋にいなかった。

顔見知りの下っ引が、田島屋の前に下駄の歯入屋をよそおって坐《すわ》っていたので、慶次郎は蕎麦屋《そばや》に入り、出前持に道三郎への手紙をことづけた。下っ引と顔を合わせたくなかったのだが、出前持は、鼻紙に「根岸の寮番」と書いたその手紙を、ひらひらさせながら戻ってきた。医者へ行ったようだという。

近くに住んでいる医者の名前を聞き、蕎麦屋を出ようとすると、知った顔が暖簾をくぐってきた。慶次郎は苦笑いをしたが、相手もそこに慶次郎がいるとは思わなかったのだろう。やはり苦笑いを浮かべて、慶次郎に近づいてきた。天王町《てんのうちょう》の辰吉であった。

「やっぱり、ここですか」

辰吉は、もりを二枚頼んで慶次郎の前に腰をおろした。

「探していたんですよ。佐七つぁんに聞いたら、八丁堀のお屋敷へ行かれたってんで、そちらへ伺ったんですがね。入れ違いになったようだ」

「俺に何の用だ」

「おとぼけなすって」

辰吉は、笑いながら首筋の汗を拭《ふ》いた。

「田島屋の道三郎たあ、どういうお知り合いですえ」

「道三郎？　知らねえな」

「これだ」

もりがはこばれてくるのを見て、辰吉は箸《はし》をとった。

「先刻、医者へ行くと言って出かけた道三郎のあとを尾けて行ったんでさ。ところが、あいつがどこへ行ったと思われやす？」

「さあてね」

慶次郎は、銭を置いて立ち上がった。

「すまねえ。先に帰《けえ》るよ」

出口へ向う背後から、蕎麦をすする音が聞えてきた。「あのね」と言う声が聞えたのは、そのあとだった。

「あのね、旦那《だんな》。道三郎は今、円光寺にいやす」

「ふうん」

「旦那に何を話しに行ったのか知りやせんがね。お留守だったんで、あの野郎、途方に暮れた顔つきで寺へ入って行きやした」

「下っ引はつけてあるだろうな」

「語るに落ちるってね」

蕎麦をすする音が聞えているが、辰吉は、目尻《めじり》を下げて笑っているにちがいなかった。

「大丈夫、出家するつもりで寺へ入ったのじゃありやせんからね。あの野郎、首を長くして旦那のお帰りを待っていやすよ。佐七つぁんに、またくると言ったそうで」

「有難うよ」

また、蕎麦をすする音が聞えてきた。ふりかえると辰吉も目を上げていて、蕎麦をほおばった口許《くちもと》を、ほんの少しゆるませた。

道三郎は、すっかり日陰になった茶店の床几《しょうぎ》に腰をおろしていた。

どうしよう――。

という言葉が、また口をついて出た。茶店の女にいやな顔をされながら、長い間床几に腰をおろしていると、山口屋の寮番が留守であったのは、何も言わずに帰れという神仏のお告げのように思えてくるのである。

「帰ろう」

立ち上がったが、道三郎はふたたび腰をおろした。神仏のお告げであっても、やはり黙っているべきではないと思った。山口屋の寮番となのった男はただ者ではない、あの男に打明けて、九右衛門を救ってもらおうと思ったのは、一昨日、九右衛門の仕事を手伝った時からではなかったか。

寮番に打明ければ、九右衛門は、道三郎を裏切り者と罵《ののし》るだろう。寮番の行動次第では、田島屋にも迷惑をかけることになる。それでも、道三郎は打明ける覚悟をきめた。九右衛門に裏切り者と罵られ、蹴《け》り倒されても、田島屋の舅《しゅうと》夫婦に「そんな男だったのか」と蔑《さげす》まれ、女房に「騙《だま》していたのか」と怨《うら》まれてもやむをえない、打明けることこそ恩返しになると考えたからだった。

養い親の九右衛門から、裏切り者と罵られるのはつらい。舅夫婦から蔑まれるのは、なおつらかった。それ以上につらいのは、飽きも飽かれもせずに暮らしてきた女房に、「騙していたのか」と泣かれることだった。そうなることを想像すると、言訳のできないことだけに、胸が痛くなってくる。

が、そのつらさや情けなさは、道三郎一人が背負えばすむ。罵られるのが恐しいから、蔑まれ怨まれるのが悲しいからと、黙っていれば九右衛門は深みにはまってゆくだろう。おのれの気持を第一にしていては、恩返しなどできないのである。

気がつくと、日陰が夕暮れの薄闇《うすやみ》に変わっていた。烏《からす》が鳴いていて、境内に人影はない。茶店の女が、動こうとしない道三郎を迷惑そうに眺めていた。

今日は会えぬと諦《あきら》めた時、聞き覚えのある声が道三郎を呼んだ。道三郎は急いで立ち上がり、茶店の女もこれで店をしまえると言いたげな顔をした。

山門《さんもん》を出ようとしてふりかえると、みたらしの陰に二人の男が立っていた。さりげない風をよそおっているが、道三郎を見張っていたらしい。寮番を見ると、彼は苦笑いをしてあごをしゃくった。二人の男は、寮番に会釈《えしゃく》をして山門を出て行った。

「やっぱり――」

と、道三郎は言った。

「やっぱり、町方の旦那だったのでございますね」

「今は、酒問屋の寮番だよ」

寮番は、立ちどまった道三郎の肩を押した。

「三杵屋から二百両を盗んだのは、お前《めえ》さんと九右衛門だろう」

寮番に押されて歩き出した足が、またとまった。打明けるつもりで出かけてきたのに、言い当てられると、女房や舅夫婦の顔が目の前に浮かんだ。

「どうした」

と、寮番が言った。

「それを話しにきてくれたのじゃねえのか」

道三郎は口ごもった。

「あの、……田島屋が気がかりで……」

「体裁《ていさい》のいいことを言うな」

と、寮番は言った。

「今まで素知らぬ顔で暮らしていながら」

道三郎は、少し間《ま》をおいてから答えた。

「聟《むこ》に入りました時は、九右衛門が盗人《ぬすっと》であると知らなかったのでございます。三年ほど前に、九右衛門の商売なるものを打明けられ、手伝えと言われていたのでございますが」

寮番も、少し間をおいて口を開いた。

「で、口明《くちあ》けに、手前《てめえ》の伜《せがれ》のうちへ盗みに入ったってわけか」

「手伝わないのならば駿河町《するがちょう》の越後屋か通《とおり》一丁目の白木屋へ、自分一人でも盗みに入ると真剣な顔で言われまして。三年前から、一度はやめた商売を、またはじめたくてならなかったようでございます。それで、小手しらべに三杵屋へ押し入るよう、わたしが申しました」

「親孝行だな」

「いえ、恩返しでございます。とにもかくにも、騒いで仕方がないらしい養父《ちち》の血を鎮《しず》めねばと思いましたので」

「九右衛門は、養い親だと言っていたな。拾われたのかえ」

「そう言ってもよろしゅうございましょう。実父は、百俵に満たぬ禄米《ろくまい》取りの御家人でございました。お定まりの借金で、わたしは廃嫡《はいちゃく》されたのでございます」

夕暮れの闇の中に、ひなびた茅葺《かやぶき》屋根の門が見えてきて、寮番が「俺の住まいだ」と指さした。遠目には粗末な造りに見えるが、近くに行けば、贅《ぜい》をつくしたものであることがわかるにちがいない。道三郎は小さく笑った。

大名も含めて、商家に借金のない武家はいないだろう。すべての売買は金であるのに、武家の収入はいまだに米であり、しかも物価とともにその収入――禄高がふえるということはない。物価が高騰《こうとう》すれば、暮らしが苦しくなるのは当然だった。内職をしても、収入は支出に追いつかない。禄米取りの武家は、支給される米を彼等にかわって受け取ってくれる札差から、その米を担保として金を借りる。借りた金を返せるほど暮らしに余裕があるなら、はじめから借りはしない。気がついてみると蔵米をすべて札差に差押えられていた――などという話も、めずらしいことではなかったし、米も渡さぬ、これ以上は金も貸せぬと札差に言われ、逆上した御家人が刀をふりまわす事件もあとを絶たなかった。

そんな御家人達の最後にとる手段が、御家人株を売ることだった。裕福な商人の伜《せがれ》を養子に迎え、その持参金で借金を払うのである。

「世の中、いろいろですね」

道三郎の笑いは、口許にこびりついている。

「お金をかけて粗末な門をつくるお方もいれば、立派な門の修理ができず、こわれたままにしておくお方もいます」

御家人株を売って借金返済の責苦から逃れたい者もいれば、返済分以上の金を払っても、武家になりたい者がいるのである。富を手にした商人達には、貧乏がつきものであっても、武家という肩書が輝いて見えるのかもしれなかった。株を買いたいと言う商人は多かったが、哀れなのは、そのために廃嫡される御家人の息子だった。一生を、冷飯《ひやめし》食《ぐ》い——厄介者として過ごさねばならないのである。

「わたしは、五歳で廃嫡されました」

と、道三郎は言った。

幸いと言ってよいだろう。子供に恵まれなかった深川の材木問屋が養子にさせてくれぬかと頼みにきて、道三郎の両親も、息子が厄介者となるよりはと、二つ返事で承諾した。

道三郎は、裕福な商家の跡取りとなって、何不自由なく暮らす筈だった。が、六年後、道三郎が十一歳となった時に、材木問屋は暖簾《のれん》をおろす破目となった。材木を積んだ船が嵐《あらし》で沈んだのである。

材木問屋夫婦は道三郎を連れて、本所の裏通りに移り住んだ。それでも、道三郎は幸せだった。心労からか、床につくことの多くなった夫婦の体調がもとにもどったなら、養父の弟の店で商売を学ぶことがきまっていたのである。努力次第では、また材木問屋の店を出せる道もひらけていたのだが、夫婦の軀《からだ》は予想以上にむしばまれていた。二年の間に、あいついで他界してしまったのである。

道三郎を待っていたのは、「あの子が不運を持ってきた」という親戚《しんせき》中の白い眼だった。養父の弟は約束を反古《ほご》にし、養父の妹も、養母の兄弟も皆、背を向けた。

生れた屋敷へ帰るわけにもゆかず、途方に暮れていた道三郎をひきとってくれたのが、九右衛門だった。本所の裏通りで、たまたま隣りに住んでいた九右衛門は、伜の茂八が奉公している糸物問屋で道三郎も働けるようはからってくれた。

「ずいぶんと親切じゃねえか」

と、寮番が言った。

「九右衛門も、御家人の息子でしたから」

十九の時に廃嫡されたと、九右衛門は言っていた。商人の伜がそれまで九右衛門の使っていた部屋へ入り、九右衛門は薄暗い小部屋へ移って、飯櫃《めしびつ》の隅にかろうじて残っていた、文字通りの冷飯を食って暮らしていたという。

「盗人となったのは、株を買い取った商家から、十両足らずの金を盗んだのがきっかけだそうでございます。ざまあみろと思った気分のよさと、金欲しさから盗みに入るようになったと言っておりました」

「で、お前さんにも、その道を歩ませようとしたのかえ」

そうではなかった。九右衛門は、伜の茂八にすら、自分の商売を打明けていなかった。茂八も道三郎と同様に、九右衛門は上方で商売をし、疲れをいやすために時折江戸へ帰ってくると信じていたのである。

「廃嫡されてよかったじゃないか」

と、九右衛門は道三郎に言った。

「いい商人になることだ。商人になりゃ、いくらでも金を儲《もう》けることができる。融通のきかない武家よりも、ずっといい」

道三郎も、そう思った。そう思って陰日向《ひなた》なく働き、田島屋の娘に見染められて入聟となった。九右衛門は、恩人だった。

が、道三郎が入聟となった翌《あく》る年《とし》、九右衛門はそろそろ隠居をすると言って江戸へ引き上げてきた。本所の裏通りの家で、一年を過ごすというのである。今から八年前、九右衛門が四十六となった春のことだった。

「これからあとのことは、九右衛門が愚痴をこぼしたことと存じます。九右衛門は、茂八を相棒にして盗みをつづけるつもりだったようでございますが、驚いた茂八に、地の果てへ消えてくれとまで言われたそうで。が、母親を早く亡《な》くした伜は可愛《かわい》くてならぬのか、糸物問屋の株を買ってやりました」

「盗んだ金でかえ」

「さあ――」

盗んだ金以外、九右衛門の持っていたわけがないのだが、道三郎は言葉を濁した。

しばらくの間、九右衛門は穏やかに暮らしていた。本所から茂八の店へ引越して、終日孫の相手をしていた時期もある。が、茂八の女房と大喧嘩《げんか》をし、その家を飛び出してから、しばしば道三郎をたずねてくるようになった。商売を手伝ってくれというのである。

「商売が盗人だと聞かされた時は、息がとまるほど驚きました」

が、茂八のように、地の果てへ消えてしまえとは言えなかった。それは、盗人の子に生れてしまった者だけが言える言葉だった。道三郎にとっての九右衛門は、路頭に迷ったかもしれぬところを助けてくれた恩人であり、商人として生きてゆけるようにしてくれた恩人であった。恩人の血が騒ぎ、落着いて夜も眠れぬというのであれば、血が鎮まるように力を貸してやりたかった。

「そんなわたしの胸のうちを見抜いたのでございましょう。日本橋室町の鰹節問屋《かつおぶしどんや》はどうだ、芝七軒町の地本《じほん》問屋なら勝手はわかっていると、幾度、誘われたかしれません」

寮番は、黙って聞いている。

「力を貸してやらねばと思っていても、誘いは盗みでございます。悪事に手を染めるのも、しくじった時を考えるのも恐しゅうございました。いつなら店を脱け出せると尋ねられるのを幸いに、そのうち——と曖昧《あいまい》な返事をするほかはなかったのでございます」

気長に待っていると、九右衛門も言っていた。が、三年も待たされれば、癇癪《かんしゃく》を起こすのもむりはなかったかもしれない。

手伝いましょうと、道三郎は言った。

「でも、生れてはじめてのことでございます。手はじめに、親戚の家からお願いいたします」

よかろうと、九右衛門は笑った。笑ったが、その帰り道、小さな穴につまずいて足首をひねった。軀がこれほど衰えていたとは――と嘆く九右衛門を、道三郎は見ていられなくなった。

「三杵屋にしのび込みましたのは、わたしでございます」

「生れてはじめてにしちゃ、ずいぶんと手際《てぎわ》がよかったじゃねえか」

「一昨日、三杵屋に二百両の金が入ることは九右衛門が知っておりましたし、庭木戸の錠や雨戸は、日暮れにたずねて行った九右衛門が、はずれるようにしておいてくれました。それと察した茂八が、父親に昔の商売をさせる気かと、わたしを殴る筈《はず》でございます」

道三郎は、大きな息を吐いた。この次の言葉を言うために、今まで山口屋の寮番を待っていたのだった。

「あの、わたしを捕えていただけませんか。九右衛門は、何も知らなかったことにして」

寮番が、ちらと道三郎を見た。

「丈夫そうに見えても、小さな穴につまずいただけで足首をひねってしまう九右衛門でございます。鰹節問屋の何のと言っておりますが、わたしが捕えられてしまえば、もう罪を犯す心配はございません。茂八の家に戻り、茂八の女房の悪口を言いながらも、無事に生涯を終えることでございましょう。それがわたしにできる、精いっぱいの恩返しでございます」

しばらくの間、寮番は答えなかった。

空に星がまたたきはじめて、いつまでも戻らぬ寮番を心配したのだろう。門のくぐり戸を開けて、先刻会った飯炊《めした》きの男が顔を出した。

寮番が道三郎を呼んだ。

「わるいようにはしねえから、教えてくんな。九右衛門は、次にどこの店へ入る気だ」

知らぬ――と、道三郎は答えた。頬のひきつれているのが、自分でもよくわかった。

寮番の手が肩に置かれた。逃げ出そうと思ったが、まるで足が動かなかった。

木戸番の拍子木が遠くなった。

月は雲に隠れて、風に揺れる常夜燈《じょうやとう》の火が、江戸の町の闇をかすかに照らしている。

日本橋横山町一丁目の四辻《よつつじ》であった。

慶次郎は、道三郎に教えられた通り、薬種問屋の軒下に身をひそめて九右衛門を待っていた。

　狙《ねら》いをつけたという鼈甲《べっこう》問屋は、二軒先にある。約束の刻限である深夜八つの鐘は鳴り終ったが、人の近づいてくる気配はない。一瞬、道三郎に騙《だま》されたのではないかと思った。仮に九右衛門が一世一代の盗みを計画していたのだとすれば、道三郎も一世一代の恩返し、三杵屋の一件で集まった同心や岡っ引の目をそらそうと、慶次郎に嘘《うそ》の打明け話をすることもあるだろう。

　黒に近い藍微塵《あいみじん》の袷《あわせ》と黒い股引《ももひき》に身をつつみ、足袋まではいているので、立っているだけで汗がにじんでくる。草鞋《わらじ》ばきの足許《あしもと》へ野良犬《のら》が近づいてきたが、知らぬ顔をしていると、申訳なさそうに尾を垂れて離れて行った。

　かすかな足音が聞えた。九右衛門にちがいなかった。慶次郎は、常夜燈の明りを急いで横切って、闇の中に立った。

　足音がとまった。九右衛門の姿はない。が、闇の中から「道三郎かえ」という声が聞えてきた。明りを横切る慶次郎の姿が、道三郎とはちがっていたのだろう。闇の中に身を隠して、慶次郎の答えを待っているようだった。

　慶次郎は目をこらした。背の高い九右衛門の姿が、闇の中にわずかな闇をつくっていた。

「誰だ、手前《てめえ》は」

その闇が言った。円光寺で会った時からは想像もつかぬ、伝法な口調だった。

「山口屋の寮番だよ」

「裏切りやがったな、道三郎め」

うなるように呟《つぶや》いたかと思うと、九右衛門は踵《きびす》を返して走り出した。足首をひねっているというのが嘘のような早さだった。

慶次郎は、盗人《ぬすっと》かぶりの手拭《てぬぐ》いを投げ捨てて九右衛門を追った。慶次郎も、足には自信があった。「旦那は天狗《てんぐ》の生れ変わりか」と、盗人を驚かせたこともある。それでも、横丁や路地へ次々に飛び込んで行く九右衛門の姿を、見失いそうになった。月のない暗さに助けられているとはいえ、彼の足の早さは格別だった。

江戸の町を、どれくらい駆けただろう。執拗《しつよう》に追って行くうちに、九右衛門との間は次第につまってきた。

一間ほどにその距離がちぢまった時だった。ふいに、九右衛門が足をとめた。

「やめた」

盗人かぶりの中で笑ったのだろう。いきなり地面に腰をおろし、足を投げ出した。

「早《はえ》えね、旦那も。足首をひねってなけりゃ負けやしねえんだが、痛み出して、もう走れねえ」

「助かったよ。俺も、息がきれてきた」

慶次郎も、向い合って腰をおろした。

「耄碌《もうろく》したねえ、俺も。八丁堀や岡っ引がどんな恰好《かっこう》をしていようと、昔は一目でそれと見抜いたものだが」

「酒問屋山口屋の寮番だと言ってるだろうが」

「この期《ご》におよんで嘘をつくこたあねえ」

「俺あ、泥棒じゃねえからな」

九右衛門が慶次郎を見た。

「嘘は泥棒のはじまりだ。嘘はつかねえってことよ」

「だったらなぜ、道三郎はお前《めえ》さんとこへ行った」

と、九右衛門は言った。

「道三郎が、おそれながらと訴えて出たから、お前《めえ》さんがここへきたのだろうが」

「俺が寮番だから、道三郎は相談にくる気になったのさ」

九右衛門は、鼻先で笑った。

「いずれにしろ、俺を売ったことに変わりはねえやな」

おい――と、九右衛門は慶次郎を見据えた。

「必ず自訴する。俺あ、盗人だが嘘はつかねえ。明日一日、いや半日でいいから暇をくんな」

「だめだ」

　と、慶次郎は、ひややかに答えた。

「道三郎を殺《や》る気なのだろうが、そうはさせねえ」

「このまま番屋へ引っ立てるってのか」

「お前《めえ》が望むなら」

「引っ立ててもらおうじゃねえか」

「縄抜けをして、当番の差配《さはい》を蹴倒《けたお》して逃げようたって、そうはさせねえぜ」

　九右衛門は横を向いた。

「道三郎は、お前《めえ》を番屋へ突き出してくれとは言わなかったんだよ」

　返事はない。

「茂八は、道三郎を殴りつけたそうじゃねえか」

　これにも答えは返ってこないだろうと思ったが、ややしばらくたってから九右衛門は口を開いた。

「道三郎にくらべりゃ出来損いだがね。それでも実の伜《せがれ》だ、俺を売ったりはしねえ」

　九右衛門は、ちらと慶次郎を見て言葉をつづけた。

「盗人の子に生れるくらいなら、生れてこねえ方がよかった、わたしを生かしておいてくれる気なら九右衛門の子だと言わないでくれというのが、あの子の口癖でね。親にしてみりゃこんなに情けねえこたあねえが、ずっと堅気《かたぎ》で育ったあの子にしてみりゃあ、親は盗人とわかった時は、死んじまいたいくらいだっただろう。道三郎をぶん殴ったのもむりはねえ。が、可愛いじゃねえか、番頭が二百両盗まれたと言っても、それは番頭の思い違いだと言い張ってくれたんだぜ」

だから——と、九右衛門は言う。

「俺あ、あいつにゃ借りがあるような気がしてるんだ」

「いい気なものだ」

九右衛門が慶次郎を見た。

「手前《てめえ》、それでも道三郎の親か。先刻、茂八は実の伜だとか何とか吐《ぬ》かしていたようだが、田島屋という老舗《しにせ》の聟《むこ》になりながら、お前《めえ》の盗みにつきあってやった養い子の気持を、これっぽっちでも考えてやったことがあるのか」

三千代は血を分けた娘、皐月は嫁であった。しかも、娘の恋い焦《こ》がれた男に嫁いできて、嫁となったのである。

死んだ三千代と区別のつけようがないと思ってはいるが、晃之助と酒を酌《く》みかわしている時などに、三千代はこの男に抱かれることもなく逝《い》ってしまったのだと思うことがある。そんな気持の揺らぎは気ぶりにも出していないつもりだが、皐月が察してしまうこともあるだろう。三千代の死も、その死のあとで晃之助が慶次郎の養子となったことも、すべて承知で嫁いできたとはいえ、慶次郎の胸の底を垣間見《かいまみ》た時に、せつない思いをしていたかもしれなかった。三千代は実の娘、親の心の揺らぐ時があっても仕方がないと言えぬこともないが、だからそれでよいと言えはしない。

「道三郎は、自分を捕えてくれと言った」

九右衛門が慶次郎を見た。

「自分が捕えられれば、お前《めえ》が盗みをやめるだろうというわけさ。田島屋の暖簾とお前《めえ》の恩とを天秤《てんびん》にかけて、お前の恩をとったんだよ。それが、道三郎の恩返しだったんだ」

倒れるのではないかと思うくらい、九右衛門は深く首を垂れた。「恥ずかしいよ」と言う声が、少しくぐもって聞えてきた。

「旦那、頼むよ。明日、半日でいいから暇をくんな。道三郎に詫《わ》びてから自訴をする……」

「だめだ」

慶次郎はかぶりを振った。

「自訴して、道三郎や、何も知らねえ田島屋にまで迷惑をかける気か」

九右衛門は、ふたたび首を垂れた。

「茂八んとこか江戸の隅っこで、おとなしくしているんだな」

返事は聞えなかった。

翌日、慶次郎が辰吉の家へ出かけた留守のことだった。山口屋の寮に巡礼姿の男がたずねてきて、油紙にくるまれた重い包を置いて行ったという。

開けてみると、二十五両ずつにたばねられた小判が八つ、きれいにならべられていた。

八百屋お七

「おや、また麻の葉ですよ」

と、晃之助が言った。

その視線の先を追って行くと、先刻とは色こそちがえ、麻の葉模様の着物を着た娘が歩いている。先刻の臙脂色《えんじいろ》も可愛《かわい》らしかったが、今すれちがった娘の浅葱色《あさぎいろ》も、まもなく更衣《ころもがえ》となって、夏を迎える陽《ひ》の光に映え、娘の若々しさをひきたたせていた。

「このところ、見かけなかった柄ですがね」

と、晃之助が言う。

慶次郎は、根岸へ帰るところだった。その途中、市中見廻りの晃之助と上野北大門町で偶然に出会い、方向が同じなのでしばらく一緒に歩いてきたのだが、いつまでも見廻り中の同心と肩をならべているわけにはゆかない。そろそろ別れた方がよいと思い、慶次郎は、横丁を探してふりかえった。

御用箱《ごようばこ》を背負った小者と目が合った。慶次郎に出会ってから、妙に緊張した面持《おももち》で歩いていた小者は、かわいてしまったらしい唇を舐《な》めて話しかけてきた。

「麻の葉ってのは、芝居の八百屋お七が着ていたんでやしょう？」

二十二、三の若い男だった。そういえば先日、以前の小者は四十四歳で隠居したと、晃之助が話していた。もうしばらく働いてくれと晃之助は言ったそうだが、その男は、慶次郎と同じ年齢《とし》で隠居するのだと強情を張ったらしい。
「お七の役は五代目岩井半四郎でね」

と、慶次郎は答えた。

「外題《げだい》は『其往昔恋江戸染《そのむかしこいのえどぞめ》』といったかな。大評判になったものさ。着物だけじゃない、帯も風呂敷《ふろしき》も、江戸の女が持っているものは、みんな麻の葉ってえような騒ぎだった」

小者は、嬉《うれ》しそうな顔をしてうなずいた。

晃之助の話によると、近頃、奉行所内でしばしば『仏の慶次郎』の名が出るという。慶次郎が口癖のように言っていた、「罪を犯させぬことこそ町方の役目」が、与力や同心の合言葉のようになっているのだそうだ。

「よせやい」と慶次郎はてれたが、「いえ、仏の慶次郎は、今や神様です」と、晃之助は、洒落《しゃれ》ているのではなさそうな顔つきで言った。見習い同心や、見習いから昇格したばかりの若い同心達が、「数年前、南町奉行所に神様のような人がいた」と言っているのだという。晃之助の小者となった男も、そんな慶次郎の噂《うわさ》を聞いて、一言でも言葉をかわしてみたいと思っていたのかもしれなかった。

浅葱の麻の葉模様を着た娘は、北大門町の角を、左へ曲がって行った。

「さあて、俺も……」

この辺で裏通りへ行くと言うつもりだったのだが、晃之助ののんきな言葉に遮られた。

「あの芝居がかかったのは、文化六年の森田座でしたかね。でも、お七の話は、その前にも浄瑠璃《じょうるり》や芝居に仕立てられているんでしょう？」

「俺もよくは知らねえが、幾つかあるそうだよ」

大火事で焼け出され、立ち退《の》いた先で出会った寺小姓と恋におちて、「もう一度火事にさえなれば」と再会したい一心で火を放ったお七の物語は、愚かで哀《かな》しい娘心が人々の同情を買うのかもしれない。作者も好んで書き、その都度《つど》、大当りをとっているようだった。

「火付けの罪で火あぶりになったお七も可哀《かわい》そうだが、その火事で焼け出された人達は、もっと気の毒ですからね。お七が火付けをする前に何とかできなかったのかと思うと、養父上《ちちうえ》の言われていたことの意味が、よくわかりますよ」

「よせと言っているだろうが」

てれくささに、軀中《からだじゅう》が熱くなる。慶次郎は、すぐ先の横丁へ駆け込もうとした。が、その熱さに目がかすんでいたのかもしれない。反対側から駆けてきた男に突き当ってよろめいた。

「おっと。勘弁してくんな」

男は、慶次郎など目に入らぬようだった。

「定町廻《じょうまちまわ》りの旦那《だんな》、元黒門町《もとくろもんちょう》の自身番屋でございます。万引をした女が突き出されております。お立ち寄り願います」

自身番屋には、町内の差配――家主《やぬし》に借家の管理をまかされている者が交替で詰める。男は、当番の差配らしかった。

慶次郎は、横丁へ向って歩き出した。いつもと変わらぬ足どりのつもりだったが、晃之助に呼びとめられた。よろけた時、足首に痛みが走り、わずかながら足をひきずっていたようだった。


当番の差配が、定町廻り同心を連れて戻ってきた。

これで何もかも終りだと、お勢《せい》は思った。

万引をした浜縮緬《はまちりめん》は、三両二分の値札がついていた。十両盗めば首が飛ぶと言われている世の中で、その三分の一以上の値がついている品を盗もうとしたのである。出来心だなどという言訳は通用すまい。よくて江戸払い、わるければ遠島になるかもしれなかった。

それにしても――と、お勢は、自身番屋の柱にくくりつけられてから幾度も思ったことを、また思った。

いったい、なぜ万引などしたのだろう。お勢は、子供の頃から正直者で通っていたではないか。

嘘《うそ》をついたことがないとは言わない。友達のいたずらをかばって、誰が茶碗《ちゃわん》を割ったのか知らないと言いつづけたこともあるし、自分が約束の時刻に遅れた時、出かけようとしたところへ客がきたと言訳したこともある。嘘にはちがいないが、そんな程度のことばかりだった。他人のものを横取りしようとか、まして店のものを盗んで自分のものにしようなどとは、夢にさえ見たことがなかった。

だが、気がつくと浜縮緬の反物《たんもの》をかかえて上野の広小路を走っていた。なぜそんな気になったのか、どうしてそんなことに手が動いたのか、今でもわからない。

追いかけてきた呉服問屋の手代に肩をつかまれ、大声で罵《ののし》られた時は、舌を嚙《か》み切って死んでしまおうと思った。思ったのにお勢は、「これはわたしのものです」と大声で叫び、「仕立てを頼もうと、うちから持ってきたのです」などと、すぐに見破られてしまう嘘をついた。

手代にこづかれて反物を落とし、呉服問屋の印形《いんぎょう》が捺《お》してある値札をつきつけられた頃には、広小路を歩いていた大勢の人が足をとめていて、厚い人垣ができていた。誰が呼んだのか岡っ引も駆けつけてきて、その人達の前で岡っ引に頰を殴られ、腕を捻《ね》じ上げられた。「立て」と言われても、足から力が抜けて立ち上がれるものではなかった。

岡っ引は、蹲《うずくま》ったお勢の腰を、「太《ふて》えあまだ」と言って蹴《け》った。蹴られても、髪をつかまれても、お勢の足は動かなかった。自身番屋でも大番屋でもいい、駆けて行って飛び込んで、お勢を取り巻いている人の目から逃れたかったのだが、足も腰も地面に貼《は》りついたままだった。

両手をいましめられ、あの人垣の中を岡っ引と手代にひきずられてきた恥ずかしさ。いったいなぜ、お勢は舌を嚙み切らなかったのだろう。いや、なぜ万引をしたのだろう、なぜ呉服問屋へなど入って行ったのだろう。――

「はじめてか」

という声が聞えた。目の前に腰をおろした男の膝《ひざ》が、涙にかすんで見えた。しぶい色調の黄八丈にくるまれたその膝は、番屋の当番が連れてきた定町廻りのものにちがいなかった。

「はじめてかと、お尋ねになってるんだよ」

お勢を捕えた岡っ引がわめいた。

お勢は、相手から顔が見えぬほど深く垂れていた頭を、なお深く下げようとした。お勢を柱にくくりつけている縄がその邪魔をしたが、同心はうなずいてくれたようだった。

「縄をといてやりな」

同心の声だった。

岡っ引が合図をしたのだろう。当番の差配が、お勢のうしろにまわって縄をといてくれた。

岡っ引が、十手で軽く肩を叩《たた》く。俯《うつむ》いたままでいると、あごに手をかけられて、乱暴に横を向かされた。二十四、五と見える若い同心が、番屋の隅に向って歩いていた。

そっちへ行けというように、岡っ引があごをしゃくった。

立ち上がろうとしたが、足はまだ、言うことをきいてくれない。

這《は》って番屋の隅へ行こうとすると、上がり口で足首に膏薬《こうやく》を貼っていた、一見、四十そこそこと思える男が手を貸してくれた。お勢は、その男へすがりつくようにして立ち上がった。

男の手を借りたまま、同心の待っている隅へ行く。男の手は、大きくて暖かかった。

調べをうける間、そばにいてもらいたいと思ったが、男は膏薬を貼った足首を掌《てのひら》で叩き、同心や番屋の者達に軽く頭を下げて外へ出て行った。番屋での仕事を内職にしている浪人者ではないようだった。

お勢は、同心の前に腰をおろした。脚《あし》に肌着がつめたく触れた。泣きつづけていた涙が、袷《あわせ》の着物を通して、肌着まで濡《ぬ》らしていたのだった。

同心が、お勢を見つめたまま尋ねた。

「順番に聞こう。名前は」

「勢と申します」

「住まいは」

「下谷茅町《したやかやちよう》でございます……」

番屋を出て行く岡っ引の姿が目の端に映った。お勢の言葉に嘘はないか、確かめに行ったにちがいなかった。

お勢の頬がひきつった。今日、家には富永悌四郎《とみながていしろう》がいる。高名な国学者の私塾に通っているのだが、今朝は頭が割れるように痛むと言って、めずらしく休んだのだ。寝床にいる悌四郎は、岡っ引に叩き起こされて、お勢が起こした事件を知らされることになる。岡っ引を引き戻さねばならなかった。

「あの……」

お勢は、夢中で立ち上がった。同心が黙っていたならば、お勢はそのまま走り出していたかもしれなかった。

「亭主は何をしている」

と、同心は言った。お勢は、顔をこわばらせて腰をおろした。表情を読まれまいとしたのだが、それは逆効果であったようだ。

「どうした。亭主のことを聞かれて、困ることでもあるのかえ」

「いえ」

お勢は、目をつむって表情を消した。悌四郎が出かけていることを祈るほかはなかった。とりあえず、悌四郎が悃っ引と顔を合わせなければいい。あとのことは、少し気持が落着いてから考えよう。落着いて考えれば、離縁状を書いておけという悌四郎へのことづけを、誰かに頼むきっかけや口実が見つけられるにちがいない。離縁状さえ差配に渡しておけば、女房が万引をしたという噂が私塾の師匠の耳に入っても、悌四郎が学問で身をたてる道は、何とか残るだろう。

「亭主の商売は」

「おりません、亭主など」

同心は、口を閉じてお勢を見た。

「わたしは独り身でございます。独り身でございますゆえ、近くの寺子屋で裁縫と茶の湯を教えて暮らしております」

嘘ではなかった。お勢は、女房を亡《な》くした師匠に頼まれて、女の子達を教えていた。束脩《そくしゅう》や盆暮、五節句の祝儀《しゅうぎ》に困るような家の子供まで黙って通わせている、評判のよい寺子屋ではあったが、そのかわり給金が少なかった。お勢は、その給金で悌四郎を養い、私塾へ通わせているのだった。

「寺子屋の師匠か。子供達に面目ないよ、こういうことをしては」

「はい……」

「今、手先を茅町へやったから、亭主と差配を連れてくるだろう」

「いえ、わたしは独り身で……」

「心配するな。お前の言ったことに嘘がなけりゃ、黙って亭主に引き渡してやるよ」

「お願いでございます」

お勢は、同心ににじり寄った。

「このまま入牢《じゆろう》することになってもかまいません。わたしのうちへお使いを出すのだけは、やめて下さいまし」

「亭主に知られたくないって気持はわからないでもないが、それで入牢するのでは何にもならないよ。呉服問屋なんてえところは、手前《てめえ》のところから縄つきを出すのをいやがるものだ。気を昂《たかぶ》らせた手代がお前を突き出しちまったが、すぐにあれは間違いだったと言ってくるよ。が、お前が万引をした事実は消えやしねえ。亭主にあやまるくらいは、当然のことだと思うが」

「わたしに身寄りはございません。どうぞ、差配さんだけをお呼び下さいまし」

人前で泣き伏すなどみっともないと、父親に厳しく言われていたことも忘れて、お勢はその場に俯伏《うつぶ》せた。襦袢《じゆばん》の袖《そで》を嚙みしめても、その上から口許《くちもと》を袂《たもと》でおおっても、すすり泣く声が周囲に洩《も》れた。

悌四郎に出会ったのは、四年前の秋、八月はじめのことだった。当時の悌四郎はお勢より二つ年下の十八歳、昌平坂《しょうへいざか》学問所に通う旗本の次男であった。道に迷ったお勢を見て、「歩くのが遅い人だなあ」と言いながら本郷二丁目まで連れて行ってくれて、寺子屋の師匠から用事を頼まれた大工の家を、一緒に探してくれたのである。

お礼をしたいという口実で二日後に湯島天神境内で会い、その五日後も、さらにその五日後も同じところで会った。

会って長話をするわけでもない。茶見世に入ったこともなく、まして男女を密会させるあやしげな場所へなど、行こうと思ったことすらなかった。お勢は、悌四郎のために財布を空《から》にして高価な墨を買い、悌四郎も兄からもらった小遣いで安物の簪《かんざし》を買ってきたりして、お互いに礼を言って帰ってくるのだった。

自分で思い出してみても、じれったいような逢引《あいびき》だったが、お勢は幸せだった。その頃は、悌四郎に会わぬ日まで、浮き浮きとして楽しかった。寺子屋から疲れきって帰ってきたあとの、食事の支度も苦にならなくなった。浪人で儒学者でもあった父親に厳しく育てられ、父親の死で嫁《ゆ》きおくれたお勢の、遅い初恋だった。

悌四郎は、まもなく学問吟味《がくもんぎんみ》があると言っていた。幕臣とその子弟がうけられる筆記試験で、成績の優秀な者には褒美《ほうび》があたえられる。悌四郎は、最高点の甲《こう》をとる自信があると胸を張っていたものだった。

が、四度目に会った悌四郎は、足許もあやういほど酔っていた。深夜、どんな風にして探し当てたのか、お勢の住んでいる長屋をたずねてきたのである。甲をとるどころか、学問吟味をうけさせてさえもらえなかったのだ。

「そのわけは、何だと思う？」

悌四郎は、かわいた声で笑った。

「おかしいじゃないか。女にうつつをぬかしていた愚か者だからというのさ」

「それでは、わたしが――」

血の気のひいてゆくのが、自分でもよくわかった。悌四郎は、捨鉢のようにお勢を抱き寄せて笑いつづけた。

「でも、お勢さんが気にすることはない。みんな、俺がわるいのさ。いや、富永家の二百俵という家禄《かろく》がわるいんだよ」

学問所は浪人や町人にも開かれているとはいうものの、彼等が聴講できるのは、仰高門《ぎょうこうもん》の日講《にっこう》にかぎられていた。学問所へ正式に入学できるのは、幕臣とその子弟にかぎられているのである。

「となれば、五百石、七百石あたりの旗本にとっちゃあ、出来のわるくない二百俵の伜《せがれ》は目障《めざわ》りになる。吟味に及第すりゃ立派な履歴になって、出世にかかわってくるのだもの。足を引っ張ろうとする者も出てくるさ」

季節の挨拶《あいさつ》を口実に、教授へ悌四郎の行動を知らせに行った者がいるらしいという。道を教えてやった礼に墨をもらっただけだという悌四郎の弁解は、まったく聞いてもらえなかった。

「二百俵では、先生に充分な挨拶なんざできやしない。これまでにも、七百石の伜を依《え》怙贔屓《こひいき》していると思ったことは幾度かあった。次男坊ゆえ好きな学問で身をたてようと思ったが、お勢さん、俺はもう学問所がいやになったよ」

そう言いながらも、悌四郎は辛抱した。翌年も学問所へ通いつづけたのだが、悌四郎を押しのけようとする者も執拗《しつよう》だった。悌四郎は女に養われているという噂《うわさ》を流したのである。用心をして、ろくに手紙のやりとりもせず、もうよいだろうと、半年ぶりに深川で会った直後のことだった。見張られていたとしか思えなかった。

卑劣だと悌四郎は怒ったが、それ以上に激怒したのが悌四郎の両親だった。しかも、その怒りは悌四郎とお勢に向けられた。学問所の教授への手前もあってのことだったのだろうが、悌四郎は、息子の言い分に耳を貸そうともせぬ両親に腹を立て、屋敷を飛び出してきた。無論、その前に学問所もやめていた。

以来、三年間、お勢は悌四郎を養いつづけた。学問はもういい、質屋の帳付けをして働くと悌四郎が言っても、お勢は承知しなかった。

これは、お勢の意地だった。お勢は、生れてはじめて男を好きになった。男もお勢を好いてくれて、湯島天神の境内で二、三度会った。それがなぜ、学問の障《さわ》りになるのか。女を好きになった男は名を上げることができぬものかどうか、学問所の教授に見せてやりたかったのである。

昼飯をぬいて米代をうかせるのも、夜遅くまで本を読んでいる悌四郎のために燈油《とうゆ》を買うのだと思えば、つらくはなかった。たった一枚の着替えを質に入れ、流してしまっても、悌四郎にこざっぱりとした身なりをさせるためだと思えば惜しくはなかった。

だが、それなのに、ふらふらと呉服問屋へ入り、浜縮緬《はまちりめん》の反物をかかえて外へ飛び出してしまったのだ。

「そんなに泣かねえでくんなよ」

同心は、年配の差配に助けを求めたようだった。差配の立ってくる気配がして、骨ばった手がお勢の肩を叩いた。

「おかみさん、森口の旦那は、ここでご放免にしようと仰言《おつしや》ってなさるのだ。いい加減に泣きやんで、お礼でも言いなすったらどうだえ」

素直にうなずいたものの、涙はとまらない。しぼれるほど濡れた袂で幾度も拭《ぬぐ》って、ようやく顔を上げた時、番屋の戸があわただしく開けられた。

「お勢。どうしたのだ、お勢」

駆け通しに駆けてきたのだろう。息をきらしている男の声は、聞きとりにくいくらいかすれていた。

お勢は両手で顔をおおった。声の主は、一番きてもらいたくなかった悌四郎だった。

外は雨だった。

悌四郎は、今日も私塾を休んでいる。

森口晃之助となのった同心が、番屋や呉服問屋の人達によほどかたく口どめをしてくれたのか、長屋の人達は、岡っ引が悌四郎を迎えにきたのは、お勢が路上で倒れたからだと思っていた。隣りの女房などは、昼ご飯をぬいたりするからだと言って、昨日もにぎりめしを持ってきてくれた。親切は身にしみて嬉《うれ》しいが、この人達を騙《だま》しているのだと思うと、身の置き場がない。

悌四郎も、私塾で同じせつなさを味わったようだった。何も知らぬ師匠や仲間に、それまでと変わらぬ態度で接するのがうしろめたいというのである。

頭痛が癒《なお》らぬという理由であの日から三日つづけて休んでいるのだが、昨夜は、引越をしようと言い出した。

一日考えさせてくれと、お勢は答えた。

引越は、悌四郎が番屋でお勢を抱きしめて、離縁はせぬと言った時から考えていたことだった。寺子屋の師匠も、事情を打明けたにもかかわらず、仕事をつづけてくれと言っているのだが、同心に言われた通り、お勢は子供達の顔がまともに見られなかった。誰も、何も知らぬところへ引越して行きたいのだが、やみくもに越して行って、仕事の見つからぬ時がこわい。

もう子供達を教える資格はないと、お勢は思う。針仕事の内職をしようと、差配の口ききで出かけた呉服屋は、二軒とも口を揃《そろ》えて、後家を通したいという女がふえたため、今から針仕事の内職に割り込む余裕はないと言った。浅草と日本橋の呉服屋がそう言うのであれば、神田へ行こうと芝へ行こうと事情は同じであるにちがいなかった。

蓄えは、当然のことながら一文もなかった。内職が見つからなければ、高利の金を借りて、悌四郎を私塾へ通わせることになる。が、返済のできるわけがない。たちまち借金取りが家へ押しかけてくるようになり、それでも払えなければ、悌四郎の通う私塾へも押しかけて行くだろう。悌四郎は学問で身をたてるどころか、学ぶことすらできなくなってしまう。それでは、お勢の意地がたたなかった。

「なあ――」

悌四郎の声が聞えた。

お勢は、つくろいものの手をとめてふりかえった。悌四郎は、雨漏りの雫《しずく》がつたってくる壁に寄りかかっていた。

「これを言い出すと、お前は怒るかもしれないが、俺も働くことにしてはどうだろう」

お勢は、つくろいものへ目を落とした。

「ご心配をかけてすみません。でも、そのうちに、きっと新しい仕事を見つけます。どうぞ、学問に専念なすって下さいまし」

「そう言うと思っていた。が、夫婦なら、助け合うべきじゃないか。こういう時には、私塾をやめても俺が働く……」

「そう言われるのが怖かったんです。わたしは……、わたしは新しい着物が欲しかったんじゃない。ほんとうに、どうしてあんなことをしたのかわからないんです」

「それは、わかっているよ」

「だったらお願い。今まで通り、わたしに働かせて。あなたは存分に勉強なすって、学問で身を立てて下さいまし。そしてその時、わたしに楽をさせて下さいまし」

答えはなかった。

お勢にも、そのあとにつづける言葉は見つからない。黙っている膝《ひざ》の前に、雫が落ちてきた。また新しい雨漏りの場所ができたようだった。

悌四郎が、自分の横にあった金盥《かなだらい》を、お勢の前に置いた。悌四郎の横に落ちてきた雫は畳にしみをつくり、お勢の前に落ちてきたそれは、音をたてて跳ねた。

「俺は、思っていたほど頭がよくなかった」

と、悌四郎が言った。

「高い束脩《そくしゅう》を払って私塾に通うなど、むだなことだと気がついたのだよ」

「ばかなことを」

「さんざん苦労をかけておいて、いまさら何を言い出すのかと呆《あき》れるかもしれないが」

お勢は、懸命に笑顔をつくった。

「きっと、頭痛で気が滅入《めい》っていなさるんですよ。明日になれば、また自信が湧《わ》いてきなさいます」

「湧いてこやしないさ」

雨漏りの雫が、金盥に落ちて鳴った。

「師匠には叱《しか》られ通しだし、仲間には追いつけない。もう学問がいやになった」

「また、そんなことを」

「お前には、ほんとうに申訳ないと思っている。が、これを機《しお》に働かせておくれ。その方が、よほどすっきりする」

「いけません」

お勢は、つくろいものを放り出して悌四郎ににじり寄った。

「わたしのしたことは、この通りあやまります。あやまりますから、二度とそんな嘘《うそ》はつかないで下さいまし」

「嘘ではない……」

「お正月に先生のお宅へお届物をしました時、先生はあなたを学問の跡継と考えておいでと、奥様から伺いました。近いうちに、稽古人《けいこにん》ではなく、先生のお手伝いをする方にまわしていただけるそうではありませんか」

「そんな話もあった」

と、悌四郎は言った。

「先生には年頃のお嬢様がおいでになる。聟《むこ》になりたい者も、大勢いるのさ」

「では……」

雨漏りの雫が金盥に落ちた。悌四郎の横に落ちる雫も大きくなって、悌四郎は、そこへ湯呑《ゆの》みを置いた。

お勢の存在が邪魔になって、私塾の跡継になれなかったとは、口が裂けても悌四郎は言わぬにちがいなかった。お勢も、それを言葉にしたくない。雨漏りの雫が、金盥と湯呑みへつづけて落ちた。

「誤解をしないでくれ。俺は、あんな私塾の跡継になんざ、なりたくなかった。が、学問を諦《あきら》めるきっかけにはなってくれた。俺は、いつかお前に楽をさせてやるという約束を破ってしまうことになるが、貧乏所帯の中で子供をつくり、育ててゆくのもわるくないと思ったんだよ」

「先日のことがあったから、言っているんじゃないんだよ。以前から、お前にばかり苦労をかけているのが、いやになっていたんだ。お前に働かせ、お前が古着一枚買わずにいるのに本を買い、本を読むための燈油を買うなど、どう考えてもまともじゃない」

「いいえ、わたしだって、あなたの買ってきなすった本をのぞかせてもらうのが楽しみでした」

「昼めしぬきの空《す》きっ腹《ぱら》をかかえていてもかえ」

「ええ」

「お前がよくっても、こっちはたまらないよ。女房に空きっ腹をかかえさせて本を読んでいる、俺の身にもなってくれ」

お勢は口を閉じた。

「今更何を言うかと思っているのかもしれないが、うかうかとお前に甘えていたことは、この通りあやまる。だから、俺に働かせてくれ。質屋の帳付けでは賃金も知れたものだろうが、米代くらいにはなる」

雨の雫が金盥と湯呑みで鳴る。お勢の口の中は、上あごと下あごが貼《は》りつくのではないかと思うほどかわいていた。

「ここで学問を放り出すおつもりですか」

「ああ」

「今までの苦労を、水の泡にするおつもりですか」

「水の泡にさせておくれ。俺は、もうお前に苦労をかけたくない」

「だから言わぬことではないと、学問所の先生やお仲間達に嘲笑《わら》われますよ。女にうつつをぬかすから、質屋の帳付けで暮らす破目になるって」

「嘲笑われたっていいじゃないか」

「いいえ、わたしは、富永悌四郎をだめにしたのはあの女だなんぞと言われたくありません」

「そんなこと、誰も言やあしないよ。第一、質屋の帳付けのどこがわるい」

「わたしは、あなたを帳付けにするために苦労をしたんじゃない、学問所の先生やお仲間を見返してやりたい一心で……」

悌四郎の顔色が変わった。言い方を間違えたと思ったが遅かった。

「そうかえ」

悌四郎は、寄りかかっていた壁から身を起こしながら言った。

「俺は……俺が学問で身をたてたいと言ったばかりに、苦労をひきうけてくれたのだと思っていたよ」

悌四郎のために苦労したと言いたくなかったので、妙な言い方をしてしまったと言訳をしたかったが、かわききった口からは一つの言葉も出てこなかった。

悌四郎は、立ち上がって土間へ降りた。

「出かける」

「待って」

お勢は、這《は》うように悌四郎のあとを追った。

「誤解です……」

「そうかもしれないが」

悌四郎は、傘もささずに路地を歩いて行った。


昨夜、悌四郎は帰ってこなかった。一緒に暮らしてから、喧嘩《けんか》をしたのもはじめてなら、悌四郎の外泊もはじめてのことだった。

岡場所で遊んだことは二、三度あると言っていたので、行先はそのあたりだろうと思うが、遊女屋へ渡す金を持っていた筈《はず》がなかった。私塾の友達に借りたのか、帳付けをするという質屋からの前借りなのか、いずれにせよ、悌四郎が箍《たが》を一つはずしてしまったことは間違いなかった。

今度こそ、何もかも終りだと思った。お勢に働かせ、自分は私塾へ通う悌四郎のつらさを、お勢も感じていないわけではなかった。悌四郎が、寝食を忘れて学問にはげむのは、それがお勢への礼であり詫《わ》びであることも、わかっていたつもりだった。

一見、貧しいけれども穏やかな暮らしだった。が、ふりかえってみれば、何とあやうい穏やかさの上に立っていたことか。お勢の気力も体力も限界に近づいていたし、女房を働かせているという悪口をどれほど耳にしたかわからぬ悌四郎の辛抱も、抑えきれそうもないところへきていたかもしれない。

そんな不安がお勢に万引をさせたのかもしれず、それを考えれば、働きたいという悌四郎の望みを一蹴《いっしゅう》したのは酷なことにちがいなかった。

悌四郎は、わからずやのお勢の顔など、しばらく見たくないと思っているだろう。いや、二度と見たくないと、遊女屋で酒をあおっていないともかぎらない。

どうしよう。——

よく胸のうちを探ってみるがいい。学問所への意地などあったかどうか。お勢は、学問所の注意や両親の怒りに背を向けて、お勢の懐《ふところ》へ飛び込んできた悌四郎を抱きとめただけだった。自分の腹へ食べ物を入れてやるよりも、悌四郎の頭に好きなだけ学問を詰めてやりたかっただけだった。

私塾の師匠が呆れるほど、悌四郎の学問が粗末なものだったならお勢は悌四郎を捨てただろうか。捨てはしまい。俺はどうしようもない男だと嘆く悌四郎に、学問で身を立てるだけが人間の生き方ではないと言った筈だ。

　それと同じではないか。悌四郎が学問を捨てて質屋の帳付けをしたいと言うのなら、そうさせてやればよかったのだ。

　お勢は土間へ降りて、すりきれた草履をはいた。悌四郎に、早くこの気持を伝えねばならなかった。

　足は、ひとりでに浅草へ向った。浅草を過ぎ、隅田川にかかる大川橋を渡れば本所《ほんじょ》、本所から川下へ向って歩いて行けば、深川に入る。深川には大新地《だいしんち》、小新地《しょうしんち》、櫓下《やぐらした》など、お勢でさえ名を知っている岡場所があった。

　空は昨日の雨が嘘のように晴れて、裏通りの軒下には、傘が干されていた。池之端仲町《いけのはたなかちょう》の横丁にも寺子屋があって、素読をする子供達の声が聞えてくる。

　元黒門町の裏通りに入って、お勢は、逃げるような早足となった。三橋《みはし》を渡り、仁王門前町へ飛び込んで汗を拭《ふ》く。いやでも四日前のことを思い出した。父親が生きていたならば、手討《てうち》にされていたかもしれないが、岡っ引に呼び出された悌四郎は、離縁してくれと泣くお勢を、人目もかまわずに抱き寄せてくれたのだ。

　なのに今、お勢は一人だった。一人で浅草寺《せんそうじ》風雷神門前の道、広小路を歩いていた。

　通り過ぎた田原町三丁目には、越川屋《えちかわや》という有名な袋物問屋がある。京から取り寄せた織物で、客の好みに応じて、紙入れや煙草《たばこ》入れ、手提げ袋などをつくっているところだった。

お勢は、足をとめて三丁目をふりかえった。越川屋の立看板が見えた。

紙入れをつくりたいと言って錦《にしき》の布地を見せてもらい、それを懐へ押し込んで逃げ出せば……。

背筋に悪寒《おかん》が走った。何ということを考えているのかと思った。お勢は、両の手を袖《そで》に入れて歩き出した。

番屋へ駆け込んできた悌四郎の顔が目の前に浮かんだ。離縁など誰がするかと言って抱きしめてくれた感触が、肩にも腕にも、頬にも残っていた。悌四郎がもう一度、離縁などせぬと言って抱きしめてくれたなら、お勢は何も言わぬ。悌四郎が学問を捨てて、質屋の帳付けになってもいい。荷車を引くと言い出したなら、お勢はその後押しをする。

足がとまった。ふりかえれば、越川屋の看板が見える。

だが、二度も万引をするなど、許されることではない。許されることではないが、このままでは悌四郎との溝《みぞ》は深くなるばかりだ。

「でも……」

でも、悌四郎との溝は埋めねばならない。歩き出しては越川屋が遠くなる。もし、お勢が自身番屋へ連れて行かれたなら、悌四郎は、岡場所から息をきらせて駆け戻ってくるかもしれないではないか。

お勢は、越川屋の看板を見つめた。

二つ目の幾世《いくよ》餅《もち》に手を出した慶次郎を見て、辰吉が顔をしかめた。浅草寺へ参詣《さんけい》にきたついでに、辰吉の家へ寄ったのだが、すぐに帰るつもりが、幾世餅を出されての長話となったのだった。隣りの娘が持ってきてくれたものを、いらぬと返すわけにもゆかず、甘いものの嫌いな辰吉は弱りはてていたらしい。

「まったく、よくそんなものが二つも食えやすね」

「てやんでえ。さっきはいいところへきてくれた、これを食べて行ってくれと喜んでいたじゃねえか」

「そりゃね、食べ物を捨てるようなことをしちゃあ、罰《ばち》が当りやすから」

「勝手なことを言やあがる」

甘みの残っている口の中へ流し込む茶の味が、また何とも言えぬのだ。

「旦那《だんな》は、甘辛両方いけるくちだからなあ」

「不服があるのかえ」

さすがに三つ目は遠慮をしようと思った時だった。出入口の戸がせわしなく叩《たた》かれた。

「天王町の親分、越川屋出入りの鳶職《とびしょく》でございやす。頭《かしら》が、万引の女をつかまえやした」

やれやれ——と、慶次郎は、辰吉より先に腰を上げた。「旦那にそんなことをさせられますか」とあわてる辰吉を制して、湯呑みと急須《きゆうす》を盆にのせ、台所へはこんで行く。出入口へ出て行ったらしい辰吉に、かいつまんで事情を説明する蔦職の声が聞えてきた。「観念したのか、女は、下谷茅町に住む勢という者だとすらすらなのりやした。亭主を呼んでくれと泣いておりやす」

慶次郎は首をかしげた。どこかで耳にした名前だった。近頃は物覚えがわるくなったと思ったが、すぐに思い出した。昨日、干物を届けにきてくれた晃之助が、元黒門町で起こった万引の一件の決着を、話してくれた時に出た名前だった。

が、その時、お勢という女は独り身だと嘘をつき、亭主のいることを晃之助に知らせまいとしたという。しかも、万引をするような女ではなかったらしく、差配は、何かの間違いだろうと、彼を呼びにきた小者に言ったそうだ。

その女がわずかな日数《ひかず》の間にまた万引をして、今度は亭主を呼んでくれと言っているのである。辰吉が承知なら、亭主を探しに行くという蔦職の声が聞えてきた。

「いや、下っ引を走らせるよ。茅町のどのあたりだえ」

「それが……」

蔦職は、苦笑いをしたようだった。

「亭主は、岡場所にいるらしいんで」

「困ったものだな」

辰吉は、低い声で笑った。

台所から部屋へ戻ると、辰吉は十手を腰にさしていた。慶次郎は、湯呑みを洗った手を拭きながら言った。

「首を突っ込ませてもらってもいいかえ。ちょいと気になることがある」

「お知り合いで？」

「知り合いではねえのだが」

慶次郎は、元黒門町で出会ったことや、その結末を辰吉に話した。

「そんな女が、四、五日の間に二度目の万引を働くかね」

「癖になるということもある」

が、辰吉は、自分の言葉に納得のゆかぬ顔をして、慶次郎が土間へ降りるのを待った。一緒に番屋へ行くつもりなのだろう。

江戸の町は、昨日の水たまりが強い陽射《ひざ》しに光っていて、先日よりなお夏めいていた。すれちがった娘は、もう日傘をさしている。

何気なくふりかえった目に、赤い麻の葉模様が飛び込んできた。東仲町の菜飯屋から、母親らしい女と出てきた娘が着ていたのだった。

慶次郎は、苦笑した。万引の理由がわかったような気がしたのだ。

元黒門町の番屋へ駆け込んできた男は、離縁などせぬと言って女を抱きしめたという。が、昂《たかぶ》ったその時の気持がいつまでもつづくわけがない。些細《ささい》なことで言い争い、怒った男が岡場所へ行ってしまったとすれば、女は泣きながら、「あの時はやさしかったのに」と番屋での男を思い出すだろう。八百屋お七は、男恋しさに火付けまでした。あの女が、番屋へ駆けつけてくれた時のような男の心を取り戻そうと、万引をしたとしても不思議はない。

が、お勢の亭主は、二度目の万引をどう受けとめるか。

広小路へ出ると、辰吉の姿を認めた番屋の当番が駆けてきた。お勢は、ひたすら亭主がくるのを待っていると言う。

慶次郎は、辰吉につづいて番屋の中へ入った。いましめられ、柱につながれている女は、戸が開くと同時に顔を上げ、腰を浮かせて出入口を見て、溜息《ためいき》をついてふたたび首を垂れた。亭主が駆けつけてくれたと思ったようだった。

慶次郎は、番屋の当番にお勢の縄をとかせ、その前に腰をおろした。

「ご亭主のくるのを待っているんだって？」

お勢は、俯《うつむ》いたまま顔をそむけた。

「こねえ方が、俺はいいと思うがね」

お勢が慶次郎を見た。

「一度目は可哀そうなことをさせちまったと思っても、二度目は、またやったのかと呆《あき》れるかもしれねえ」

お勢は、番屋の床に両手をついた。倒れそうになった軀《からだ》を支えたようにも見えた。

「ご亭主にゃ内緒にしておいた方が、よくはねえかえ？」

髪が揺れているのは、うなずいたのか泣き出したのか。

慶次郎は、辰吉をふりかえった。放免にするかしないかは、そろそろこのあたりへ廻ってくる筈の晃之助にまかせた方がよい。

それにしてもと、慶次郎は思った。

男の心を取り戻そうと、火を放ったり万引をしたりする女達をあさはかと笑ってよいものかどうか。

「それにしても」

女はこわいと呟《つぶや》いたのが、辰吉の耳に入らなかったのは幸いだった。

花の露

和田屋彦七が何を言いたくてたずねてきたのか、慶次郎にはわかっていた。が、彦七は、あたりさわりのない世間話をすると、「それではこの辺で」と、寄席《よせ》の噺家《はなしか》のようなことを言って、腰を上げようとした。

慶次郎は、そっとうしろを見た。案の定、佐七が目付役のような顔をして坐《すわ》っていた。慶次郎は苦笑して、熱い茶をいれてくれるよう佐七に頼んだ。

佐七は子供のように唇を尖《とが》らせて、「つめたい麦茶がいいというから、七輪《しちりん》の火を消したのに」と、低い割にはよく聞える声で言った。しぶしぶ台所へ出て行く後姿へ、「勘弁してくんな」と声をかけて、慶次郎はあらためて彦七を見た。

「あの頃は、米も豊作だったなあ」

「さようでございます」

彦七は、坐りなおして答えた。やはり、あの時のことを話したくて、慶次郎をたずねてきたのだった。

「豊作がつづいて、値が下がる一方の米を海へ捨てたという、噓《うそ》のような話もございました」

「あった、あった。そんな話を聞いても、もったいないと思うどころか、これほど豊作つづきではやむをえないと思うほど、景気のよい時代だった」

「もう十九年も前のことになりましたねえ」

文化五年、慶次郎は見習い同心から定町廻《じようまちまわ》りとなって五年めだった。すでに妻もいて、三千代も生れていたのだが、隠居をした父からは、まだ半人前と言われつづけていて、少々あせっていた頃であった。

が、この年の夏、「それなら大丈夫だろう」という父のお墨附をもらったのである。海に捨てるほど米があまっているのに、なぜ母親や自分は、働いても働いても腹いっぱい食べることができないのかと、つい米を盗んでしまったという少年を捕え、不心得を叱《しか》って見逃してやった時だった。

無論、父は、面と向って褒めたりはしなかった。母に、世間話のついでといった具合に話したらしいのだが、母は、「ようやくほっとした」と涙ぐんで、慶次郎にそのことを伝えてくれた。父が「それなら大丈夫」と言った時の、わざとしたにちがいない苦虫を嚙《か》みつぶしたような顔も、手放しで喜んで知らせにきてくれた母の顔も、慶次郎には身にしみて嬉《うれ》しくて、文化五年は忘れがたい年になったのだった。

彦七にとっても、文化五年は特別な年である筈《はず》だった。彦七の父親は、神田多町《たちよう》の裏通りで安物の茶碗《ちやわん》や急須《きゆうす》などを商っていたのだが、この年、彦七は瀬戸物問屋の株を手に入れて、鍛冶町《かじちょう》の表通りへ進出したのである。

「わたしが用意した金では足りなくて、親戚中《しんせき》から金を掻《か》き集めましてねえ」

彦七は、苦い笑いを口許《くちもと》に浮かべた。

「あの景気なら、親戚からの借金など、すぐに返せると思っていましたよ」

商売は繁昌《はんじょう》していたらしい。贅沢《ぜいたく》の味を覚えた人達が器《うつわ》に凝りはじめていたし、料理屋も、料理は目から食べさせると言っていた。当時の和田屋は、彦七も番頭も眠る暇さえないいそがしさだったという。

「ところが、ご存じの通り、翌《あく》る年《とし》急に二百両を上納しなくてはならないようになりまして」

定飛脚問屋《じょうびきゃくどんや》の大坂屋茂兵衛《もへえ》、のちの杉本茂十郎《もじゅうろう》が三橋会所《さんきょうかいしょ》を設立し、十組《とくみ》問屋から冥《みょう》加金《がきん》をつのったのである。

三橋会所は、隅田川にかけられた三つの橋、永代橋《えいたいばし》、新大橋、大川橋の架け替えと修復を十組問屋でひきうけるためのものだった。

文化四年八月、深川八幡《はちまん》の祭礼を十二年ぶりに復活したのだが、あまりの人出に永代橋が落ち、千五百人もの死者を出した。が、財政に苦しむ幕府は永代橋架橋の費用捻《ねん》出《しゅつ》すらままならぬ始末だったし、新大橋も大川橋も仮橋《かりはし》のままだった。

架橋も修復もひきうけようという会所設立を、幕府が許可しないわけがない。杉本茂十郎を会所頭取として六年に発足したが、茂十郎の魂胆は、幕府と結びつくことだった。そのくせ、資金はすべて、問屋仲間に割り当てたのである。

「瀬戸物問屋には、二百両の冥加金上納を言いつけられましてねえ。何年も繁昌をつづけている店ならば、納められる金額であったのかもしれませんが」

和田屋は、むりをして問屋株を手に入れたばかりだった。事情を説明しても、強引で鳴る茂十郎が首を縦に振るわけがない。「不承知なら、鍛冶町の店を会所とし、他の土地へ移ってもらうことにする」と、彦七を脅したという。抗《あらが》おうにも茂十郎のうしろには、町年寄の樽《たる》屋《や》与左衛門がついていた。

和田屋はやむをえず冥加金を払い、結局はこの二百両に足許をすくわれた。親戚への借金返済をあとまわしにしたため、あまっている金を貸したのではないという苦情が押し寄せたのである。

「親戚に問屋がふえるのは嬉しいと言ってくれたいとこは、小さな古着屋ですしね。今は隠居しておりますす伯父も菅笠《すげがさ》問屋で、冥加金の割当てが十両だったことでもわかる通り、それほど利のある商売じゃございません。頼む、返してくれと言われますと、申訳ない、すぐに返すと答えるよりほかはなくて――」

彦七は、高利の金を借りた。一月《ひとつき》に返せる金額を綿密に計算し、無茶な借り方はしなかったつもりだった。

「森口様にお目にかかったのは、わたしが鍛冶町へ店を出した時でございましたねえ」

なつかしそうに彦七は言った。

「米屋へ盗みに入った子が、わたしどもの店へ逃げ込んで」

例の少年は米屋の亭主に追われ、大戸をおろそうとしていた和田屋へ飛び込んだのである。和田屋では、小僧が高価な大皿を蔵へしまおうとしていたところだった。少年はその小僧に突き当り、皿は土間に落ちて砕け散った。が、彦七は、知らせをうけて駆けつけた慶次郎が少年を捕え、母親にめしを食べさせたい一心で米を盗んだという話を聞き出すと、何もなかったことにしてくれた。

食ってゆけぬと言う者に米をただで渡していたら、こちらが食ってゆけぬと怒った米屋にも一理あったが、その米屋も、少年の将来は皿と引き換えにできぬと和田屋が言うのを見て、何事もなかったことにした。ただ、「ばかやろう」とわめいて、少年の膝《ひざ》へ唾《つば》を吐いていった。慶次郎の役目は、恥ずかしさと口惜《くや》しさに震える少年に、それが悪事への報いだと諭《さと》すことだった。

「瓦葺《かわらふき》の、いい職人になったそうだぜ」

彦七は、笑みを浮かべてうなずいた。知っていたようだった。

「で、お前《めえ》さんの方は――」

慶次郎は、できるだけさりげなく尋ねた。彦七も、今日の暑さを話題にするような口調で答えた。

「店仕舞いすることにきめました。高利貸からの借金は、問屋株を売った金できれいにします」

そうか――と、慶次郎は口の中で言った。

綿密な計算は、綿密であるだけに一つ狂うと取り返しがつかなくなるのかもしれなかった。無茶ではなかった借金が、取引の思惑違いから大荷物となり、いよいよ台所は火の車になったとは聞いていた。

「冥加金の二百両を掻き集めてから十八年、よくやってこられたものだと思います」

彦七の顔を見た瞬間、慶次郎は、いよいよその時がきたのかと思った。が、その話を切り出されてみると、彦七にかぎって「まさか」と思う。度量もあり、商売も決して下手ではなかったという彦七の失敗が、信じられぬのである。

「ま、十八年も店の寿命をもたせたわたしも、たいした男だと思いますよ」

彦七はそんなことを言って、佐七のいれてきた熱い茶を飲んだ。

何気なく懐《ふところ》に手を入れると、財布の紐《ひも》が指先にからまった。

彦七は、ふと足をとめた。

財布の中には、一分金と二朱銀が一枚ずつと、二、三十文の銭が入っている。女房と娘二人を女房の実家へ帰し、番頭や手代や、女中や小僧達に、相応の給金をあたえて暇をとらせた今は、彦七が自由にしてもよい金であった。

もっと酒が飲みたいと思った。

十八年間、彦七にとっての酒は、眠気を誘ってもらうためのものだった。が、それも、ここ二月《ふたつき》か三月《みつき》の間は、口にすることもなかった。帳簿や売れ残り品の整理で、眠る暇がなかったのである。

あれから慶次郎と話がはずみ、慶次郎は、寮の持主から届けられたという酒を出してくれた。五臓六腑《ごぞうろつぷ》にしみわたるような酒だった。

寝不足で酔いつぶれるといけないからと言って、夕暮れ七つの鐘を聞いたのを機《しお》に帰ってきたのだが、このあたりで、いっそ酔いつぶれてみたい気もする。

居酒屋でも——と、彦七は、蝙蝠《こうもり》のおりているあたりを見廻した。上野山下《うえのやました》、下谷《したや》二丁目から元黒門町《もとくろもんちよう》を通り過ぎたところだった。

あいにく近くには縄暖簾《なわのれん》が見当らず、思いきって顔見知りの料理屋へ行ってみようかと思った時だった。「手前《てめえ》、俺の言うことがきけねえのかよ」という大声が聞えてきた。

目の前は、五条天神《ごじようてんじん》の板塀だった。鬱蒼《うつそう》と茂った木立が風に揺れていて、声は、そのあたりから聞えてくる。神社の鳥居横には書物問屋や細工物の店があり、人通りも少なくないのだが、乱暴者は、神社の裏側へ脅す相手を連れ込んだらしい。

「手前《てめえ》、俺をなめる気か」

「ちがう、ちがうよ。ただ、これだけは渡せないんだよ」

「俺が出せと言ってるんだ」

「勘弁してくんな。頼むよ」

彦七は、板塀を思いきり蹴《け》って、脅しを聞いている人間がいることを知らせようとした。一瞬、板塀の向う側が静かになり、「待ちゃあがれ」という声が聞えて、彦七の足許に黒い大きなかたまりが落ちてきた。脅している男が板塀の音に気をとられた隙《すき》に、脅されていた男が塀を乗り越えてきたのだった。

つづいてもう一人が、軽い身のこなしで塀から飛び降りてきた。大柄な男で、この男が先に塀から落ちてきた男を脅していたにちがいなかった。彦七は二人の間に割って入った。

「恩に着ます」

と言う声が聞えた。ふりかえろうとした彦七のあごに、大柄な男のこぶしが突き刺さった。

彦七は、一回転して五条天神の塀に突き当った。脅されていた男は悲鳴を上げて逃げて行ったが、大柄な男は追おうともしない。脅しの邪魔をされたのがくやしいのだろう、今度は彦七の腹へこぶしを叩《たた》き込む。くずおれてゆく軀《からだ》を必死で塀に寄りかからせ、彦七は、財布を男に投げつけてから地面に坐り込んだ。

「やるよ。たいして入っちゃいないが」

男は鼻先で笑いながら財布を開け、中を見て険悪な顔つきになった。

「ふざけるんじゃねえ。遣い残しを寄越しゃがって」

「遣い残しか」

笑おうとしたが、声が出なかった。彦七は、痛さに顔をしかめながら言葉をつづけた。

「その通りさ。わたしに残された金は、それだけしかない」

男が彦七を見た。軀つきから二十四、五ではないかと思っていたのだが、十八か九か、まだ二十にはなっていない若い顔の持主だった。

「店仕舞いをしちまったんだよ。だから、うちに帰っても金はない。少ないだろうが、それでもう殴るのはやめておくれ」

若者は財布で片方の掌を叩きながら笑い、ゆっくりと彦七に近づいてきた。

「情けねえことを言う親爺《おやじ》だな」

「ほんとうなのだから、仕方がないよ」

「あんまり情けねえことを言うと、また、ぶん殴りたくなるぜ」

そう言いながら若者は彦七の胸ぐらをとり、乱暴に助け起こした。

「帰《けえ》れよ。金は返してやらあ」

「有難うよ」

歩き出そうとしたが、あごも腹も痛い。少し痛みが鎮《しず》まってから帰るつもりで道端に蹲《うずくま》ると、腰へ若者の足が飛んできた。

「帰《けえ》れと言っただろうが」

「お前に殴られたところが痛くって、歩くどころではないんだよ」

「知ったことか。帰《けえ》れと言ったら、帰《けえ》りゃがれ」

「我儘《わがまま》だねえ」

「うるせえや。そんなところにしゃがみ込まれては、目障《めざわ》りなんだよ」

「だったらお前がおぶって行っておくれ」

我ながらよい度胸だと思った。いい気になるなと、若者は顔面を蹴ってくるかもしれぬ。彦七は、あわてて頭を両腕でかこった。

が、若者の笑い声が聞えてきた。

「お前がおぶって行けたあ気に入ったね。もう一人、脅して金を巻き上げるつもりだったのだが、さっき逃げた奴《やつ》が、ここに俺がいることを知らせたにちげえねえ。そいつはもう、うちん中から出てこねえだろうから暇になった。送って行ってやるよ」

「すまないね」

彦七は、ほっとして手を差し出した。立ち上がらせてもらうつもりだった。が、若者は、急に不機嫌な顔になってその手を払いのけた。自分で立てと言いたいようだった。

彦七も、むっとした顔で若者を見た。送ってくれるというのなら、抱き起こすぐらいは当り前だと思った。

「立てるくらいなら、お前におぶってくれと頼みゃしないよ」

「いい度胸をしているじゃねえか」

若者は、彦七を抱き上げて塀に寄りかからせ、急いで背を向けて蹲った。行先も聞かずに背負って行くつもりらしかった。

自分から言い出したことだったが、彦七はためらった。上野から神田まで、この若者に背負われて行けば、すれちがう人達は目を見張ってふりかえるだろう。

「何をぐずぐずしているんだよ」

若者は苛立《いらだ》たしそうに言う。

何をためらっているのかと、彦七は、自分を嘲笑《わら》いたくなった。往来《おうらい》の人達に、好奇の目を向けられるのは、この若者も同じである。が、若者は、ためらうことなく背を向けた。失うもののない男の強さだった。考えてみれば、彦七ももう失うものはないのだった。すっからかんの素《す》っ裸《ぱだか》、一文なしなのだ。人にふりかえられるのを、恥ずかしがってはいられない。

彦七は、妙な親近感を抱いて若者の背に軀をあずけた。

「しっかりつかまってろよ、親爺」

「頼むよ。行先は、神田鍛冶町だ」

「わかった」

「それから、すまないが、どこか酒屋へ寄っておくれ。わたしの傷を洗いたいし、お前に一杯飲ませたいんだよ」

「そんなこたあ、鍛冶町が近くなってから言え。何のかのと言うと、背中から振り落とすぞ」

が、さほど不機嫌ではない声だった。その声が、少々てれくさそうに言った。

「卯之吉《うのきち》ってんだ」

卯之吉は、あらためて家の中を見廻して、「ほんとうに何もねえんだな」と言った。

かつては夫婦の居間であった部屋だった。

しばらくの間、彦七は今はいとこが主人となっている菅笠問屋で働くことになった。

家財道具はすべて売り払ったので、部屋の中には何もない。簞笥《たんす》と長火鉢と鍋釜《なべかま》は、実家へ帰った女房と娘の当座の金となったし、父母の位牌《いはい》だけを菅笠問屋へ持って行くことにしたので、仏壇も、欲しいと言った古道具屋に売った。

卯之吉となのった若者の横では、たたんだ提燈《ちょうちん》の火が揺れている。行燈《あんどん》も手燭《てしょく》も、金さえ出すと言われれば、後先を考えずに手放した。何本か残した蠟燭《ろうそく》も、これが最後の一本だった。

ほかに残っているのは七輪と鉄瓶、それに茶碗《ちゃわん》と湯呑《ゆの》みと箸《はし》だけだったが、不思議なことに、これだけで暮らせるのである。商売相手への挨拶《あいさつ》などで、彦七は、誰もいないこの家で五日を過ごしたが、さほど不便は感じなかった。返済のための金をつくる時に、あれにかかる費用は削れない、こちらもなくすことはできないと頭を悩ませていたのが嘘《うそ》のようだった。

「まったく度胸のいい親爺だな」

卯之吉が、先刻と同じようなことを言った。

「一切合財《いっさいがっさい》売り払っちまうのもそうだが、こんなところへ俺を連れ込んで、こわいとは思わねえのかえ」

「どうして」

「俺あ、親爺のお蔭《かげ》で金を巻き上げそこなったんだぜ。親爺の身ぐるみ剝《は》いでゆかねえともかぎらねえ」

「そんなことは思わなかったよ」

答えながら、これは嘘かもしれないと思った。店仕舞いをする前であれば、卯之吉のような若者におぶってもらおうとは思わなかっただろうし、まして部屋に上げるようなことはしなかっただろう。平気で家へ連れてきたのは、頭のどこかで、身ぐるみ剝がれてもたかがしれていると考えていたからにちがいなかった。

だが、卯之吉は嬉《うれ》しそうに笑っている。

「これだけ何もねえと、いっそ気持がいいね」

卯之吉が酒を飲んでいるのは彦七の湯呑みで、彦七がぬるくなった湯を飲んでいるのは、飯茶碗《めしぢゃわん》だった。猪口《ちょこ》もなければ急須もなく、茶の葉もないのである。

「気持よくはないさ」

彦七は、腹に手を当てて苦笑した。

「こうなるまでにゃ、ずいぶんと怒ったり、恨んだりもした。腑甲斐《ふがい》ない自分には腹が立ったし、後生《ごしょう》、一生の願いだ、頼むから五十両貸してくれと拝んだのに、首を振りつづけた奴は今でも恨んでいる」

「その五十両があれば、店仕舞いをせずにすんだのかえ」

「必ず持ち直したとは言えないが、少なくとも和田屋の寿命は一、二年延びた」

「金を貸してくれてもいいわけは、あったのかえ」

「あった」

　彦七は、顔をしかめて答えた。思い出すのも腹立たしかった。

「女房の親戚《しんせき》なのでね、誰にも言わずにいたのだが、お前なら喋《しゃべ》っても差し支《つか》えないだろう。喋れば、わたしの胸も少しは晴れる。聞いてくれるかえ」

「人の愚痴を聞くってのは、はじめてだな。面白《おもしれ》えや」

　卯之吉は、湯吞みになみなみと酒をついだ。

「女房のいとこの、淀屋百蔵《よどやひゃくぞう》って男だよ、そいつは」

　彦七も、茶碗へ白湯《さゆ》をついだ。殴られたあとが痛まなければ、卯之吉の酒を横取りして飲みたいくらいだった。

「女房は、芝の古手問屋《ふるてどんや》、手っ取り早く言えば古着屋の娘でね、淀屋は、その本家筋に当るのさ。わたしがむりをして問屋株を買ったのは、女房に気があったらしい百蔵に負けたくない一心からで、……ま、そんなことはどうでもいいが、そいつを助けてやってくれと女房に泣きつかれりゃ、ちょいといい気持にもなるじゃないか」

「そんなものかな」

　と、卯之吉は首をかしげた。

　彦七を背負って歩きながら、卯之吉は問わず語りに、自分は十八だと言っていた。好きな娘がいてもおかしくない年頃ではなかったが、実の親の顔を知らずに育ち、十四の時に養い親の家を飛び出して、脅しと博奕《ばくち》を覚えたというのでは、近づいてくる娘などいなかったかもしれなかった。

彦七は、卯之吉の湯呑みに酒をつぎ足してやった。

「百蔵って男は、京橋の木綿問屋でね」

「それなら、景気はよさそうじゃねえか」

「ところが、さ」

女房は百蔵を、人がよすぎるというのだが、彦七は、人を見る目がないのだと思う。綿の仲買人に、二百両もの金を持ち逃げされてしまったのである。

助けてくれ――と、百蔵は、畳に額をすりつけて頼んだ。その隣りに坐った女房も、何とかしてやってくれと手を合わせた。百蔵には叔父に当る女房の父親は、てがたい商売をしてはいるが、さほど余裕はない。頼れるのは彦七だけだというのである。

問屋株を手に入れた直後のことだった。和田屋のやりくりも決して楽ではなかったが、九つを過ぎても算盤《そろばん》をはじく音が聞えると言われたほどの繁昌《はんじょう》ぶりで、取引先の信用は充分にあった。彦七は、その信用を利用して、取引相手から二十五両ずつ、五十両を借りてやった。

恩に着る――。

そう言って、百蔵は、ふたたび畳に額をすりつけた。この恩は倍にして返すという約束もした筈《はず》であった。

だが、その五十両は、利息なしで戻ってきた。しかも、持ち逃げをした仲買人は、大坂で遊んでいるところを綿をつくっている百姓達に見つけられ、吊《つる》し上げられて、何とか内聞にしてくれと、二百両に少しかけた金を返していた。淀屋は立ち直っていたのである。

さすがに女房は怒ったが、彦七は、利息を寄越せなどと言うなと女房を叱《しか》った。自分こそ人を見る目がなかったのだと、苦笑していたのだった。

その百蔵に五十両貸してくれと頼みに行ったのは、今年の春のことだった。できることなら百蔵には頼みたくなかったのだが、高利貸への返済と、仕入れ先への支払いで、百両の金がなければ身動きができぬほど、彦七は追いつめられていた。

二十両は、女房の実家が掻《か》き集めてくれた。三十両は、いやな顔をしながらも彦七の親類達が、五両、七両と用立ててくれた。残るは五十両だったのである。

彦七は、百蔵の前に両手をついた。

が、百蔵の答えは、「うちも苦しい」の一言だった。恩に着せたくはなかったが、やむをえなかった。彦七は、口ごもりながら昔の話をした。

百蔵は、声を上げて笑った。笑いながら、「それだけ和田屋さんには余裕があったのですよ」と言ってのけた。

「殺してやろうかと思ったよ」

　と、彦七は苦笑した。

「今だから、こうして話していられるがね。うちへ帰ってきてもまだ頭に血がのぼっていて、台所へ出刃庖丁《ぼうちょう》を取りに行ったほどだった。が、百蔵を殺せば、店が潰《つぶ》れた上に女房や娘が人殺しの身内になる、じっと我慢すれば、女房も娘も、頼り甲斐のない亭主、父親を持ったと言われるだけですむと、胸をさすっては自分に言い聞かせたのさ」

「父親ってなあ、そういう風に女房や子供のことを考えてくれるのか――」

「なあに、だらしのない父親の考えることだよ」

　彦七は、何気なくそう答えた。

　八丁堀の屋敷を訪れたのは、半月ぶりのことだった。
が、晃之助も島中賢吾《けんご》も、暮六つの鐘が鳴る頃になっても帰ってこない。帰ろうとしたところへ辰吉がきて、京橋の木綿問屋から五十両の金が盗まれたのだと言った。

　大坂から届いた荷を蔵へ運び込んだあとのことで、番頭と手代が店へ戻り、女中達が人足に茶を出していたところをねらわれたらしい。人足の一人が裏木戸から庭へ入ってきた男を見ているのだが、あまりにも自然に入ってきたので、店に出入りしている者だとばかり思ったという。内儀《おかみ》と娘は、芝居見物に出かけていて留守だった。

「人相がわかりましたのでね。下っ引が人相書を持って、四方へ素っ飛んで行きやした。旦那《だんな》方は、もうじき帰ってきなさいやす」

その言葉通り、鐘の鳴り終る頃に声高な世間話が聞え、晃之助と賢吾が帰ってきた。顔を見ただけで帰ろうとしたのだが、二人がうなずくわけはない。通せんぼをしかねぬひきとめ方で、慶次郎は、賢吾の家族も一緒の賑《にぎ》やかな夕食をとることになった。

屋敷を出たのは夜の五つ過ぎで、「五つ前には帰ると言ったのに」と怒っている佐七の顔が、目に見えるようだった。

町木戸は、あと一刻《いっとき》足らず、四つに閉まる。やむをえぬ事情のある者は、くぐり戸を通してもらえるが、「伜《せがれ》の帰りが遅くなって」などと、木戸番に言訳をするのも面倒だった。慶次郎は、皐月が持たせてくれた提燈が大きく揺れるほど、足を急がせた。

やはり大きく揺れている提燈が近づいてきたのは、堀江町の大通りを横切って、堀留町へ入ろうとした時だった。

提燈には、山形の商標が筆太に書かれている。今日は晦日《みそか》、掛取《かけと》りにまわっていて遅くなった手代が夜道こわさに急いでいるのだろうと思い、慶次郎は道端へ寄って、その男の通り過ぎるのを待つことにした。

が、いったんとまった提燈が、慶次郎に近づいてきた。

「わたしでございますよ」

彦七の声だった。彦七は、明りを自分の顔へ近づけて腰をかがめた。

「山形屋の番頭、彦七でございます」

「そうだ、お前さんの伯父さんとこは、山形屋といったっけ」

慶次郎は、笑って道の真中へ出た。彦七が根岸の寮をたずねてきてから、十日が過ぎていた。

「元気そうで何よりだ。こんなに遅く、掛金のとりたてかえ」

「さようでございます」

提燈の明りに照らされている彦七の顔に、苦い笑いがひろがった。

「三月《みつき》前からたまっている五両の払えない店がございまして。今日の昼八つ頃にきてくれと言いますから出かけて行くと、金を掻き集めるのに手間取っているのでございましょう、何とか暮六つまで待ってくれと言う。結局、この時刻になってしまったのですが、身につまされましてねえ。よほど、来月でいいと言おうかと思いましたよ」

慶次郎は笑い出した。腰を浮かせては坐《すわ》り直す彦七が、目に見えるようだった。

「山形屋は、ついそこの堀江町ですし、もっといろいろお話をしたいのですが、今日はあいにく……」

「今日は晦日だ。番頭さんはまだかって、旦那が待っていなさるぜ」

「山形屋の隠居——これがわたしの伯父でございますが、隠居が森口様にお目にかかりたがっております。そのうち、根岸へお邪魔してもかまいませんか」

「いいともさ」

それでは——と、彦七が頭を下げた時だった。「いたぞ」「待て」などという騒がしい人声がして、堀江町の横丁から黒い影が飛び出してきた。

身をひるがえして逃げるだろうと思った影が、ふっと足をとめた。山形屋の提燈を見たようだった。

「おやじか」

と、低く押し殺した声が尋ねた。

その声に心当りがあったのかもしれない。倅はいない筈の彦七が、大きくうなずいた。が、先刻の声は、「逃げたぞ」「こっちだ」などと叫んでいる。声の一つは、岡っ引の太兵衛のそれに似ているような気がした。

「おやじ、五十両だ。渡すぞ」

影は、手拭《てぬぐ》いにくるんであるらしいものを彦七に投げつけて、横丁の闇《やみ》の中へ消えようとした。

軀《からだ》がひとりでに動いた。慶次郎は、提燈を投げ捨てて横丁へ飛び込んだ。影は、意外なほど近くにいた。投げつけたものを彦七が拾ってくれるかどうか確かめていたようだった。あわてて逃げようとしたその腕を、慶次郎の手がつかんだ。

「放せ、この野郎」

影は、長い足で慶次郎を蹴《け》ろうとする。咄嗟《とっさ》にその足を取ると、影はひとたまりもなく倒れ、慶次郎は影の上へ馬乗りになった。

「くそ、放しやがれ」

影は、慶次郎を跳ね飛ばしかねぬ勢いで暴れる。

「淀屋のまわし者か、手前《てめえ》は」

唾《つば》を吐きかけたその頰を、慶次郎は力まかせに殴りつけた。

「森口様。おてやわらかに願います」

彦七の声が聞えた。

「そのお人は、わたしの知り合いのようでございまして」

「そうらしいな」

慶次郎は、殴り返そうとしている影の頰を、今度は軽く叩《たた》いて言った。

「ばかやろう。お前《めえ》は彦さんを盗人《ぬすっと》の仲間にする気か」

戦法を変えて慶次郎の手に嚙《か》みつこうとしていた影が、急におとなしくなった。

慶次郎が将棋盤を持ち出す縁側を占領して、卯之吉が寝転んでいる。

今年の夏は涼しいまま終りそうだと言っていたのだが、卯之吉が根岸へきてからは暑い日がつづいていた。今日も朝から焼けつくような陽《ひ》が照りつけて、佐七が鉢植にした朝顔やほおずきは、息もたえだえといった風情《ふぜい》で葉を垂らしていた。蟬《せみ》の声ばかりが降るようで、風は、いっこうに入ってこない。縁側も暑い筈だったが、卯之吉は、慶次郎が出してやったうちわに見向きもせず、目をつむっていた。

あの日、彦七から事情を聞いた慶次郎は、太兵衛を呼んで五十両を渡し、淀屋の庭にでも落ちていたことにしてくれと頼んだ。太兵衛は苦笑いをしていたが、賢吾の供をして淀屋へ出向いた時に、庭木の陰で見つけたことにすると約束してくれた。

「甘《あめ》えなあ」

と、卯之吉は笑った。

「俺あ、何度でも淀屋へ盗みに入ってやる」

何を言い出すのだと彦七があわてたが、卯之吉は、そんな彦七を鼻先で笑った。出来のわるい伜が親に虚勢を張っているようでもあり、彦七が「わたしを泥棒のおやじにするつもりか」と言うと、たちまち悄気《しょげ》返《かえ》った。そのようすを見て、慶次郎は、卯之吉がふたたび淀屋へしのび込むことはあるまいと思い、下谷の住まいに帰してやったのだが、次の日の夕暮れ、彦七は、衿髪《えりがみ》をつかむようにして卯之吉を根岸へ連れてきた。八百屋の伜や魚屋の伜を脅して手にした金を、届けにきたのだという。「わたしがよけいな話をしたのがいけないのですが」と、彦七は、額に浮かんだ汗を拭《ぬぐ》っていた。

「和田屋が潰れていなければ、このとんちんかんな男をひきとるのですが」

と言って、彦七は苦笑した。

「いえ、和田屋なんてものが、わたしにくっついていたら、こんな男は怖くてひきとれなかったかもしれません。いずれにしても、旦那におすがりするようになったでしょうが」

その時の卯之吉は笑っていた。横を向いてはいたが、慶次郎の言うことをよく聞けという彦七の言葉にも耳を傾けていた。が、横から口をはさんだ佐七の一言で、顔色が変わった。

「人に迷惑をかけっ放しだね、お前さんは」

「わるかったな」

卯之吉は、立ち上がってわめいた。

「俺だって、好きで迷惑をかけてるんじゃねえ。養い親になんざ、三つ四つの頃から気を遣ってたんだ。それでも、まとわりつきゃうるさいと叱られたし、遠くから眺めていりゃ、薄気味のわるい子だと言って殴られた。今じゃ店賃《たなちん》をためると差配《さはい》に嫌われ、払えばどこで盗んできたのかと、隣り近所に気味わるがられてらあ。おとなしくしてたって、迷惑をかけていると言われるんだ。それなら迷惑をかけてやらにゃ、申訳ねえだろうが」

足許《あしもと》にあった湯呑《ゆの》みを佐七へ向けて蹴飛ばして、卯之吉は表へ飛び出して行った。悲鳴に驚いて慶次郎と彦七が出て行くと、卯之吉は、ちょうど通りかかった酒屋の小僧を殴りつけていた。小僧の持っていた角樽《つのだる》を、奪い取ろうとしていたのだった。

彦七が卯之吉に飛びついて、小僧は泣きながら逃げて行ったが、卯之吉は、抱きとめている彦七をひきずるようにして、角樽を寮の前の小川へ蹴込んだ。卯之吉を殴ろうとした彦七が、そのこぶしをはずされて小川へ落ちなければ、卯之吉はそのまま荒れ狂っていたかもしれない。

案外に早い流れに足をすくわれて、彦七は水しぶきをあげて倒れ、流されて行きそうになった。ばか親爺《おやじ》――とわめいて、卯之吉は小川へ飛び込んだ。慶次郎も手伝って彦七を道端へかかえ上げたが、三人分の着替えを探すわ髪結いを呼ぶわ、酒屋へ詫《わ》びに走るわで大騒ぎをしたものだった。

それから六日、佐七を手伝って庭を掃いたり、薪《まき》を割ろうとは決してしないものの、自分が使った茶碗は台所へはこんで行くなど、案外におとなしく暮らしている。

「これえのかな」

と、卯之吉が呟《つぶや》いた。

彦七は、翌日から大山詣《おおやまもうで》に行かなければならないのだと言っていた。問屋仲間で講《こう》中《じゅう》をつくっているらしく、不信心な今の主人、彦七のいとこに代参を言いつけられたらしい。帰ってきてからも予定されている仕事があるので、六日後にくると言っていたが、卯之吉はその六日後を、指折りかぞえて待っていたのだろう。早起きをするわけだと、慶次郎はおかしくなった。

「寝転がってばかりいねえで、その辺まで迎えに行ったらどうだ」

と、慶次郎は卯之吉に言った。

「誰を」

そんな言葉が返ってきた。

「彦さんを、さ。六日後にくると言ってたじゃねえか」

「忘れたよ、そんなこたあ」

「だったら思い出して行ってくるがいい。日盛りも過ぎたし、時雨《しぐれ》ヶ岡《おか》あたりで蟬《せみ》の声を聞きながら待っていりゃ風流だし、彦さんも喜ぶぜ」

それでも、こんな時刻にくるわけがないと、ひねくれたことを言っていたが、慶次郎に促され、面倒くさそうに起き上がった。

門を出て行く卯之吉を、慶次郎は庭へ降りて見送った。黒い雲が出ていたが、降り出しはすまいと思った。

だが、卯之吉が出て行くとまもなく、しめった風が吹きはじめた。夕立の前兆だった。そろそろ時雨ヶ岡に着く頃だったし、そこには老夫婦がいとなんでいる店もある。雨宿りはできるが、慶次郎はふと、彦七がこない時を思った。卯之吉は、老夫婦の店の団子を食べちらかすような真似《まね》をして、逃げて行くのではあるまいか。

「あのばかやろうなら、やりかねねえ」

ひとりごちた耳に、大粒の雨の廂《ひさし》を叩く音が聞えてきた。

佐七が、裏庭へ飛び出して行ったようだった。洗濯物をとりこみに行ったらしい。慶次郎は、尻端折《しりはしょ》りをして表口へ出て行った。濡《ぬ》れながら彦七を待つことになっては、卯之吉も可哀《かわい》そうだったし、老夫婦に迷惑をかけるようになっても困る。傘を持って行ってやろうと思った。

雨は、この六日間にためていたのを一時に降らせているように激しくなった。風も、この雨を待ちかねていたように吹き荒れている。つい先刻までのむし暑さが、嘘《うそ》のようだった。

慶次郎は、足駄《あしだ》を門の内側へ投げ入れて裸足《はだし》になった。傘をすぼめ、前屈《まえかが》みになって歩き出したが、隣家の木立がとぎれ、左右に田畑がひろがると、雨も風も渦を巻くように吹きつけてきた。

傘は、すぼめていても飛ばされそうになった。傘からはみだしている胸から下は、ずぶ濡れだった。蓑《みの》を着てくればよかったと後悔したが、ここまで濡れたあとで、蓑を取りに引き返すのも癪《しゃく》だった。

慶次郎は、傘の中で苦笑した。ここまで濡れてしまったのなら、歩きにくい傘など閉じてしまえばいいのである。閉じて、卯之吉のための傘と一緒に小脇《こわき》にかかえ、走って行けばいいのだった。

慶次郎は、雷鳴の轟《とどろ》きはじめた空を見上げながら傘を閉じ、打たれれば痛いほどの雨の中を走り出した。ゆるく曲がっている道をもう少し走れば、右手が時雨ヶ岡の不動堂だった。

稲妻の光る道に、背の高い男の立っているのが見えた。卯之吉だった。

彦七がきはしまいかと、篠竹《しのだけ》が降っているようにすら見える大粒の雨を透かして見ているのだと思ったが、そうではなかった。卯之吉は、彦七があらわれる筈《はず》の方向に背を向けて立っていた。すさまじい雨に暖簾《のれん》までしまった老夫婦は、立ち尽くしている卯之吉を怪しんでか、戸を細く開けて眺めているようだった。

「こやしねえよ」

と、卯之吉は、駆け寄った慶次郎に言った。それから睫毛《まつげ》の雫《しずく》を払い落とすように目をしばたたいて、濡れ鼠《ねずみ》の慶次郎を見た。

「どうしたってんだよ、二本も傘を持ってるくせに」

「この風じゃさせねえんだよ」

慶次郎は、雷に負けぬ大声で笑った。

「お前《めえ》もずぶ濡れだが、さして帰るかえ。こっちの新しいのは、お前のだ」

差し出された傘を受け取って、卯之吉は、もう一度目をしばたたいた。


雨は上がったが、まだ彦七はこない。

早めの風呂《ふろ》に入り、浴衣《ゆかた》に着替えて部屋へ戻ってくると、夕焼けの庭に、卯之吉が傘を干していた。三本あるのは、佐七のも干してやったらしい。

「ふうん。夕焼けの傘ってのは、きれいなものだな。庭に大きな花が咲いたようだ」

卯之吉は、返事をせずに横を向いた。慶次郎は、うちわで懐《ふところ》へ風を送りながら庭へ降りて行った。傘に残っている雨の雫が、糸を引くように地面へ落ちて行った。

「花に置く露か」

「わけのわからねえことを言うなよ」

低い声がそう言った。

「お前《めえ》……」

「何だえ」

慶次郎も、卯之吉から視線をそらした。

「お前《めえ》、……ずぶ濡れになって、俺を迎えにきてくれたのかえ」

「あの雨だ。ずぶ濡れになってもしょうがねえわな」

「俺……」

低い声が、ますます低くなった。

「俺……、思ってたより、いい人に出会ってるんだ……」

慶次郎は、卯之吉から目をそらせた。こそばゆい言葉だった。ずぶ濡れになったのは、すさまじい吹き降りで、傘をさすのが面倒だったということもある。

「でも、あのばか親爺はこなかった」

「彦さんは今、奉公人だよ。お前に会いてえと思ったって、仕事がありゃ思い通りに動けやしねえ。そんなことを言っていねえで、早く風呂へ入ってきな」

だが、卯之吉は動かない。まだ彦七を待っているのだろう。

「こられるようになれば、きてくれるよ。さっさと風呂へ入りな」

「うるせえや」

その声の間から声が聞こえた。

声は、日暮れになっての訪問を慶次郎に詫びている。

「おやじ――」

卯之吉は、傘の柄につまずきながら垣根へ向って駆けて行った。傘からはまた、雨の雫が地面へしたたり落ちていった。

最良の日

いつものように将棋盤を持ち出して詰将棋の駒《こま》をならべていると、田舎家風に囲炉裏《いろり》がきってある板の間と縁側を区切っている重い板戸が開けられた。慶次郎は軀《からだ》を横に傾けて、板戸の向う側にいる人物を見ようとした。

佐七の部屋は、板の間の横にある。板戸を開けたのは佐七にちがいないのだが、佐七にしては妙だった。いつもの佐七は台所から庭づたいに縁側へきて慶次郎の向いに腰をおろし、「桂馬《けいま》の置き方がちがっている」と駒の向きを揃《そろ》えたり、「どうして角行《かく》は斜めにしか動けないのだ」と執拗《しつよう》に尋ねたりして、慶次郎を悩ませる。間違っても、遠慮がちに板戸を開けるようなことはしない筈《はず》であった。

ことによると虎の子の金を腹に巻いていて、井戸にでも落としてしまったのかと思った。が、そうではなかった。

「頼みがあるんだよ、旦那《だんな》」

と、ようやく半分ほど顔をのぞかせた佐七は、恥ずかしそうに口ごもった。

「その、何だ。実はその……」

「じれってえ、はっきり言いねえな」

慶次郎は笑った。

「七つぁんの頼みなら、たいていのことは聞くぜ」

「でもさ――」

佐七は、皺《しわ》の多い顔を赤らめた。

「その、だからさ――」

「気のきいた化け物なら、もう消えてるぜ」

「そうせかしなさんなって。実は、ほれ、何と言えばよいのかな、明日は谷中感応寺《やなかかんのうじ》のさ、早く言えば富突《とみつき》の日でね」

「遅く言っても、富突の日だよ」

「当り籤《くじ》は何番か、見てきてもらいたいんだよ」

慶次郎は、詰将棋の本を膝《ひざ》に置いて、半分だけ見えている佐七の顔を見つめた。つい先日も、佐七は富籤《とみくじ》の弊害を説いていたのではなかったか。

佐七の説によれば、富籤は富を生む籤にあらず、金を失う貧籤《びんくじ》であるという。

富籤は、寺院や神社の修理にかかる費用を集めるために売り出されたものだった。

『第弐千参百四拾五番』などと番号の書かれた籤を多くの善男善女に買ってもらい、当り籤には大金を出すというしくみである。

この当り籤をきめるのが富突で、たいていは月に一度、富籤を発行した寺社の境内で行われる。寺院ならば本堂、神社ならば拝殿の正面に高さ三尺五寸、幅二尺五寸の箱が置かれ、寺社奉行所役人立ち会いのもとで、突手がその箱の中に入っている札を槍《やり》で突く。札には番号が書かれていて、それと同じ番号の籤が当りとなる。早く言えば懸賞金つきで寺社は寄付を集めていたのだが、それがいつの間にか、籤の大当りばかりが喧伝《けんでん》されるようになった。

ことに、江戸の三富と呼ばれる湯島天神、目黒不動、谷中感応寺の富突は、月に二度、行われる。籤は一枚が二朱、富籤を発行している寺社は江戸に七十箇所以上もあるというが、どこよりも高い。無論、当り籤に支払われる額も群を抜いていて、三富の富突興行のある日には一攫千金《いっかくせんきん》を夢見る人々が境内を埋め、当り番号が読み上げられるたびに、立木が揺れ動くほどのどよめきが湧《わ》き上がるのである。

「いやだねえ。みんな、目の色を変えちまってさ」

と、先日も佐七は言った筈だ。

「みんな、手前《てめえ》に都合のいいことしか考えていないんだね。ばかばかしいじゃないか、旦那、当り籤は手前《てめえ》が持っていると思い込んでいる」

札を突くのは百回かぎりだった。百度めを突留《つきどめ》といい、この番号と同じ籤が、一番の大当りとなる。湯島天神でいえば、六百両の大当りであった。

そのほか、寺社によって差があるが、百両の当りもあれば、五十両のそれもある。にわかに自分の収入がふえるあてのない人達が、もしかするという頼りない望みにすがっているのだ。突手の一挙手一投足に興奮するのもむりはなかった。

「だけど考えてご覧よ、旦那」

と、先日の佐七は言った。

一枚二朱の籤が、六百両や百両に化けてくれればよいが、札を突くのは百回かぎりである。発行される富籤の数は、最も多い時で一万枚、それが売り切れたとすれば、九千九百人がはずれとなるのである。

「ま、お上のお許しをもらっていない影富《かげとみ》なら、もっと安い籤もあるけれど」

佐七は、慶次郎の前へ二本の指を突き出した。

「一枚二朱だよ、二朱」

富突は月に二度、興行のあるたびに買って、そのたびにはずれれば、毎月一分の損になる。一年にすれば、三両もの金を失《な》くしていることになる。

「年に三両と言やあ、山口屋の女中の給金じゃないか。それをむだ遣いしているんだよ、旦那。だから、富籤ってのは嘘《うそ》だ、貧籤だってんだ」

「ま、そうわるく言うな。夢中になるのは、どうかと思うが、並の人間はまとまった金を、そう手にできるものじゃねえ。富籤を買って、もしかしたら――と思うのを楽しみにしている者もいるんだ」

それに、二朱の籤を一人で買う者の方が、むしろ少ないかもしれない。十文、二十文ずつを出しあって、大当りの夢を見る者も大勢いるのだ。

「だからさ」

と、佐七は眉《まゆ》をひそめた。

「仲買いなんてえ奴《やつ》が出てくるんだよ。素寒貧《すかんぴん》だが富籤は買いたいという手合から、十文、二十文の銭を集めて、籤を買ってやる。それを商売にしているんだよ。この間なんざ、仲買いが籤を買い占めて、二倍の値で売りつけたそうだ」

聞き捨てにはできなかった。慶次郎は、その仲買いの名を尋ねた。が、佐七はそういう噂《うわさ》を耳にしただけらしく、「だから、富籤は嫌いだ」と繰返していたのである。

「いってえどういう風の吹きまわしだえ。感応寺なら、すぐそこだ。当り籤の番号を聞いてくるなんざ、わけはねえが、あまり変わったことを言って、雨――どころじゃねえ、雪や霰《あられ》を降らせてくれるなよ」

「降りゃしないよ。この間、胴巻の中の金をかぞえたら、二朱の半端《はんぱ》があったんでね、試《ため》しに買ってみただけだよ」

「二朱を半端とは恐れ入ったね。が、それなら七つぁんが行きゃあいいのに。札が突かれるたびに男でも胸がどきどきして、なかなか面白《おもしれ》えそうだぜ」

「だから、行けないんだよ」

と、佐七は言った。

「もし、俺に百両とか三百両とかが当った時を考えておくんなさいよ、旦那。この年齢《とし》だもの、気が遠くなって、籤を握りしめたままあの世へ行っちまうかもしれない」

「わかったよ」

慶次郎は、笑って手を差し出した。籤を受け取るつもりだったのだが、佐七は、明日になってから渡すと言った。今は、仏壇に供えてあるのだという。

感応寺の籤を買ったのだとわかれば、仏様が味方してくれるだろうと真顔で言う佐七の顔は、とても「試しに籤を買ってみた」人のものとは思えなかった。

小野崎源三郎は今、感応寺の境内にいる。

別にそう言い置いて出かけたわけではないが、煙草屋《たばこや》の唐紙《からかみ》を貼《は》ってやる約束を明日にのばして、源三郎の行くところといえば、富突の興行が行われている寺社の境内しかなかった。

「ちょいとそこまで探しに行ってきます」

と、おしのは土間に降りて、源三郎をたずねてきた武士をふりかえった。

山川勘吾《やまかわかんご》となのった朴訥《ぼくとつ》な感じのする武士は、少々心配そうな顔になった。江戸詰を仰《おお》せつかって半年というから、おしのの「ちょいとそこまで」を、国許《くにもと》の「そこまで」と同じだと思ったのかもしれなかった。

故郷の「ちょいとそこまで」は、上野下谷町から京橋、芝あたりまでを言うと、源三郎はよく笑っていたものだ。公用で使いに出たついでに立ち寄ったらしい勘吾は、一刻《いっとき》以上も待たされるようになっては困ると思ったのかもしれない。

「すぐそこですよ。谷中の感応寺ってとこ」

「感応寺？　富突か」

「いえ、そうじゃないんですけど……あの、ほら、富突がどんなものか見たいって言いなすって……」

自分でも、わけのわからないことを言っていると思った。

おしのは、四半刻《しはんとき》ほど前に、この長屋へきた。出戻りで、実家の『せせらぎ』という料理屋で働いているのだが、源三郎の好物である谷中生姜《やなかしょうが》のはしりが店に入ったので、四、五本を引き抜いて持ってきたのだった。

が、源三郎はいなかった。出入口の腰高障子は開け放されたまま、煙草屋の唐紙に使うらしい紙も文机《ふづくえ》にのせたままになっていて、よほど急いで出かけたようだった。

それでも念のために、長屋の木戸から二軒めにある煙草屋へ行って、おしのは、源三郎がきていないかと尋ねてみた。「きているものかね」と、煙草屋の女房は、簪《かんざし》の足で髷《まげ》の根もとをかきながら答えた。

「今日は、感応寺の富突だよ。源さんらしくもない、富突の日を間違えて、うちと約束しちまったようだけど、お腹《なか》の具合がわるいとか何とか言ってね、明日にのばしてくれと頼みにきたよ」

しょうがないから、いいと答えたと、煙草屋の女房は苦笑した。

「まったく、源さんにも困ったものだねえ。富籤が好きなのはいいけどさ、稼いだお金をみんな富籤につぎ込んじまうんだもの。尋常じゃないよ。おしのちゃん、源さんの女房になるおつもりなら、きつく言っておやり」

あれは病いだから――と、あまり弁解になっていない弁解をして、おしのは、源三郎の長屋へ戻ってきた。帰りを待つ間に掃除をしておこうと、手桶《ておけ》に水を汲《く》んできたところへ、この山川勘吾という武士があらわれたのだった。

「ゆえあって、藩の名は言えぬが」

と、武士は、源三郎と同じことを言った。言葉にも、源三郎と同じ訛《なま》りがあった。

源三郎が下谷町に住みついてからざっと十五年、どこの藩士であったのか、永《なが》の暇《いとま》の理由は何であったのかなど、当人が話したがらぬことを根ほり葉ほり聞こうとした者はいないが、五、六万石の大名家に仕えていて、二百石近い知行地をもらっていた上士だったらしいとは、皆、何となく知っている。

その源三郎を、山川勘吾という武士が、やっと見つけたと言ってたずねてきたのである。江戸詰になってからの半年間、知らせたいことがあって、源三郎を探しつづけていたという。

帰参《きさん》が叶《かな》ったのだと、おしのは思った。親しい友人だったという武士が懸命に源三郎を探しまわるのは、殿様の怒りがとけたからとしか考えられなかった。

それなのに、感応寺の富突を見に行ったと口を滑らせてしまったのだった。江戸の人々を熱狂させている興行を、源三郎が見に行っても不思議はないのだが、勘吾は、感応寺と聞いただけでいやな顔をした。見るからに真面目《まじめ》そうな勘吾にとって、富籤に熱中する江戸の人達は見るに耐えないものだったのかもしれず、源三郎の日常を近所の人達に聞いて、無類の富籤好きであるとわかれば、帰参の話を引っ込めてしまうかもしれなかった。

「あの、言っときますけど、源さんは、ほんとに見に行っただけですからね」

感応寺まで走って行くつもりで裾《すそ》をからげ、下駄を手に持ったおしのを、勘吾は戸惑ったような表情で呼びとめた。

「おぬし、源三郎のご妻女ではないのか」

「ごさいじょ？」

「その、女房ではないのか」

何を言いなさるんですよという言葉が唇の外へ出てこぬまま、おしのは、薄いあばたのある勘吾の顔を見つめた。源三郎は今年三十九歳、妻子のいない方がおかしい年齢だったし、また、国許に妻子がいるとも言っていたのである。

「ご妻女なんてものじゃない、ただの出戻り女ですよ。放っておくと源さんに蛆《うじ》がわきそうだから、掃除洗濯を勝手にひきうけていますけど」

身のまわりの世話をしてやるようになって一年近くたつが、いまだに手を握ったことすらない。おしのが酔ったふりをしてしなだれかかっても、源三郎は、突き放しもしないかわり、抱き寄せてもくれなかった。

おしのはそれを、国許へ置いてきたという妻への遠慮だと思っていた。源三郎もおしのに好意を持っていることは、勘でわかる。その気持にも、おしののうちにも目をつぶってしまうのは、妻への気持が強いのだと思っていた。

が、勘吾は、今の今までおしのを源三郎の女房だと思っていたらしい。そういえば挨《あい》拶《さつ》もていねいだったし、おしのがいれた茶を妙に恐縮しながら飲んでいた。「これがご妻女から源三郎を奪った女」といった表情は、まったく見せなかったのである。

ことによると――と、おしのは思った。ことによると、源三郎は妻と別れているのではあるまいか。

永の暇となった時、気を昂《たか》ぶらせた妻に罵《ののし》られ、女はこりごりだと思っていて、おしのが誘ってもも気づかぬふりをするほど用心深くなっているのではないだろうか。

「別れていたのなら――」

おしのは嬉《うれ》しい。国許に妻子がいると思えばこそ、胸許をつかんで「じれったい人だねえ」と言うのも控えていたし、「掃除洗濯をしてくれる重宝な女だとしか、思ってないんですか」とからむのも我慢していたのである。が、独り身なら、遠慮することはない。

おしのは、源三郎と出会った時を思い出した。こわれた家具の直しから唐紙の貼替まで、金がなければ丼《どんぶり》いっぱいのめしと簡単な惣菜《そうざい》でひきうけてくれる浪人がいると聞き、踏台をかかえてたずねて行ったのだった。

いいよ――と、源三郎は言った。彼は、おしのの持って行った踏台をひっくり返して眺めていたが、その間、おしのは源三郎を見つめていた。

我に返った時には、胸が痛かった。息をするのを忘れていた――いや、していたのだろうが、雷に打たれたように身じろぎもできず、息さえもとめていたような気がしたのである。十六歳で嫁いだ商家の若旦那《わかだんな》も、決して嫌いではなかったが、そんな不思議な気持に襲われたことは一度もなかった。だからこそ、子供が生れぬからと離縁を言い渡された時、引き剝《は》がせるものなら引き剝がしてみろと、亭主に抱きつく気持が起こらなかったのだろう。

「今晩、源さんに言ってやろ」

と、おしのは、貼りかけの傘を見ながら思った。わたしは、死ぬほど源さんが好きなんですよ。傘貼りも唐紙の貼替も放ったらかしにして富突に出かけちまうけど、それが源さんなのだと思えば、腹も立たない。こんなに滅茶苦茶《めちゃくちゃ》に好きなんだから、ねえ、早くどうにかして下さいな。——

気がつくと、勘吾が苦笑していた。おしのの胸のうちを読みとったようだった。

「そろそろ屋敷へ帰らねばならぬ。感応寺はすぐそこでも、あの人混みの中では源三郎を探すのは大変だろう。富突のない日に、出直してくる」

勘吾が立ち上がった。あわてて履物を揃《そろ》えようとして、おしのは、自分が裸足のままでいることを思い出した。

「よいお人とお見受けした」

と、勘吾が言った。

「源三郎に伝えて下さい。浅江殿は、昨年の春に亡《な》くなられたと」

「え？」

「浅江殿、源三郎の別れたご妻女だ。昨年の春に亡くなられた」

おしのは、自分の身内の死を告げられたように息をのんだ。

源三郎を罵ったのかもしれぬなどと、一瞬でも思ったのが申訳なかった。飽きも飽かれもせぬうちに、永の暇が二人の間を引き裂いたのかもしれず、とすれば、妻は夫に一目会いたいと思いながらあの世へ旅立って行ったにちがいない。源三郎も、その知らせを聞けば、知らぬこととはいえ、富籤にうつつをぬかしていた日々を悔いるだろう。

涙がにじんできた。が、これで当分、「早くどうにかして下さいな」とは言えなくなった。おしのは、目頭を小指の先で押えながら、妻の喪に服す源三郎を想像した。

「それから……」

と、勘吾が、ためらいがちに言葉をつづけた。

「大四郎殿が江戸へ出てきているかもしれぬと……」

「大四郎様ですね？」

「源三郎の息子でござるよ」

いずれ打明けねばならぬことだからと言い、勘吾は溜息《ためいき》をついて言葉をつづけた。源三郎の一人息子が、養子に行った屋敷を飛び出してしまったのだという。

おしのの脳裡《のうり》から、服喪中の源三郎が消えた。かわって、顔立ちのよくわからぬ若者の姿が浮かんできた。

今年三十九歳の源三郎に、それほど大きな息子のいるわけがない。十六か十七か、江戸のわるい水に染まりやすい頃だ。取り返しのつかぬことにならないうち、曾祖父《そうそふ》の父親の代から江戸に住んでいて、四方に知り合いの多いおしのが探し出してやらねばならないだろう。

まず、根岸にいるもと定町廻《じょうまちまわ》りをたずねて行って――とそこまで考えて、おしのは唇を噛《か》んだ。もと定町廻りが息子を探し出してくれれば、源三郎は、その息子と暮らしはじめるにちがいない。

わたしはどうしてこう、自分に都合のわるいことに手を貸しちまうんだろうね。

自分のために泣きたくなってきた。

「よう。きてたのか」

と言って、源三郎が部屋へ上がってきた。

「怒るなよ。感応寺で、すってんてんにやられちまった」

たまには明日のお米のことも考えた方がいいと、叱言《こごと》を言ってやりたいところだったが、先に勘吾のことづけを伝えねばならない。おしのは、いい加減な返事をしながら茶をいれて、浅江様が他界したと言った。

返事はなかった。

ふりかえると、源三郎は、しみだらけの天井を見つめていた。その膝《ひざ》の前に茶をいれた湯呑《ゆの》みを置いたが、それにも気づかぬようだった。

はじめて見る源三郎の姿だった。「お茶がさめますよ」とも言えずにいるうちに、おしのの目にまた、源三郎と浅江のための涙がにじんできた。妻は、夫に看取《みと》ってもらえなかった。夫は、妻が死んだことすら知らなかったのである。

帰参が叶って妻と暮らせる日を夢見ていたにちがいない源三郎は、腑抜《ふぬ》けのようになるかもしれない。そんな時にこそ、自分がしっかりしなければいけない。ことによると、故郷へ置いてきた妻を思い出さぬよう、源三郎は富籤に狂っていたのかもしれず、おしのは、これから明日富突が行なわれる寺社を調べ、踏台をもう一度こわすか、唐紙に大きな穴を開けるかして、二分の修理代を用意しておこうと思った。

が、それだけでは足りない。気晴らしをさせたあとは、この腑抜けを国許へ出発させなければならなかった。

おしのは、襦袢《じゅばん》の袖《そで》で涙を拭《ふ》いて、源三郎の背を派手に叩《たた》いた。

「何をぼやぼやしていなさるんですよ。早く大家さんとこへ行きなすって、通行手形や関所手形を出してもらう手続をなさいまし」

源三郎は、我に返ったようにおしのを見た。

「関所手形？」

「そうですよ。お国へ帰りなすって、お線香の一本もあげて差し上げなくっちゃ、亡くなられた奥様がお淋《さび》しいじゃありませんか」

源三郎の口許に、かすかな笑みが浮かんだ。

「いいんだよ」

「何がいいんですよ」

「国へ帰らなくってもさ」

「富籤で、すってんてんになっちまったからでしょう。わかってますよ、路銀《ろぎん》ぐらい、わたしが用意します」

「やめてくんな――」

源三郎の手がおしのの手をつかんだ。気がつくとおしのは源三郎の腕の中にいて、源三郎は、おしのの髪に頰を埋めていた。「俺あ、国許じゃ、ごくつぶしで通っているんだ」と言う声が、耳からではなく、肌を通して聞えたような気がした。

そうなることを待っていた筈《はず》だった。が、おしのは、源三郎の腕を払いのけて坐《すわ》り直した。

「ごくつぶしが何ですか」

源三郎は、横を向いている。おしのは、衿《えり》や裾の乱れを直しながら言った。

「お国許では、ごくつぶしがお線香をあげちゃいけないことになってるんですか。ごくつぶしだろうと、すっとこどっこいだろうと亭主は亭主、このお向いの為《ため》さんみたように、ろくな稼ぎがなくっても威張ってりゃいいんだ」

そのあとで、おしのは、「奥様が亡くなられたからって、身替りになんざなりませんからね」と呟《つぶや》いた。聞えぬだろうと思ったのだが、ややしばらくたってから、源三郎の返事が聞えた。

「腹の立つことを言うじゃねえか。ま、わるい時に、お前《めえ》の気持も確かめずにわるいことをしたと思うが」

おしのは、口を閉じて首を垂れた。その頭の上へ、源三郎の言葉が落ちてきた。

「俺あ、お役目をいい加減につとめていたってんで、永の暇を出されたんだよ」

顔を上げると、口許に微笑を浮かべた源三郎の視線が待っていた。

「そう言われても弁解のしようがないほど、のんびりやってはいたがね」

大番組《おおばんぐみ》の頭《かしら》——大番頭《おおばんがしら》だったと、源三郎は言った。

大番組は、戦《いく》さが起こった時に、藩主直属の軍勢となる。頭ともなれば、大将として指揮をとらねばならない。が、今は、何事も起こらぬ、いや、起こしてはならぬ世の中だった。大番組は、城の警備という役目をひきうけていた。

「おろそかにしていい役目ではないさ」

と、源三郎が言った。

「平穏無事な世の中でも、どんなところから、どんな奴《やつ》がしのび込んでくるかわからない。俺も、それなりに働いたよ」

ただ、番衆を叱《しか》りつけたことはなかった。番衆の失敗を罵ったこともなかった。警護の最中に足をひねってしまった番衆にも、源三郎は、「同じしくじりは、二度するものじゃないぞ」と言っただけだった。

それを手ぬるいという重臣もいた。大番頭の下にいる、組頭などもそう言っていたらしい。それはわかっていたことだったが、源三郎は、番衆には好かれていると思っていた。事実、万一、戦さが起きた時は、源三郎の弾《たま》よけになって死ぬとまで言った番衆もいたのである。

「が、俺がお役御免となった時、何人かの番衆が、藩の重役にかけあうと言ってくれたのだが、その男は仲間に入っていなかった。しかも、その翌日に殿のご勘気を蒙《こうむ》ると、お役御免とはどういうわけだといきまいていた番衆も、口を閉じちまったよ」

「しっこしのない人達ですねえ。わたしがいりゃあ、お前さん達はそれでも男かって、袖をまくって啖呵《たんか》をきってやったんだけど」

源三郎がおしのを見た。微笑を含んでいるような切長な目に見つめられて、おしのは、思わずまばたきをした。

「仕方がないんだよ。今の世の中、どこの藩も台所は火の車だ。禄米《ろくまい》を半分近く召し上げても、まだ苦しい。手ぬるいと評判の大番頭に、良田の多い知行地を渡しておくわけにはゆかなかったんだ」

「だからといって……」

「俺のほかにも、四人が暇を出された。俺を含めて五人が五人とも、のんびりとお役目をつとめていたのさ。あいつらは無用と思われても仕方がない」

「ですからさ。藩のご重役が源さんを無用と思いなすったって、ご番衆は、そうじゃないとわかっていなすったんでしょう？　だったら、何だってそう言わないんですよ。男のくせに、情けないったらありゃしない」

「五十俵取りの藩士も、三分の一くらいの禄米を召し上げられていたんだ」

と、源三郎は言った。

「田舎だって五十俵の禄高じゃ食うや食わずだ。その上、藩が三分の一を召し上げる。恥も外聞もなく内職をして、やっと暮らしているんだよ。が、役立たず五人に暇を出せば、一千石近い知行地が藩のものとなる。禄高の少ない者にすりゃ、その分、召し上げられる禄米が減るかもしれぬと考えたくなるじゃないか」

おしのは、ふたたび口を閉じた。

「俺がいなくなっても、藩には何事もない。いや、五人がいなくなっても、仕事に支障はない。戦さは大将の数も兵の数も大事だが、今のお城にゃ、いらない頭数が多過ぎるのかもしれない。俺も、無用の長物だったんだよ」

源三郎は、横を向いてつけくわえた。

「女房までが、そう思っていたのは残念だったがね」

「ばかな。奥様なら、おわかりになるじゃありませんか」

興奮したせいか言葉がつづかず、おしのはかぶりを振りながら源三郎の膝を揺さぶった。

唐紙に貼《は》る紙がのっている机の横には、隣りの女房が持ってきた脚の折れている行燈《あんどん》がある。向いの女房は、ちりとりを直してくれと言って、板きれを持ってきた。

近所の女房達だけではない。隣り町の女房達も、その隣り町の女房達も、小野崎源三郎の評判を聞きつけて、行燈やちりとりや踏台や、時には文机《ふづくえ》や茶簞笥《ちゃだんす》まで荷車にのせてはこんでくる。町内には、小金をためている者もいれば、その日暮らしの貧乏人もいる。礼金が払えない者は丼一杯のめしと惣菜でよいというのが、貧乏人にとっては何よりも有難いのだ。

源三郎のお蔭《かげ》で、何となく安心して暮らせる。

そう言っている者が、町内だけで何人いることか。そんな男を放り出す藩も藩、妻も妻だ。身近にいながらなぜ、源三郎の能力がわからなかったのか。

「有難うよ」

と、源三郎が言った。

「そう言ってもらえるだけでも、江戸へ出てきてよかったよ」

「源さんは、人がよくって口下手だから」

「女房の父親が、藩の年寄——重臣でね」

源三郎はぽつりと言った。

「俺をごくつぶしだと、一番先に思ったのは女房かもしれないな」

それはわかると、おしのは思った。

源三郎を見ていると、おしのですら腹の立つ時がある。源三郎は、めざしで行燈の修理をひきうけて、ついでに火袋の破れも直してやろうと、糊《のり》を買いに出かける男なのである。めざしで腹はいっぱいにならない。米屋を拝み倒して代金を月末払いにして、その金で糊を買ってくる。人のよいのもいい加減にしろと、腹が立つのだ。

お城勤めをしていた源三郎が、その時だけ人がわるかったとは思えない。源三郎の人のよさを利用して、金があるにもかかわらず、ただで修理を頼む者が下谷にもいるように、お城にも、源三郎の人のよさを侮《あなど》って、足を引張ろうとした者がいたにちがいない。

それが妻の浅江には、夫が頼りないからと映ったのではないか。

だが、めざしをもらって糊を買いに行くのが、源三郎なのだ。青菜をもらったからと、朝も昼も晩も、おひたしを食べているのが源三郎なのだ。大番頭は誰にでもつとまるかもしれないが、めざしで行燈の修理をし、頼まれもせぬ火袋の破れを貼ってやるのは、源三郎しかいない。源三郎は、この世でたった一人の貴重な存在なのだ。

「有難うよ」

源三郎が笑った。

「が、俺が重宝がられているのは、俺が器用だからではない。金をとらないからさ。その証拠に、がらくたの修理を頼む奴には、こちらから礼金として十文払うという奴があらわれてみねえ、少々下手くそだって、みんなそっちへ行っちまう。――そんなことを考えていたら、妙に鬱陶《うっとう》しい気持になってね。俺が富籤に狂ったのは、湯島天神の六百両を当ててその場にばらまいて、これは俺にしかできない芸当だと、天下に知らせたかったからだったような気がしてきた」

「何だってそんなにひねくれるんですよ」

おしのは、源三郎の肩に手をかけて揺すった。

「あんなにきれいに行燈や踏台を直せるのは、源さんしかいませんよ。六百両をばらまかなくたって、隣りのお兼《かね》さんも煙草屋《たばこや》のおかみさんもみんな、源さんがいなくなったら困ると思ってるんです」

源三郎は、おしのから視線をそらせ、隣りの女房に修理を頼まれた行燈を引き寄せた。

先刻とは反対に、おしのが源三郎の肩に頰をのせた。行燈は日暮れまでに直してやらないと困るから――などという源三郎の呟きが聞えたが、おしのは、かまわずに腕を源三郎の首にまわした。そのとたんに、髭《ひげ》をはやした朴訥《ぼくとつ》な顔が目の前に浮かんだ。山川勘吾だった。

「いけない、忘れてた。源さんの倅《せがれ》さんの、大四郎さんって方が、お屋敷を飛び出して、江戸へきてなさるんですって」

「大四郎が？　大四郎が江戸へ出てきたというのか」

顔色を変え、行燈を持ったまま立ち上がった源三郎の手を、おしのは力まかせに引いた。

「どこへ行こうってんですよ」

「どこへって、倅が江戸へ出てきたのだ」

「薄情なことを言うようだけど、十五年ですよ。お互いの顔がわかりますかえ」

「だが……」

「きっと探し出してくれるお人が根岸にいます。これから行ってきますよ」

おしのは、まだ腰を浮かせたままの源三郎を落着かせようとして、すがりついた。

源三郎が、おしのを見た。大四郎でいっぱいになった源三郎の胸へ、おしのが割り込んだようだった。

行燈が邪魔だった。おしのは、それを土間へ投げ捨てて、源三郎の腕の中へ飛び込んで行った。

晃之助は、昔、慶次郎がよくそうしていたように、縁側へ出て爪《つめ》を切っていた。やめようとしたのへ、切ってしまえと言ったのは慶次郎なのだが、鋏《はさみ》の音に三千代を思い出しそうだった。慶次郎は早口に、小野崎源三郎という浪人者の伜について話した。

「と、まあ、こういうわけさ。年齢《とし》は十六、江戸へは去年の秋にきているらしい」

「そういう子は、いくらもいますからねえ」

鋏を置いた晃之助は、意地のわるいことを言って笑う。

「江戸には、百万の人が住んでいるそうですよ。家を飛び出してきた十六の子も、千人や二千人はいるかもしれません」

「が、陸奥訛《みちのくなま》りがあるんだぜ」

と、慶次郎は言った。

「二千人のうちの半分に訛りがあったとして千人、山川勘吾ってえ藩士の話じゃあ、大四郎は色白だってえから、半分が色黒として五百人、大柄な奴もその半分として二百五十人……」

「わかりましたよ、もう」

晃之助は、爪の入っている懐紙を持って庭へ降りた。庭の隅につくられているごみためへ、捨てに行くようだった。

「実は、ちょいと心当りがあるんですよ。荷揚げ人足をしているんですが、二十《はたち》と言っている割には、顔が幼い。何かあるのではないかと、気にしていたのです。明日、辰つぁんにでも行ってもらいます」

「まったくもう──」

慶次郎は、大仰に溜息《ためいき》をついてみせた。

「年寄りをからかいやがって」

「養父上《ちちうえ》が黙ってからかわれているお人なら、張り合いがあるのですが」

だんだん人がわるくなりゃあがる──と、慶次郎は晃之助の背を見て微笑した。

皐月《さつき》が、厚く切った羊羹《ようかん》と茶をはこんできた。目尻《めじり》を下げて羊羹へ手を出す慶次郎に、ごみためから戻ってきた晃之助が、「まったく養父上ときたひには、羊羹で酒を飲みかねないのだから」と呆《あき》れた顔をする。

「羊羹なんざ、わたしは見るのもいやですからね。大四郎を探し出した暁には、角樽《つのだる》を二つ三つ下げてきて下さいよ」

「わかったよ」と慶次郎は笑ったが、翌日、根岸の寮へ辰吉がたずねてきた。荷揚げ人足をしていたのは、確かに陸奥訛りのある十六歳だったものの、農家の伜が口べらしのために江戸へ出てきたのだというのである。やはり、簡単には見つからぬのかもしれなかった。ただ、その若者は、家を飛び出してきた者どうしが安い縄暖簾《なわのれん》に集まることもあると言い、仲間に大四郎という男のことを尋ねてみると約束してくれたそうだ。

気のいい『せせらぎ』の娘ががっかりするだろうと思うと、慶次郎の足も重くなる。

「やっぱりわからないんですか」と、べそをかいたような顔になり、「この後もよろしくお願いします」と両手をつく姿が、目に見えるようだった。


源三郎が咳《せき》をしていた。激しい咳なのに、痰《たん》がからんでいるようすはない。のどに擦《す》り傷《きず》をこしらえて出てくるような咳だった。

十日ほど前から風邪をひいたと言い、おしのが医者へ連れて行ったのだが、おしのなら飲めばすぐ癒《なお》る薬が、源三郎には、まるで効かない。

「去年も一昨年もそうでしたよねえ」

おしのは、白湯《さゆ》をいれた湯呑《ゆの》みを持って、源三郎の枕《まくら》もとへ行った。源三郎は、たたんだ夜具に軀《からだ》をあずけて咳込んでいた。

「源さんはさっぱりしたお人なのに、どうして咳はこんなにしつこいんだろ」

源三郎が湯呑みをとった。が、一口飲んでは咳込んでしまう。おしのは、その背を両手でさすってやった。

ようやく白湯を飲み干すと、のどが湿ったせいか、咳も間遠になってきた。「もう大丈夫だよ」と、源三郎は、背をさすりつづけているおしのに言う。

「俺の母親は、心の臓の病いで死んだ。俺もあぶねえな」

「何を言ってなさるんですよ。源さんのは風邪。風邪ですよ」

夜具に寄りかかっている源三郎は、おしのをふりかえって笑った。

「すまないが、頼みたいことがあるんだ」

「すまないなんて言わないでおくんなさいな、水くさい」

また激しい咳が出た。目の前が白くなると源三郎は言うが、この咳では、確かに目もかすんでしまうだろう。おしのは、おろおろと背をさすり、白湯を汲《く》んで源三郎に渡した。

咳は、湯が飲めるようになってやんだ。というより、咳がやんで、湯が飲めるようになったのだろう。源三郎は、肩で息をしながら言った。

「今日は、湯島天神の富突なんだよ」

「だめですよ。あんな人混みへ連れてってくれだなんて、冗談じゃない」

「が、所帯をもつにゃ金がいるぜ」

「え？」

「所帯をもちたいと言ったんだよ」

嬉《うれ》しさに目の前が白くなった。白くまぶしい光に、目がかすんでしまったようだった。

口をついて出てきた「わたしゃ出戻りですよ」という言葉も、他人が言ったように聞えた。

「出戻りのおしのさんが好きなんだよ」

　と、源三郎が言っている。

「一文なしだし、心の臓はあっぷあっぷしやがるし、伜はまだ行方知れずだし、所帯をもちたいとは烏滸《おこ》の沙汰《さた》だと、我ながら思う。それで、湯島天神へ行きたいんだよ」

「富突を見てどうするおつもりなんですか」

「天神様のお告げを聞く」

　源三郎は言葉を切り、肩で息をした。

「俺は、おしのさんに楽をさせてやれる男じゃない。が、おしのさんを女房にしたい。考えた末、こんな男でもおしのさんを女房にしてもよいかどうか、天神様の助言をいただくことにしたんだよ。三両でも五両でも、籤《くじ》が当ればよし、まるで当らなかったなら、ごくつぶしが所帯をもつなどとんでもないというご託宣さ」

「よしておくんなさいよ」

　おしのは顔をしかめた。

「わたしだって子供は生めないし、亭主に追い出されているし、弟がお嫁さんをもらえばうちを出て行かなければいけないし、ろくな女じゃないんですよ。天神様のお考えを伺うこたあない、割れ鍋《なべ》に閉じ蓋《ぶた》で、ちょうどいいんです」

「それならなおさら、富突に行きたい。六百両当りゃ、おしのさんの店が出せる」

「お店――ねえ」

六百両など当るわけがないと思ったが、名前にちなんで篠竹《しのだけ》を染め抜いた暖簾《のれん》が脳裡《のうり》に浮かんだ。それを見透かしたのか、源三郎が、どうしても連れて行けと駄々っ子のようなことを言う。

「もう一つ、頼みがあるんだよ」

と、これは少々てれくさそうな顔になった。

「籤に当ったなら、大四郎も見つかるような気がする。見つかった時は、ひきとってもいいかえ」

「当り前じゃありませんか」

おしのは、子供が生まれなかったゆえに離縁された女だった。いきなり十六歳の子供ができるのは、戸惑うことが多いかもしれないが、そのかわり、『伜』という言葉には、胸が熱くなるような響きがある。

「そうときまれば善は急げだ」

と言って、源三郎が立ち上がった。

源三郎の咳は、いつもより執拗《しつよう》だった。茶店の床几《しょうぎ》に腰をおろしては咳込み、道端の石に寄りかかって咳をしては、「もう大丈夫」と言って歩き出すのだが、湯島天神への女坂で、とうとうこらえきれなくなったのだろう。絶え間のない人通りにもかかわらず、石段に腰をおろしてしまった。

おしのは、源三郎の前に蹲《うずくま》った。源三郎は、おしのの手を握りしめて咳込んだ。すさまじい力だったが、やがてその手の力がゆるみ、源三郎はおしのを見て苦笑した。

「富突の前に、亭主にゃならない方がよいと言われているようなものだな」

「何を言ってるんですよ」

かぶりを振ろうとした目の端に、見覚えのある人の姿が映った。森口慶次郎だった。

慶次郎も、おしのと源三郎に気づいたようで、石段を走り降りてきた。『せせらぎ』へ寄ったのだがと言って、言葉を濁す。おしのの父親か弟が、源三郎の家に入りびたりだというようなことを言ったのだろう。

「それならば、こっちへきた方が早いと思ってね」

慶次郎は、石段の上を指さした。少しでも境内の奥へ入って行こうと押しあっている人達からはずれて、色白で大柄な若者が立っていた。

源三郎が立ち上がった。

「大四郎か——」

若者が石段を降りてこようとした。が、その前に、源三郎が駆け上がっていた。

おしのは、慶次郎とならんで石段の上の二人を見つめた。おしののいる場所から見るかぎり、若者は粗末な着物に身をつつんではいるものの、わるい水には染まっていないようだった。

「いい若者だよ」

と、慶次郎が言った。

「母方の親戚《しんせき》にあずけられていたのだそうだが、二言めには父親のかわりに出世をしろと言われるので飛び出してしまったと言っていた。お前《めえ》の源さんに、父子《おやこ》とはいえよく似ているよ」

石段の上の父子は、ようやく言葉をかわしはじめたようだった。源三郎は、せっかく慶次郎が探し出してくれたというのに、「ほんとうに大四郎か」などと、つまらぬことを尋ねているのかもしれなかった。

若者が源三郎の腕の中へ飛び込んで行ったのを見て、慶次郎がおしのに、「上へ行こうか」と言った。そろそろ富突もはじまる頃だった。

おしのは、懐《ふところ》を押えてのぼった。源三郎からあずかった富籤が、財布の中に入っていた。

境内は静まりかえっていた。突手が槍《やり》を振り上げているにちがいなかった。耳が痛くなるほどの大きな歓声が湧《わ》いた。槍で突かれた札が、箱の中から引き上げられたのだった。「一番――」と叫ぶ、世話人の声が聞えてきた。百両が当る籤の番号が読み上げられるのである。

「第弐千五百四拾八番」

覚えのある番号だった。おしのは財布を出し、二つに折って入れた籤を震える手で開いた。

『第』という文字が、まず目の中に飛び込んできた。『弐千五百』、そして『四拾八番』――。

「源さん、どうしよう」

おしのは、自分ではそれと気づかぬ大声で叫んだ。

「当っちまった、それも、百両――。所帯ももてるし、息子さんとも暮らせますよ」

羨《うらや》ましげな視線が、源三郎に集まった。源三郎は、無表情な顔で、おしのから富籤を受け取った。気が昂《たか》ぶるあまり、天神様のお告げの意味がわからなくなっているのかもしれなかった。

源三郎がよろめいた。何かにつまずいたのだと、おしのは思った。が、見知らぬ人に支えられても源三郎は軀を起こそうとはせず、支えた人がそっと離れてゆくと、そのまま地面へ仰向けに倒れた。

「源さん。どうしたんですよ、源さん」

世話人を呼べという慶次郎の声が聞えた。

「源さん、返事をしておくんなさいな。せっかく天神様が所帯をもてと言っておくんなすったのに、どうしちまったんですよ」

「父上――」

大四郎も、目を閉じて動かぬ源三郎の軀を暖めるように、胸のあたりへ手を置いた。

「父上。しっかりなすって下さいまし」

源三郎が笑ったような気がした。おしのは、動かぬ源三郎にすがりついた。

「起きておくんなさいよ、頼むから。これから親子三人で暮らそうってのに」

混雑をかきわけて、戸板を持った人達が駆けつけてきた。おしのは源三郎から引き離され、泣きわめきながらもう一度すがりつこうとするのを、薄汚れた筒袖《つつそで》を着た手がとめた。大四郎だった。

「落着いて下さい。父上のあとについて行きましょう、ははうえ」

一瞬、軀をこわばらせたおしのの前を源三郎をのせた戸板が通り過ぎ、人混みを二つに割って、茶屋へ向ってはこばれて行った。

大四郎が歩き出した。自分が泣きわめいていることに気づいてさえいないおしのの手を引いていた。

「会えてよかった。ほんとうにいい日だぜ、今日は」

そんな源三郎の声が聞えたような気がした。

日々是転寝

柿《かき》の木でつくった門のあるのが、山口屋の寮だという。

柿の木でつくったとはどういう門なのか、お直《なお》には見当もつかなかったが、扉に木目の面白い板が使われているのを見つけて足をとめた。

門の左右は柴《しば》を結いまわした垣根で、その前を小川が音を立てて流れている。趣《おもむき》のある家が点在するこのあたりでも、群を抜いて風流《ふうりゅう》であることはよくわかったが、泥棒に入られた経験のあるお直には、金槌《かなづち》で叩《たた》き毀《こわ》せそうな門の扉といい、簡単に飛び越えられそうな垣根といい、ずいぶん不用心な造りに見えた。こんな不用心な家だから、もと定町廻《じょうまちまわ》り同心だという男を寮番に雇わねばならないのかもしれなかった。

「何かご用ですかえ」

声に驚いてふりかえると、背の高い男が、きゅうりの入ったざるをかかえて立っていた。

「あの、山口屋の寮番は……いえ、あの、道を間違えましたようで」

お直は、耳許《みみもと》まで赤くして走り出した。

もと定町廻り同心、森口慶次郎は四十七、八になる男と聞いてきた。今の男は髪も黒く、背筋も真直《まっす》ぐに伸びていて、四十そこそこに見えたが、あの男が慶次郎であることは間違いないだろう。髷《まげ》は八丁堀風だったし、長身で、眉《まゆ》の濃い男らしい顔立ちという、お直が耳にした特徴にも合っている。

「山口屋の寮はここだよ。そっちへ行っては、ほんとうに道を間違える」

男の声が追いかけてきたが、お直は、かぶりを振って叫んだ。

「いいえ、この道が間違いでございました。申訳ございません」

早く寮番をやめてくれ、やめてくれれば後釜《あとがま》にうちの亭主が坐《すわ》れるのだなどと、言えるわけがなかった。

霊岸島四日市町《れいがんじまよつかいちまち》は、対岸の銀町《しろがねちょう》とともに酒問屋の多いところだった。川岸には問屋の蔵がたちならび、店から飛び出してくる手代や小僧達が、賑《にぎ》やかな人通りの中を、「あいすみません」と叫びながら走りまわっていた。

山口屋は、四日市町の二の橋前にある。

ちょうど上方《かみがた》からの荷がついたところで、船頭が蔵の前へ器用に板を渡し、人足達がこれも器用にその板を橋にして、酒樽《さかだる》をはこび入れている。

番頭の文五郎は、帳面を持って川岸に立っていた。積荷の銘柄《めいがら》や数を確かめているのだろう。

わるい時にきたと、慶次郎は思った。こちらは急ぎの用事ではない。出直そうとして踵《きびす》を返すと、「森口様ではございませんか」と声をかけられた。店から出てきた手代が、慶次郎に気づいたらしい。

「おひさしぶりでございます。ここまでいらして素通りでは、主人も文五郎も淋《さび》しがりましょう」

手代は、店の前へ水をまいていた小僧を呼び、慶次郎を見た小僧は、手桶《ておけ》を放り出すようにして店へ駆け込んで行った。昔、文五郎が、現在の主人の姉と心中騒ぎを起こした時、慶次郎が粋《いき》なはからいをしてやったのを、山口屋では今も恩に着ているようだった。

「またくるよ。こんないそがしい時に、邪魔をしちゃあわるい」

「そう仰言《おつしや》らず……」

文五郎が、はこび込まれる樽から目を離さずに声を張り上げた。

「これから暑くなるところでございますよ。雨宿《あまやど》りならぬ、陽宿《ひやど》りをしておゆきなさいまし」

「日盛りを歩くのは馴《な》れていらあな」

と言ったが、額には汗がにじんでいた。

ここ数日、江戸は、かつてないほどの暑さに悩まされている。慶次郎は今朝、陽ののぼらぬうちに根岸を出て、八丁堀へ行った。奉行所へ向う前の晃之助に会って、少々話を聞いたのだが、陽はその間に高くのぼって、今は容赦なく霊岸島の町々へ照りつけている。冬の間は凍りつくような風を送ってくる新川も、強い陽射《ひざ》しを反射させているだけだった。

「ま、とにかく店へお入り下さいませ。手代も申しましたが、素通りはひどうございますよ」

荷揚げもまもなく終るという。慶次郎は、迎えにきた小僧の案内で店へ入った。色褪《いろあ》せた陽除《ひよ》けの出ている店の中は薄暗く、裏庭へ通じる戸も開け放たれていて、通り過ぎる風も少し冷えているような気がした。

主人の太郎右衛門は客間で待っていた。すぐにつめたい麦茶と菓子がはこばれてきて、酒の飲めぬ太郎右衛門は、「菓子をつきあって下さるのは森口様だけでございます」と、嬉《うれ》しそうな顔をした。

「が、心配していたのでございますよ。あれほど外を歩くのがお好きだった森口様が、しばらく八丁堀へもおみえにならないと聞きましたものですから」

そういえば、ここ半月《はんつき》、詰将棋と庭掃きで暮らしていたと慶次郎は思った。

「寮番に——というお申出を、有難くおうけしてしまったのが、いけなかったのではないかと思いまして」

　太郎右衛門という、山口屋の主人が代々なのっている名前がまだ似合わない当主は、若々しい額に手を当てて言った。先代が急死して跡を継いだばかりで、年齢も三十にはなっていない筈《はず》だった。

「やはりあの寮は、森口様の隠居所として、お気軽に使っていただいた方がよいかと存じます」

「冗談じゃねえ。それじゃ、こっちの肩が凝《こ》る」

「私どもは、森口様に住んでいただけるだけで有難いのですが」

　お邪魔いたしますという声がして、仕事を終えた文五郎が部屋へ入ってきた。三十を三つか四つ越えたばかりだが、先代が逝《い》ったあと、若い主人を支えているのはこの男だと、もっぱらの評判だった。

「例の心配でございますか」

　と、文五郎は、義弟に当る太郎右衛門を見て微笑した。

「主人は、森口様に寮番をおまかせするなど、もってのほかだと申しまして」

「なぜ」

「失礼を承知で申し上げますと、森口様のご気性《きしよう》では、寮番とは留守番役、留守番役が始終出歩いていては何の役にも立たぬとお考えになるのではないか、それで八丁堀へもお出かけにならぬのではないかと、心配しているのでございます」

「ずいぶんと好き勝手をさせてもらっているよ。申訳ねえくれえだ」

「とんでもない。佐七が庭掃きまで押しつけているとか」

「俺が好きでやっているんだよ」

文五郎は、申訳ございませんと詫《わ》びて、言葉をつづけた。

「もう一人、寮番を雇った方がよいのではないかという話になったのでございます」

「言い出したのは、私でございます。が、文五郎に、せっかちなことをするな、そんなことをしては、森口様に居づらい思いをおさせするだけだと叱《しか》られました」

太郎右衛門は頭をかいた。

「私は、森口様にもっと気儘《きまま》にお暮らし願いたいと思ったのですが。実は、店をやめさせられて困っている男に、うちの寮番にならぬかと声をかけ、ぜひ――という返事をもらったのでございます。が、よく考えますと、文五郎の言う通りでございました」

これでわかったと、慶次郎は思った。

寮の前に立っていた女の「山口屋の寮番は……」という一言が気になって、八丁堀まで出かける気になった。先刻晃之助に会い、その年頃の女がからむ事件はないかと尋ねてみたが、晃之助は、女のからむ事件はいくらでもあると首をかしげた。色恋沙汰《ざた》から起きたものばかりだというのである。

おそらく、太郎右衛門はもと定町廻りの寮番をやめさせるわけにはゆかぬからと、その男に断りを言いに行ったのだろう。男は、がっかりしたにちがいない。がっかりして、女房に愚痴をこぼして、女房は、金に不自由する筈のないもと定町廻りが、なぜ寮番のような割のいい仕事をしているのだと腹を立て、文句を言いにきた。働きたい者の邪魔をするなとまくしたてたかったのだろうが、さすがに慶次郎を前にしては何も言えず、引き返して行ったのだ。

「ひさしぶりの霊岸島だが、あいかわらず賑やかだな」

と、慶次郎は太郎右衛門に言った。

「これだけ酒問屋がならんでいて、これだけ繁昌《はんじょう》しているんだから、江戸は酒飲みが揃《そろ》っているんだろう。ま、他人のことでも、景気がいいってのは気持のいいものだ」

「いえいえ、これでなかなか大変なのでございますよ」

太郎右衛門は、苦笑して答えた。

「なかには思うような商売ができず、奉公人の数を減らす店もあるのでございます」

「寮番にならねえかと声をかけたってえのは、店から暇を出された一人かえ」

「さようでございます。が、どうぞもう、お忘れ下さいまし」

「袖《そで》すりあうも他生《たしょう》の縁《えん》というぜ」

慶次郎は、麦茶のおかわりを頼みながら尋ねた。

「何てえんだえ、その男は」

末吉《すえきち》は、二階の六畳で寝転んでいた。先刻、掃除をするからと外へ追い出したのだが、いつの間にか裏口から戻って、また寝転んでいたらしい。

この分では、隣りの女房と立話をしていた大家《おおや》に、挨拶《あいさつ》もしていないだろう。表口から出て行ったのだから、長話をしている大家と隣りの女房に顔を見られている筈だ。が、会釈《えしやく》すらせずに横を向き、路地へ飛び込んで裏口へまわったにちがいない。障子の桟《さん》にはたきをかけていたお直には、多少物音がしても聞えない。末吉は、難なく二階へ上がって行ったのだ。

あれが、お直さんのご亭主かえ？――と、大家は不思議そうな顔をする。蓼《たで》食う虫も好き好きですから――と、隣りの女房は、苦笑いをしたかもしれなかった。

南茅場町《みなみかやばちょう》のこの家に、末吉が転がり込んできてから二月《ふたつき》がたつ。この男が亭主だと近所にも言い、自分もそう思っているが、実は祝言《しゅうげん》をあげた間柄ではなかった。つきあいはじめてから五年たった今も、「いずれ祝言を」と言っている仲だった。

末吉が不実なわけではない。お直が末吉をもてあそんでいるのでは、なおさらなかった。祝言をあげたくても、あげられなかったのである。

だが、近頃のお直は、末吉を見て溜息《ためいき》をつくことがある。

「不実な人ではないけれど」

あてがはずれちまった。――

五年前、末吉は二十九歳で、霊岸島の酒問屋、島屋の手代だった。手代の中では一番の年嵩《としかさ》で、一番番頭が五十に手が届きかけていたこともあり、お直は、来年になれば所帯がもてるという末吉の言葉を信じたのだった。

翌年、番頭は暇をもらい、女房をつれて故郷の播磨《はりま》へ帰って行ったが、末吉は手代のままだった。彼よりも二つ年下の手代が、番頭に昇格したのである。

「あいつは、島屋の親戚《しんせき》なんだよ」

と、末吉は言った。

「十二の時に小僧としてあずけられて、ずっと島屋で働いていたのだもの、旦那《だんな》様が依怙贔屓《えこひいき》なすってもしょうがないのさ。それにひきかえ、わたしは伯父さんのうちで働いていて、外へ出してもらえたのが十七の時だろう。島屋へ奉公したのは、あいつの方がわたしより三年も早い。ま、今は辛抱するさ」

お直は末吉の説明にうなずいて、もう二、三年待っていようと思った。

どうしても末吉と所帯がもちたかったのではない。その時のお直は二十四、十七の時に男振りも腕もよい大工に惚《ほ》れて、所帯をもって、浮気に悩まされたあげくに家を飛び出して、すったもんだを繰返してやっと三行半《みくだりはん》を書いてもらってと、苦労の味も知っていたし、出戻りでもお直さんとなら一緒になりたいという話がないではなかった。

だが、浮気者の亭主に背負わされる苦労だけは、二度としたくなかった。といって、人間五十年のうちの半分以上を独りで暮らすつもりもなかった。浮気者はいやだが、まるで女に好かれない男もいや、女には騒がれるが、お直以外目もくれぬ男、そんな都合のいい男に一番近かったのが、末吉だったのである。

末吉は、見るからに身持がかたそうだった。女に好かれぬので、やむをえず身持がかたいのなら御免蒙《こうむ》るが、島屋の女中から聞いたところによると、艶《つや》っぽい話もあるらしい。商家で働いている者は、番頭に昇進するまで所帯をもてないため、ひそかに悪所へ足を向けることになるのだが、末吉は、岡場所の女から煙管《きせる》や煙草《たばこ》入れをもらってきたというのである。

「大変だ」

と、お直は思った。

身を売らねばならぬほどの苦労をした岡場所の女ですら、末吉には惚れるのだ。島屋の女中も、ことによると取引先の娘も、さして男振りはよくないが、一途《いちず》で、慎重な末吉を頼もしいと思っているかもしれなかった。

そこで、お直の目に薄雲がかかった。

今になってみれば、岡場所の女も末吉の風貌《ふうぼう》に騙《だま》されたのだと思う。男振りのよくないことが、妙に誠実な印象をあたえるのだ。一緒に暮らしてみてわかったのだが、末吉は頑固で融通がきかなかった。一を聞いて、二を片付ける気転もなかった。が、当時は、それが、こうと決めたらやりとげる意志の強さに見え、慎重で間違いがない美点に見えたのである。風貌のいたずらとしか言いようがなかった。

その上、小さい時に両親を亡《な》くし、伯父夫婦に育てられたという生い立ちもお直とよく似ていたし、たまたま仕立物を届けた呉服問屋の台所に末吉がいて、帰り道も一緒だったなどというような偶然が、幾度もあった。神様のおひきあわせだとお直が思ったとしても、むりはないだろう。

番頭さんになったら所帯を持とうとは、お直から言い出した。前の亭主で苦労したのに――と、お直は時々、自分に腹が立つ。

末吉は、その翌年も番頭にならなかった。翌々年も昇進の話はなく、それどころか、三十四歳になった今年、店の台所が苦しくなったからと、真先に暇を出されたのだった。

三十四の男と、二十八になる出戻りの女である。末吉が岡場所へ行かなくなった分、主人の目を盗んでお直の家で――ということを繰返していたし、申し分のない男にめぐり会えたと思っていたお直は、親戚にも仕立物の得意先にも、いずれ末吉と一緒になるのだと打明けていた。末吉が暇を出されたからと、お終《しま》いにできる仲ではなかった。

それに、はじめのうちのお直は、末吉が転がり込んできたのを喜んでいた。暇を出されれ、島屋の手代ではなくなったお蔭《かげ》で、誰にはばかることもなく所帯がもてると思ったのだ。

が、三十四で暇を出された男を、雇ってくれるような商家のある筈はない。お直は、暇を出されるとわかった時から親戚や知り合いの間を駆けまわり、末吉の仕事を見つけておいた。

質屋の帳付けである。

旗本の次男坊が小遣い稼ぎに通っていたのだが、婿《むこ》養子の口がきまってやめることになり、むずかしい文字の書ける人を探していたところだと質屋の主人も喜んで、末吉さえうなずけば、お直の内職と合わせて、楽に暮らしてゆけるだけの給金がもらえることになっていたのだった。

「そんな仕事がやれるか」

と、末吉は目をむいて言った。質草《しちぐさ》に値をつけるのは番頭の仕事、蔵へはこぶのは小僧の仕事で、末吉は、誰がいつどんな品を質入れしたか、細かく書きとめておくだけでよいのだと説明しても、「わたしは酒問屋の手代だった、それが冷飯食いのしていた仕事など――」と言って、首を振りつづけた。一途ではなく、融通がきかないだけなのかもしれないと気がついたのは、その時だった。

気づいたことは、ほかにもあった。所帯をもつなら亭主も働いてもらいたいとお直が不平を言うと、帳付けの仕事とはどういうものか、繰返し、尋ねるのである。尋ねて、お直に説明させて、「わたしにはできそうもない」と言う。

それだけ慎重なのだと考えたかったが、お直に硯箱《すずりばこ》まで用意させ、仕事の内容をいちいち書きとめた上、しかつめらしい顔で読み返して、「できそうもない」と言うのでは、ものわかりがわるいか、単なる怠け者と判断するほかはなかった。浮気者で手に負えなかったが、別れた亭主であったならば、「お前《めえ》の話より、質屋でじかに聞く方が早えや」と、出かけていただろう。

質屋の話は結局断って、以来、末吉は転寝《ごろね》をして暮らしている。

そればかりではなかった。お直が徹夜つづきで内職をしていても、「夕飯は暮六つに食わせておくれ」「手拭《てぬぐ》いをとっておくれ」「茶をいれておくれ」と、次々に用事を頼む。意地悪をしているのではないかと思うほどだった。

「ああ、もう、いやになっちまう」

二階で転寝をしていた末吉に階下の茶の間へ行くように言って、茶の間でまた横になるのに枕《まくら》を出してやって、つめたい麦茶をのせた盆の横にうちわも置いてやって、はたきと箒《ほうき》を放り出したままの二階へ駆け戻りながら、お直は胸のうちでわめいた。

「まったく、どうしてこう男を見る目がないんだろ、わたしは」

山口屋の太郎右衛門がわざわざ末吉をたずねてきてくれて、根岸の寮番を引き受ける気はないかと言ってくれた時は、末吉を押しのけて、「明日からまいります」と答えたいくらいだった。

「ご心配をかけまして」

と、その時は末吉も、神妙に頭を下げた。太郎右衛門は、あとのことはまた考えるから、とりあえず末吉一人で住み込んでくれと言い、話はきまったように見えた。

が、末吉は、太郎右衛門が帰ったあとで、「寮番だとさ、このわたしが。それも、森口何とかいうもと定町廻りの、世話をやいてやるのだと」と、吐き出すように言った。

それでも、断る気はなかったらしい。山口屋太郎右衛門が、わざわざ持ってきてくれた話には、さすがにそっぽを向けなかったのかもしれなかった。

とにかく、末吉の仕事が見つかったと、お直は思った。とりあえず末吉一人が根岸へ行くのであれば、お直は、谷中《やなか》の三崎町《さんさきちよう》あたりへ移ることにしよう。内職の仕立直しは少くなるかもしれないが、谷中なら根岸に近い。末吉も、使いのついでに立寄ってくれるにちがいない。そして、森口慶次郎というもと定町廻り同心がやめるのを待つ。そのあと、夫婦で寮番をつとめさせてもらえれば、万事好都合だ。

が、一転して、話はご破算となった。今まで通り、寮番は森口慶次郎がつとめるというのだった。

「冗談じゃない。こっちは所帯をもとうっていう時に、仕事がなくって困ってるんだ」

定町廻り同心の屋敷には、事件が起こった時に揉《も》み消してもらいたい商家から、季節ごとに金品が届くという。森口慶次郎という男も、たっぷりため込んだことだろう。そんな男が人の仕事を取り上げてよいものかと、勢い込んで出かけたものの、もと定町廻りに啖呵《たんか》をきるなど、できるわけがなかった。道を間違えたと言って逃げてきたのは、我ながら情けなかった。

「わたしだって、末さんが心底から嫌いになったってわけじゃないんだから。末さんの転寝がなくなりゃ、添いとげたいんだ」

末吉は、確かに融通がきかない。ものわかりもわるい。が、これまで出会った男は融通がきくと思えばいい加減だったし、ものわかりがよいと思えば勘定高かった。

「だから、末さんでいいんだけど」

その末吉は、天井を眺めながらうちわを動かしているにちがいなかった。


南茅場町まできて、島屋で手代をつとめていた末吉と言っても、誰も知らなかった。

根岸へきた女を思い出して、「二十七、八の小粋《こいき》なおかみさんのいる、おそらく二月《ふたつき》くらい前に越してきた人」と言うと、腹掛の男の子を遊ばせていた女が、鉄漿《かね》をつけた黒い歯を見せて笑い出した。隣りに住んでいる夫婦だった。

慶次郎はちょっと考えてから、「おかみさんは今、おいでですかえ」と尋ねた。女は、眉《まゆ》の青い剃《そ》り跡の間に皺《しわ》を寄せて答えた。

「お直さんなら、たった今、出かけなすったようですよ。ご亭主が働いていなさらないものだから、お直さん、仕立物の内職をやめられないんです」

早く山口屋の寮番をやめてくれと、お直が言いにくるわけだった。慶次郎は女に礼を言い、「おかみさんの帰りを待たせてもらうことにする」と、隣りへ足を向けた。

格子《こうし》戸《ど》に手をかけると、軽い音をたてて開いたが、「誰だえ」という亭主の声は聞えない。

「ごめんよ」

それでも返事はなかった。

「ごめんよ。末吉さん、おいでなさるかえ」

自分の名前を呼ばれては、知らぬ顔をしていられなくなったのだろう。障子の向うで、かすれた声が「どなたですかえ」と言った。

「突然、押しかけて申訳ない。山口屋の寮番で、森口慶次郎という者だが」

名前に覚えはあったらしい。が、どう答えてよいかわからなかったのかもしれない。

ややしばらくたってから、先刻のかすれた声が、「どんなご用事です？」と尋ねた。

慶次郎は、慎重に言葉を選んだ。

「今日、山口屋へ出かけてね。お前《めえ》さんの話を聞いたものだから……」

「働き口のない男に、仕事をゆずろうとお考え下さいましたか。おかしな同情は、迷惑でございますが」

「いや、俺だって、すぐにはやめやしねえ」

「それならば、お帰り下さいまし。あなた様を追い出してその後釜《あとがま》に坐《すわ》ろうなどと、私は考えたこともございません」

「が、俺も年齢《とし》だ。そういつまでも働いていたくはねえ。——というわけで、ちょいと相談させてもらえると有難いのだがな」

ふたたび返事がなくなった。慶次郎は、末吉の声が聞えてくるのを辛抱強く待った。

その声が、ようやく聞えた。

「お断りしておきたいのですが、私は、酒問屋の番頭になるつもりでございました。寮番になるつもりは、毛頭ございません」

障子はそのまま開かぬだろうと思ったが、わずかに開けられて、不精髭《ぶしょうひげ》をはやした男が顔を出した。

大きな目が赤く充血し、あぐらをかいた鼻には汗の玉が浮いている。たった今まで寝転んでいたにちがいなく、幾度か水をくぐったらしい縮《ちぢみ》の着物は皺だらけだったし、あわててかき合わせたらしい衿《えり》の間から、やはり汗の吹き出している胸がのぞいていた。『蓼《たで》食う虫も好き好き』という言葉が頭をよぎった。島屋にいる頃のこの男は、真面目《まじめ》が取柄《とりえ》だったのだろう。その取柄を取り去ってしまうと、今の男のような状態になるのかもしれなかった。

「相談することはないと思いますが、――ま、どうぞ、お上がり下さいまし」

意外な言葉だった。

慶次郎は、履物をぬいで部屋へ上がった。転寝に使っていたらしい枕と、空の湯呑《ゆのみ》みののった盆が部屋の真中にあるのがおかしかったが、部屋は掃除が行届いていた。お直は、なかなかの働き者のようだった。

末吉は、あわてて枕を戸棚へ投げ入れた。茶簞笥《ちゃだんす》の戸を開けたり閉めたりしているのは、急須《きゅうす》や茶筒が見つからないのだろう。

「おかまいなく」

と言いながら、慶次郎は、所帯をもつつもりの女が想像以上に働き者だった、この男の気持が、少しわかるような気がした。

急須は、洗って台所の棚に置かれていた。茶筒も湯吞みも茶簞笥に入っていたが、茶請けの菓子がない。それくらい、いつでも用意しておけと、末吉はお直を罵《ののし》りたくなった。

裏口へ七輪を持ち出して、火をおこそうとしたが、今度は火打石の火をうつす火口《ほくち》がどこにあるのかわからない。へっついの上の棚にあったのをようやく見つけ、火をおこしたところで気がついた。

夏のうちは、客につめたい麦茶をすすめるのではなかったか。

くそ――。

末吉は、薪《まき》を土間へ叩《たた》きつけた。

島屋でも、夏はまず、つめたくひやした麦茶と菓子を客にすすめた。十一か二の小僧が、どこにひやしてあるのか、湯呑みの表面に雫《しずく》のつくようなのを持ってきて、客は、「甘露《かんろ》、甘露」とのどを鳴らして飲んでいたものだ。

「いや、待てよ」

末吉は、腕を組んだ。

「わたしが伯父の家で働いていた時は――」

そうだった。井戸に麦茶を入れた桶《おけ》と、菓子の皿を入れた桶が吊《つる》してあった。一度、あまりの暑さに麦茶が井戸の中にあることも忘れ、熱い茶を出して伯父に叱《しか》られたことがある。

末吉は、湯呑みを持って、路地から表へまわろうとした。この近くの四、五軒が使っている井戸は、向いの豆腐屋の軒下にある。この二月《ふたつき》の間に、それくらいのことは覚えた。

が、路地へ出たところでまた気がついた。湯呑みに汲《く》んできたのでは、客におかわりを頼まれた時に、また豆腐屋まで出て行かねばならぬではないか。

「そうか、わかった」

末吉は、湯呑みを持った手で膝《ひざ》を叩いた。

鉄瓶を持って行けばいい。昨日か一昨日か、のどがかわいたと末吉が言った時、お直が鉄瓶から麦茶をついでくれた記憶がある。

だが、その鉄瓶がない。今は火が入っていない長火鉢の上にも、台所の棚にも、へっついのそばにも、いくら探しても見当らない。

「くそ。鉄瓶くらい、すぐに見つかるところへ置いておけ」

探しているうちに背にも胸にも汗が吹き出して、客より先に、自分が飲みたくなってきた。末吉は、湯呑みを両手に持って裏口を出た。

火をおこしかけていた七輪があった。それが視野に入った時は遅かった。末吉は七輪につまずいて、ものの見事に地面へ転がった。

その音に驚いたのだろう。台所の板の間を駆けてくる足音が聞えて、慶次郎が顔を出した。

「どうしなすった」

「いえ、何も」

と答えたが、ようやく上半身を起こした手許《てもと》で湯呑みは割れているし、足許には、七輪と七輪に押し込んだ薪が転がっている。何でもないから部屋へ戻ってくれと言う方がむりだろう。

「怪我《けが》はなかったかえ」

慶次郎は、お直の下駄を突っかけて路地へ出てきた。末吉の手をつかんで、すりむいた傷を眺め、「お前さんも不器用だなあ」と言う。

「唾《つば》でもつけておきゃ大丈夫だと思うが、傷口からどんな毒が入らねえともかぎらねえ。井戸で洗ってきな。酒で消毒――と言いてえところだが、酒のあるところはわかるかえ」

末吉は横を向いた。昨夜も暑気払いの酒を飲んだが、それをお直がどこから出してくるのか、考えてみたこともなかった。

「俺が探しておいてやるよ。早く洗ってきねえ」

「お断りします」

末吉は、慶次郎を見据えた。

自分は両親に早く死なれ、伯父夫婦のもとで育ったのだ。実の父親にその役目を仕込まれた同心とは、わけがちがう。醬油《しょうゆ》や味醂《みりん》、味噌《みそ》などを売っていた伯父の家には、番頭一人と手代が二人、末吉と同い年の小僧が一人いて、末吉は、暖簾《のれん》分けを条件に小僧と一緒に寝起きして育った。

伯父夫婦を、決して恨んではいない。恨んではいないが、思い出して楽しい日々ではなかった。いずれ暖簾分けをするのだからと、夜は遅くまで帳面の付け方を教わらねばならなかったし、昼の間は、何をするにも一緒に寝起きしている小僧の先を越せと、伯父の目が光っていた。

そのあとが、島屋である。どういうわけで伯父が「お前は大店《おおだな》の番頭の方がいい。自分で店をもつのはむりだ」と言ったのかわからないが、ともかく十七という半端《はんぱ》な年齢で外へ出されたのだった。生え抜きの手代や番頭ばかりの中で、些細《ささい》なことで足を引っ張られまいと、どれほど注意をしたことか。

誰に見られているものでもないと買い食いもしなかったし、大目に見られている悪所通いのほかは、女中に口説かれても微笑すら見せなかった。身辺を清潔に見せるのが精いっぱいで、火口がどこに置かれていて、鉄瓶がどこにしまわれているかなど、気にしている暇はなかったのである。

「ここは、わたしのうちだ。酒は、わたしが探します」

「そうかえ」

慶次郎はあっさりうなずいて、羽目板にたてかけられていた箒《ほうき》を手に持った。湯呑みのかけらを掃き寄せるつもりらしかった。

「それも、わたしがいたします」

「餅《もち》は餅屋だよ」

「え？」

一瞬、慶次郎の言葉の意味がわからなかった。慶次郎は、末吉を見て口許をほころばせた。

「俺も定町廻りだったからね、寮の庭を掃くと、松の枝を折ったり、苔《こけ》を剝《は》ぎ取ったりしちまってねえ。飯炊《めした》きの佐七ってえ爺《じい》さんに、ずいぶんと怒られたものさ」

そのお蔭《かげ》で――と、慶次郎は笑った。

「今じゃその辺のおかみさんより庭掃きはうまくなった。庭掃きにかけちゃあ、俺は餅屋だ。まかせておきねえ」

「へえ」

「とはいうものの、いまだに、茶碗《ちゃわん》をしまうのはそこじゃない、薪を妙なところへ積まないでくれと、飯炊きの爺さんに叱られているよ。人間、得手不得手はあるものだね」

末吉は、血の流れてきた小指を舐《な》めながら、寮番となった自分を想像した。飯炊きの男に、それはちがう、これもちがうと怒鳴られている光景が目に見えるようだった。

「私は――」

と、末吉は呟《つぶや》くように言った。

「算盤《そろばん》と掛取りと、取引先への挨拶《あいさつ》のほかは何もわかりませんで」

「暇が出た当座、うちん中でまごまごしたんだろう」

その通りだった。六つから通った寺子屋での三年間をのぞけば、末吉の毎日は、主人の顔色を読むことと、それとわかる失敗をせぬよう注意することに明け暮れていたと言っていい。その合間に算盤をはじき、掛取りに走りまわっていたのだ。

呉服問屋でお直に出会い、南茅場町まで一緒に帰ってきた時は、こんな女も世の中にいるのかと思った。胸のうちにあることは何でも喋《しゃべ》るし、大声で笑うし、それでいて万事に気がまわる。しかも、亭主と別れてからの四年間を、誰にも頼らずに暮らしているたくましさも持っていた。

当時はそれが、好もしい気性に見えた。わたしには真似《まね》ができないと、感心して眺めてもいた。

が、お直の気性は、末吉にとってほんとうに好もしいものだったのか。

島屋から暇を出される予感はあった。売掛より買掛の方が多い月がつづいていたし、奉公人を少なくするらしいという話も聞いていた。その話がほんとうであれば、古株の番頭と親類筋の新しい番頭をやめさせるわけはなし、中途半端な年齢で奉公した自分が追い出される筈《はず》と思っていたのだった。

追い出された時は――と、末吉は考えた。

追い出された時は、どこへ行こう。

伯父の家へは帰れなかった。伯父が隠居をして、いとこが跡を継いでいたこともその理由だったが、もう一つは、「暇を出された」と帰って行けば、伯父夫婦もいとこも、「やっぱり」と妙なうなずき方をするにちがいないからだった。伯父やいとこは、末吉がどれほど懸命に働いても、「よくやった」「お蔭で助かった」などと言ってくれたことがなく、いつも「ま、そこまでだろうな」と、曖昧《あいまい》な笑みを口許に浮かべていたのである。

いずれ所帯を持とうと言っていたお直を頼るほかはなかった。お直なら、「遠慮せずにおいでなさいな」と言ってくれる筈だった。実際、お直はそう言って、夜具やら茶碗やら浴衣《ゆかた》やらを用意して待っていてくれたのである。

だが、それらの品を見たとたん、末吉の気持は重くなった。夜具やら茶碗やらを用意して待っていてくれたということは、お直にそれだけの甲斐性《かいしよう》があるということだった。末吉の懐《ふところ》にもいくらかの金はあったが、遣ってしまえば入ってくるあてはなかった。

それが、お直にはある。腕がよいのか、仕立物の内職は次から次へとお直にきて、お直は疲れた疲れたと言いながら、末吉と暮らす金を稼ぎ出していた。

しかも、お直は、末吉の仕事まで見つけていた。末吉が、あまり多くはない知り合いに頭を下げ、仕事を見つけてくれと頼んだにもかかわらず、一つもよい返事がなかったというのにである。

今のうちはいい――と、末吉は思った。やがてお直も、「お前さんなら、そこまでだろうね」と言い出すにちがいない。実際、一緒に暮らしはじめて三月《みつき》とたたぬうちに、お直は時折、伯父やいとこと同じ目つきで末吉を見るようになったのである。

お直は好きだ。自分の胸のうちを探ってみて、末吉はそう思う。

が、お直の見つけてきた質屋の帳付けという仕事を黙って引きうけていたならば、一生、「あれはわたしが見つけた」と言われつづけたことだろう。そんな働き口に行けるわけがない。融通も気転もきかぬ末吉だったが、勤勉ではあった。毎日転寝《ごろね》をしているのはつらい。つらいが、お直に伯父と同じ目をされるよりはよかった。転寝をしていれば、「わたしに男を見る目がなかった」とお直は自分を責め、末吉を咎《とが》めるような目つきはしなかったのである。

「何をしてるんだよ。早く手を洗ってきねえな。こう見えても、俺だっていそがしいんだよ」

慶次郎の声が聞えて、末吉は我に返った。

慶次郎は、尻端折《しりはしょ》りをして手拭《てぬぐ》いの鉢巻をしめていた。湯呑みのかけらはきれいに掃き寄せられ、薪も一つにまとめられている。

「この七輪は、台所へ入れておけばいいのかえ」

「ご迷惑をおかけいたしまして」

「なあに、今はこれが商売だ」

慶次郎は、屈託なく笑った。

「お前《めえ》さんにこんな商売をする気があるなら、俺は、寮番が二人になってもかまわねえんだぜ」

「いえ……」

「そのかわり、お直さんと夫婦で寮番ってのは、ちょいとの間、おあずけだぜ。俺も、もうしばらく飯炊きの爺さんと一緒に暮らしてえ」

「有難うございます」

末吉は、深々と頭を下げた。頭を下げながら、舌を出した。

この男も、かつての島屋の手代に仕事をゆずってやったと吹聴《ふいちょう》する気だろう。男の話は、山口屋から島屋へ、島屋から霊岸島中へたちまちのうちにひろまる。

やっぱり――と、島屋だけではなく、霊岸島中の人間が、末吉の伯父と同じ目つきになって末吉の噂《うわさ》をし、声をたてずに笑う筈だ。

「が、先に、質屋の帳付けの話がどうなったか、お直に聞いてもらいます。一月以上も前の話で、もう働いている人がいるかもしれませんが」

「むりにそこへ行くこたあねえよ。夫婦で寮番はおあずけと言ったって、ほんのわずかの間だ。飯炊きの爺さんを説得する間だけだよ」

「いえ、せっかく女房が見つけてきた仕事ですから」

末吉は、頑固に言い張った。お直の見つけてきた仕事だったからいやだったのではないかと思ったが、今は、この男の情けにすがる方がいやだった。この男の情けにすがって寮番となるくらいなら、毎日転寝のつらさに耐えていた方がいい。

「とにかく、寮番のお話はお断りいたします」

強情だなあと、慶次郎が笑った。

「ま、今日はここで引き上げるよ。気が変わったら、いつでも寮へおいで」

うなずいたが、誰が行くものかと思った。が、箒をたてかけている慶次郎を見て、せっかく根岸からきてくれたのにと、申訳ないような気持にもなった。

慶次郎の薪割りを、佐七がそばに蹲《うずくま》って眺めている。もう一人、寮番がふえるかもしれないという話が、気になって仕方がないようだった。

「で、その末吉ってえ男は、どこから通ってくるのだえ」

「まだきまったわけではねえのさ。くるかもしれねえって話だ」

「だが、気がきかねえってんだろう？　旦那《だんな》のほかにそんな男がくるのじゃあ、俺の苦労がふえるばっかりだ」

慶次郎の振りおろした斧《おの》が太い薪を二つに割り、その一つが佐七の足許へ飛んだ。

「ほら、あぶねえよ。つまらねえ心配をしていねえで、早く風呂《ふろ》を沸かしてくんな。俺あ、この暑い中で薪を割っているんだぜ」

「旦那は、薪割りのほかに能がねえ」

「言うと思ったよ」

慶次郎は、斧を置いて汗を拭った。

日照りつづきだが、今日は夕立がくるかもしれない。空のはじっこに、黒い雲がひろがってきた。

静かなこのあたりにはめずらしい、賑《にぎ》やかな声が聞えたのはその時だった。

「何を言ってるんですよ。お前さんは、酒問屋の手代をつとめていなすったんじゃありませんか。この辺にだって、幾度もきなすったでしょうに」

男の声は聞えない。が、もっと小さな声で話せと言ったのかもしれなかった。

「じれったいんだもの、大きな声にもなりますわね。そりゃ、わたしは大工の女房でし

たけど、金槌《かなづち》を持って門をつくったわけじゃありませんからね。柿《かき》の木でつくったって
のがどんなものか、お前さんの方が知ってると思ったんですよ」
男が何か言っているらしい。少し間《ま》があいて、また女の声が喋りはじめた。
「ねえ、ここでいいんですよね」
男が返事をしているのだろう。また少し間があいた。
「だから、じれったいってんですよ。わかりましたよ、わかりましたよ、わたしが入っ
て行きますよ。お前さんに質屋の帳付けじゃない仕事が見つかったってだけの話なのに、
何だってわたしが先にご挨拶をしなければならないんだろうね、まったく」
慶次郎は笑いをこらえて、双肌《もろはだ》を脱いでいた袖《そで》に手を入れた。
お直と末吉も、「だからお前さんは頼りない」「お前は出しゃばり過ぎる」と文句を言
いあいながら共白髪まで添いとげる、どこにでもいる夫婦となるにちがいなかった。

やがてくる日

ざるにかけられていた布巾《ふきん》をとると、濃紫《こむらさき》の色もあざやかな、みずみずしい茄子《なす》があらわれた。

「きれい――」

と、おはまは、茄子を持ってきてくれたおまきを見上げて言った。

「食べるのが、もったいないくらい」

「うちで絹紅梅《きぬこうばい》を染めた人がね、こういうのが欲しかったんだって気に入ってくれて、さっきお礼に届けてくれたんだよ。気持ばかりのお裾分《すそわ》け」

「有難いこと。ちょっと待ってね」

手近にあった米揚げざるに茄子を移して、おはまは、茶の間から踏台を持ってきた。台所の一番上の棚に、先日買った昆布があった筈《はず》だった。

「何にもいらないよ。ざるは空のまんま、返しておくれな」

と言いながら、おまきは、台所の上がり口に腰をおろす。おはまは、昆布の束を持って踏台から降りた。

「ねえ、おつやさんの伜《せがれ》がさ、親方んとこから帰ってきちまったって話、知ってる？」

おまきは、それを話したかったらしい。三年も前のことじゃないかと答えながら、おはまは昆布の束を半分にして、一つをおまきが持ってきたざるへ入れた。

「うちの昆布はきれいじゃないけど」

「おいしそうじゃないか。かえってすまなかったね。――で、おつやさんの伜だけどさ、はじめは竪大工町《たてだいくちょう》の棟梁《とうりょう》んとこへあずけられたんだよ。だけど、怠け者でしょうがないってんで帰されてきた。それは知ってるだろ？」

思い出した。働き者のおつやに、なぜあんな伜が生れたのかと、一しきり町内の噂《うわさ》になったものだった。

「そのあとで、左官《さかん》になるというんで白壁町《しろかべちょう》の親方んとこへやったんだよ。ところが、今度は左官の仕事が性《しょう》に合わないと言って、戻ってきちまった」

「根気がないのかねえ。おつやさん、泣いてるだろう」

「亭主のお通夜《つや》でも涙を見せなかった人が、わたしの育て方がわるかったと、大家さんの前で泣きじゃくったそうだよ」

おつやもおまきも、そしておはまも、この神田紺屋町《こんやちょう》で生れ、藍染川《あいぞめがわ》の流れる音を聞きながら大きくなった。おはまより五つ年上のおつやは、十七で竪大工町に住んでいた大工に嫁ぎ、これからという時に亭主に死なれ、子供をかかえて紺屋町へ戻ってきた。

今年十六になるその伜は当時三つ、両親を早く亡《な》くしていたおつやは、自分の食事を二度に減らしてまで、倅を手跡指南《しゅせきしなん》に通わせた。大変だとよく愚痴をこぼしていたが、大変な思いをしたくなる相手がいるだけ幸せではないかと、おはまは、その頃から羨《うらや》ましく感じていたものだった。実際、十一になった倅が父親と同じ道を歩むことになった時、おつやは、苦労の甲斐《かい》があったと、それとなく自慢をしにきたのである。

「ない子に泣きをみないって、ほんとだね」

と、おまきが言った。おまきの言うことではないと思ったが、おはまは黙っていた。

おまきは、この町に多い紺屋《こうや》の一人娘だった。腕のよい職人を聟《むこ》にして、九つの男の子を頭に三人の子供がいる。両親も健在で商売は順調とくれば、不平を言うところなどないように思える。

が、おまきは時折、おはまが羨ましいと言う。亭主もいず、子供もいず、別れた亭主の父親がくれたお金で、勝手気儘《きまま》に生きていられるのだから幸せだというのである。

おはまはおまきより一つ年下だが、所帯をもったのは一年早かった。おはまに一目惚《ひとめぼ》れした羽根《はね》問屋《どんや》の息子のもとへ、十六になったばかりの春に嫁いでいったのだった。

手跡指南へも長唄《ながうた》の稽古《けいこ》へも一緒に通ったおまきは、「先におはまちゃんがお嫁にいった」と泣いたそうだが、おはまは、それから五年後に辛抱の糸が切れ、隅田川へ飛び込もうか、鎌倉の縁切寺へ逃げ込もうかと迷いながら家を出た。亭主の浮気がやまず、別れたと言った女との間に、二人も子供がいたのである。相手は、羽根づくりの内職をしていた御家人の娘であった。建具職人《たてぐしょくにん》だった父が他界した翌年のことだった。おまきが、嫌いだと言っていた職人と所帯を持ち、男の子を生んで、「うちの人はやさしいの」としきりに惚気《のろけ》を言ってい
た頃でもあった。

偶然番頭に出会ったおはまは家に連れ戻され、その胸のうちを聞かされた舅《しゅうと》は、両手をついて詫《わ》びた。その上で、このままこの家にいるもよし、この家を出てやり直すもよしと言ってくれた。おはまが前者を選んだ時は、御家人の娘に相応の金を渡して別れさせた上、おはまが居づらい思いをしないよう、伜のかたをもっていた姑《しゅうとめ》はしばらく湯《とう》治《じ》にやるとも言ってくれた。

が、おはまはあとの方を選んだ。舅は、十年は遊んで暮らせるほどの金を黙って渡してくれた。ここまでは、おまきが羨ましがるのもむりのない話だったのである。

「おつやさんの兄さんがね、甥《おい》っ子――おつやさんの伜のことだよ、その甥っ子を呼んで、親一人子一人、お前が親孝行をしないで誰がするってお説教したんだって。そうしたら、何て言ったと思う？」

おまきがおはまの顔をのぞき込んだ。

「性に合わない仕事も、親孝行のためにつづけなけりゃいけないのかって、そう言ったんだってさ」

「おつやさんの兄さんも、二の句がつげなかっただろうね」

「年上の女といい仲になっているらしいよ。どうも、その亭主におさまるつもりらしい」

「おつやさんを放り出して？」

「だからさ」

と、おまきは、昆布の入ったざるを膝《ひざ》の上に置きながら言った。

「わたしがいつも言ってるじゃないか。おはまちゃんは、二言めにゃわたしやおつやさんは子供がいるって羨ましがるけど、こんなものなんだよ。わたしだって、いつ伜に見放されるか知れたものじゃない」

さ、帰ろ——と、おまきは、ざるを目の高さにまで上げ、礼を言いながら裏口を出て行った。

おはまは意味もなく深い息を吐いて、昆布の束を棚へ戻した。

踏台を片付けて、茄子を深いざるへ移す。

離縁を望んだおはまの選択は、間違っていなかったように見えた。が、それは、叔父のもとで働いていた弟が、一人前の建具職人となって戻ってくるまでのことだった。弟は、かねてから言い交わしていた女と所帯を持ったが、この女とおはまの反《そ》りが合わなかったのである。おはまは、家を出た。義理の妹と喧嘩《けんか》をしたわけでも、彼女に追い出されたわけでもなかった。

母もあまり折合いがよくなかったのか、しばしばおはまの家へくるようになり、しまいには住みついた。弟も義妹も、帰ってこいとは言わなかった。穏やかな暮らしがつづいたが、母は一昨年の夏に逝《い》った。同じ町内に住んでいながら、弟の女房は、おはまが風邪をひいて寝込んでも見舞いにすらこない。今では往《い》き来《き》もしない間柄になっている。あの女にだけは何も頼みたくないとおはまが思っているのだから、弟の女房が顔を見せぬのは、おはまの自業自得《じごうじとく》といえないこともなかった。

だが、来年はおはまも三十歳になる。なってみれば何ということもないとおまきは言うが、それは、亭主がいて子供がいて親もいて、幾人かの職人を使って商売が繁昌《はんじょう》している女の言うことだろう。見たこともない大金を手にして気がゆるみ、ついのんびりと暮らしたあとで、あわてて母と内職に精を出すようになった女は、三十五になっても一人で暮らしていたらどうしようと、心細くなってしまうのだ。

もらった茄子のうち、二本は今夜の鴫焼《しぎや》きに、一本は明日の味噌汁《みそしる》に、残りの四本は漬物にと分けながら、おはまはふと、おまきの家ではこれくらいの分量を一度に食べてしまうのだろうなと思った。

その翌日、内職の仕立直しを多町《たちょう》の易者の家へ届けに行った時のことだった。

易者は、神田須田町《すだちょう》から日本橋、芝口へかけての大通りなど、人の往来の多いところへ店を出す。いつも鍛冶町《かじちょう》一丁目の藍染川近く、鍔師《つばし》の家の横に出ているその易者は、手間賃を払ったあとで、じっとおはまの顔を見た。

「何かついてます？」

おはまは、両頰を掌でこすった。

「いや……」

易者は曖昧《あいまい》にかぶりを振って、ためらいがちに言葉をつづけた。

「その、何だ、おはまさんは近頃、寝込んだりしなかったかえ」

「いえ」

おはまは怪訝《けげん》な顔をした。あまり丈夫な方ではないが、ここ三月《みつき》くらいは、風邪をひいたこともない。

「ごめんよ」

易者は苦笑して、頭をかいた。

「よけいなことを言っちまった。わたしの見立て違いだ、気にしないでおくれ」

が、気にするなと言われれば、なお気にかかる。おはまは、冗談めかして尋ねた。

「重い病いにかかるという相《そう》でも、どこかに出ていましたかえ」

「いやいや、窓から入ってくる光の具合だろう。それが翳《かげ》をつくったのさ」

　ということは、一瞬、凶相に見えたということではないか。

「薄っ気味のわるい。はっきり教えておくんなさいよ」

　おはまは、仕立直しの着物を持って立ち上がった易者に言った。

「だから、翳ができていたんだよ。患《わずら》ったりしやしないよ」

「それならいいけど」

　陽気な声で笑ったが、霞《かすみ》がかかったようなまま気持は晴れなかった。錺師の家の横に出ている易者はよく当るという評判を、おはまも耳にしたことがあったのである。


「なに？　女難《じょなん》の相《そう》だ？」

　森口慶次郎は、笑いながら相手の顔を見た。相手は、浅草寺《せんそうじ》雷門《かみなりもん》の前に出ていた易者であった。

　観世音菩薩《かんぜおんぼさつ》への参詣《さんけい》をすませて門を出てきた慶次郎を、重苦しい声で呼ぶ者がいる。ふりかえると、この易者が手招きをしていたのだった。

　易者は、俯《うつむ》いたまま通りかかる人を呼ぶという。多くは編笠《あみがさ》をかぶっているのだが、それでも通る人に顔を向けて声をかけると、たちまち横を向かれてしまうらしい。

この易者も、不自然なほど下を向いていた。自分の足許《あしもと》を見て声をかけろという先輩の教えを、忠実に守っているのだろうと慶次郎はおかしくなり、足をとめる気になったのだった。

「女難の相とは嬉《うれ》しいね。この年齢《とし》になると、婆《ばば》あだって寄りつきゃしねえ」

「そのお年齢で何を言いなさるか。まだお盛んとお見受けいたしました。まず、難を避ける方角を占いましょう」

精いっぱい重々しい声を出しているつもりなのだろうが、三十歳にはならぬ男のようだった。算木《さんぎ》をならべている手の皮膚が、なめらかで若いのである。干支《えと》を尋ねられて慶次郎が答えると、三十六ですかと言った。一まわりも若かったが、わるい気持ではなく、そのままにすることにした。

「剣難《けんなん》の相は出ていないかえ」

「え？」

「実は一人、困ったのがいるんだよ」

「まさか……いや、やはりそうでしたか」

「亭主の浮気がやまない、どうしたらいいのでしょうと、時々相談にくるんだ」

「なるほど」

「わかるだろう？　世の中にわたしほど不幸せな女はいませんと、こっちの膝に泣きくずれるってえやつだ」

さすがに易者は口を閉じた。

「これが、いい女でねえ。俺が石の地蔵さんのように堅物《かたぶつ》でなかったら、とうに亭主が刀をふりまわしていたよ」

編笠の中から溜息《ためいき》が聞えてきた。嘘《うそ》かもしれないと思ったようだった。

「有難うよ。女難の相が出ているというのなら、これから気をつけるよ」

慶次郎は見料《けんりよう》を置き、白い布を巻いた台の前から離れようとした。

「あの、難を避ける方角は……」

遠慮がちな声が慶次郎を追ってきた。

「おっと、肝心なことを聞かなかった」

慶次郎は、真顔になって台の前へ戻った。親のかわりをつとめているのかもしれない若い易者をからかった詫《わ》びとして、間違いだらけにちがいない易の結果を最後まで聞くのは、当然のことだろう。

「三十か――」

と、おはまは呟《つぶや》いた。羽根問屋の伜に見染められた頃も、舅から離縁状と大金をもらって実家に帰ってきた頃も、自分とは縁がないように思えていた年齢であった。だが、正月がくれば、おはまは間違いなく三十になる。蝶《ちょう》をあしらった派手な柄も似合わなくはない自分が、三十になるなど信じられないが、やがては四十にも四十五にもなって、四十七で死んだ母のあとを追って行くことになるのだった。

おはまは、指を折ってかぞえてみた。五月生れで、かぞえ年二十九のおはまが生きてきた年月は二十八年と三月あまり、母と同じ年齢まで生きるとすれば、これからの年月の方が十年も短い。十年も長かったこれまでの年月を、おはまは何をして過ごしてきたのだろう。

物心つくまでの六、七年は別にして、手跡指南へ通い、長唄の稽古に精を出して、裁縫を覚えているうちに羽根問屋の伜、五百蔵《いおぞう》に見染められ、釣り合わぬは不縁のもととか、望まれて嫁ぐ方が幸せだとか、父や母や親類の十人十色だった意見を聞き、五百蔵の容姿にうっとりしているうちに祝言《しゅうげん》の日となったのではなかったか。

舅には可愛《かわい》がられたが、姑には意地のわるい仕打ちをされて、でも亭主の五百蔵がやさしいからと、自分で自分を慰めていたのは、いつの頃までだっただろう。五百蔵の浮気に泣き、女への嫉妬《しっと》に苦しんだ羽根問屋での月日が五年、実家へ戻ってから八年がたつ。

母と二人で暮らしていた六年間は、二人で芝居を見に行くこともあり、楽しいと思っていたが、それが何だというのだろう。母が逝ってからの一人暮らしももう二年、これから先もこの暮らしが延々とつづくのなら、もう沢山だとさえ思う。

しきりに呼ぶ声で我に返った。隣りの女房の声だった。

「おはまさん、おはまさんったら。いないのかえ、洗濯物が濡《ぬ》れちまうよ」

物干場のてすりから身をのりだして、雨の降ってきたことを知らせてくれているらしい。気がつけば、大粒の雨が廂《ひさし》を叩《たた》いていた。

おはまは大声で返事をして、階段を駆け上がった。隣りの女房は、とりこんだ洗濯物を廊下に放り出したまま、雨戸を閉めていた。

「すみません。ちょいと、うたた寝をしていたものだから」

「そんなこったろうと思ったよ」

隣りの女房は、雨戸の間から顔を突き出して言った。

「顔色がわるいよ。内職でくたびれているんだろう」

「そうかもしれない」

「おはまさんなんざ、くたびれるほど働かなくったって食べてゆけるだろうに」

一言よけいなことを言ってから、隣りの女房は、「立秋が過ぎたってのに、いつまでも暑いからね。気をおつけよ」と親身な口調になった。

音を立てて雨戸が閉められるのを横目で見て、おはまも物干場から廊下へ飛び込んだ。

隣りの女房を真似《まね》て洗濯物を足許に置き、雨が吹き込まぬよう雨戸を閉めようとしたが、今朝は二階の掃除をしなかったことを思い出した。

やむをえず茶の間まで持って降りて、また階段を駆け上がる。かなりの吹き降りで、もう障子が濡れている。このところ滑りのわるくなった雨戸を戸袋から力まかせに引き出すと、その音に調子を合わせるかのように稲妻が光り、雷が鳴った。

雨戸を閉めて、おはまは廊下に蹲《うずくま》った。易者の言葉を信じているわけではなかったが、昨日から軀《からだ》がだるい。いつもはへっついに薪《まき》をくべながら聞く明六つの鐘を、今朝は寝床の中で聞いた。

が、二階の掃除は明日にのばせても、明日の夜までに必ず——と頼まれた仕立直しを、明後日の夜までのばすことはできない。おはまは、両手を思いきり前へのばし、誰かに引っ張ってもらうような恰好《かっこう》をして立ち上がった。

雨戸を閉めて暗くなった階段を、慎重に降りて行く。

表口の戸も閉めねばならぬかと、重い軀をひきずるようにして取付《とりつき》の部屋へ出て行ったが、風の向きが反対で、三和土《たたき》はまったく濡れていなかった。茶の間へ戻って洗濯物をたたみはじめると、軒下からふいに男の声が聞えてきた。

「やあ、すっかり濡れちまったな」

「水もしたたるいい男ってのは、このことでさ」

茶の間と取付の部屋の間にある唐紙《からかみ》は、夏が過ぎるまで、はずしておく。取付の部屋の障子は、風が入ってくるように半分ほど開けてあった。おはまは、その隙間《すきま》から外をのぞいた。

格子戸《こうしど》の向うの軒下に二人の男が立っていて、濡れ鼠《ねずみ》になった頭や肩を手拭《てぬぐ》いで拭《ふ》いていた。格子と、格子戸の前に置いてある鉢植えの八手《やつで》が邪魔をしてよく見えないが、男の一人は黒の巻羽織、もう一人はじんじん端折《ばしょ》りをして、御用箱を背負っているようだった。定町廻《じょうまちまわ》り同心と小者であった。

「行こうか」

と、定町廻り同心が言った。若い声だった。

「ええ？」

御用箱を背負っている小者は、不服そうな声を出す。そのとたんに稲妻が光り、間髪を入れずに雷鳴が轟《とどろ》いた。

おはまも思わず耳をふさいだ。ふさいでもすさまじい雷鳴は耳の底を突き、雨の音もいっそう激しくなった。

「冗談じゃありませんよ、旦那《だんな》」

と、小者は、情けなさそうに言っている。

「この雨ですよ」

「大丈夫。人間の軀は、雨で溶けたりしないよ」

「雨で仕事を休むのは大工に左官、悪党は休まないって言いなさるんでしょう。旦那も、昔の森口の旦那に似てきなさいましたね」

「当り前だろう。森口慶次郎は、わたしの義父《ちち》だよ」

「そのうち、番屋で牡丹餅《ぼたもち》をご馳走《ちそう》になるところまで、似てきなさるかもしれない」

「番屋はすぐそこだ。蓑笠《みのかさ》も、そこに行けばある。一《ひと》っ走《ぱし》りしようぜ」

稲妻が光って雷が鳴った。

「ちょっと待っておくんなさいよ。雷様に狙《ねら》われそうだ」

「いい大人が何を言っているんだよ。お前の臍《へそ》なんざ、雷様の方でいらないとさ」

「いやだなあ、ずぶ濡れになっちまう」

おはまは、苦笑して立ち上がった。今の話を聞いていながら知らぬ顔はできなかった。

「もし――」

おはまは外の二人に声をかけて、出入口の壁にかけてあった傘を取った。

「これをお持ち下さいまし」

同心は、頭から羽織をかぶって雷雨の中へ飛び出して行くところだった。が、軒下へ出て行ったおはまを見て踵《きびす》を返し、ずぶぬれの羽織を肩へ戻した。

おはまの心の臓が、ふいに激しい動悸《どうき》を打ちはじめた。同心は、五百蔵に生き写しと言ってよいくらい、よく似ていたのである。

「かたじけない」

同心の声が聞えた。

「明日、返しにくる」

「いえ——」

自分の声なのだが、遠くに聞えた。

「はまという女に借りたと、番屋に置いていって下されば結構でございます。わたしがあとで取りにまいります」

「そうか。では、遠慮なく」

同心は、軽く頭を下げて傘を受け取った。雨に叩かれて泥沼のようになった道を見て、雪踏《せった》を脱ぎ、裸足《はだし》になっている横顔も、祝言をあげた頃の五百蔵と瓜二《うりふた》つだった。

傘をすぼめて走って行った同心と小者を見送って、おはまは家の中へ戻った。

一瞬、忘れていただるさがまた軀中にひろがって、上がり口に腰をおろす。

何気なく額に手をやると、髪がほつれていた。洗濯物をとりこんだ時に、乱れたのかもしれなかった。まだそこに同心が立っているかのように、あわてて髪をかきあげながら、おはまは、ふと気がついた。

祝言をあげた時、五百蔵は二十一だった。あの同心は二十三か四か、それ以上にはなっていないだろう。

だが、おはまは二十九だった。二十一の五百蔵のそばには十六のおはまがいて、五百蔵の手が肩に触れただけで震えていたが、あの同心が仮に傘を返しにきてくれたとしても、受け取るのは内職で疲れきった、二十九のおはまなのだった。


戸棚から行李《こうり》を引き出して、袷《あわせ》や綿入れの着物を取り出した。父のどてらを仕立直した、袖《そで》なし羽織があらわれた。羽根問屋の舅《しゅうと》からもらった金の一部は、その中に縫い込んであった。

おはまは、袖なし羽織を両手で持った。綿のたっぷり入った袖なしで、他の衣類にくらべると格段の厚みがあるが、それだけではない重さが手につたわってくる。

ためらったものの、おはまは、袖なしを膝《ひざ》の上に置いて針箱を引き寄せた。針箱の蓋《ふた》を開ければ、鋏《はさみ》がある。鋏で脇《わき》を綴《と》じている糸を切れば、綿の中に入っている小判は簡単に取り出せる。母はこの中に、十五枚の小判を縫い込んだ筈《はず》だった。

よそう——と思った。

十五両は、建具職人であった父が七ヶ月働いて稼ぐ金であった。一日の手間賃が銀四匁《もんめ》一分《ぶ》、それに飯代の一匁二分がついて五匁三分、一月《ひとつき》のうち二十五日働いて、七ヶ月の間その金をそっくりためなければ十五両にはならないのである。

それも、一月百三十二匁あまりの収入は、決して少ない方ではない。父は、腕のよい職人だった。火事のあとなどは手間賃が跳ね上がり、飯代を二匁にするから、ぜひと頼まれたこともあるという。

だが、十五両を、一日で遣ってしまおうというのではなかった。おはまが袖なしから出そうとしているのは、そのうちの五両だけだった。

苦労をさせられた代償として、手に入れた金である。考えようによっては、今の一人暮らしもその苦労の延長であるといえるのだ。五両くらい遣ったところで、どこから文句が出るというのだろう。

母は、四十七で逝《い》った。おはまも、やがてその年齢《とし》になる。母は、芝居にちなんだ着物と帯を誂《あつら》えて中村座へ行ってみたいと言い、弟にくだらないと嗤《わら》われて、その夢を叶《かな》えられずに他界したが、その二の舞いにはなりたくない。楽しんでみたいことは楽しんでから、あの世へ行きたかった。

芝居にちなんだ着物はいらないが、先日、越後屋ですすめられた紬《つむぎ》は欲しい。それから贅沢《ぜいたく》で名高いいさご鮨《ずし》へ行って、もう一度、あの鮨を食べてみたい。

いさご鮨だろうと屋台だろうと、鮨にかわりはないと弟は言うだろう。おまきやおつやも、もったいないと顔をしかめるかもしれなかった。が、四十七になって明日をも知れぬ病いの床につき、五両の金を枕許《まくらもと》に置いて、いさごの鮨をげっぷの出るほど食べたかったと後悔してもはじまらぬ。

第一、明日をも知れぬ病いの床につくのは、四十七ときまっていないではないか。四十五かもしれず三十五かもしれず、来年かもしれないのである。

まして、おはまは子供がいなかった。母は、「お前が年齢《とし》をとった時、お金に困るといけないから」と心配して、芝居にちなんだ着物を諦《あきら》めたが、おはまにその心配はないのだった。

おはまは針箱の蓋を開け、鋏を持った。

脇の縫い目をひろげ、糸に鋏を当てる。

そこでまた迷った。

実家へ戻ってきた直後のおはまは、なかば捨鉢のように遊び歩いた。無論、堅気《かたぎ》の家に生れて十六の春に嫁いだ女の遊びである。深川八幡《はちまん》へ参詣《さんけい》に行って昼食を料理屋でとるとか、芝居を見に行って駕籠《かご》で帰るとか、そんな程度のものでしかなかったが、それでも舅からもらった金は、みるまに減っていった。父の残した金を持っていた母が、料理屋や芝居の代金を払ってくれても、減り方の早さは驚くほどだった。いつの間にか、三分の一ほどになっていたのを見て、おはまは背筋が寒くなったのを覚えている。

「いつ死んだっていいの、亭主にゃ縁を切られるし、子供はいないし」

と、おまきやおつやには言っていたが、実は死んでもいいなどと思ったことはない。ことに五百蔵の生きている間には、決してみじめな死に方をしたくなかった。浮気に抗議して大川へ身を投げたのなら、五百蔵はおはまを抱き、「勘弁しておくれ」と泣くかもしれないが、暮らしに疲れて大川へ飛び込んだと聞いたなら、いったい何と思うだろう。皺《しわ》だらけの顔にそそけ髪の醜いおはまを想像し、哀れだと思う一方で、離縁してよかったと胸を撫《な》でおろすのではあるまいか。

おはまは、鋏を針箱へ入れた。

母ほど裁縫が達者ではないおはまの内職だけでは、この仕舞屋《しもたや》を借りての暮らしは支えきれない。ここ四、五年は、「お父つぁんが残してくれたんだよ」と母が渡してくれた金で間に合いそうだが、いずれ舅からもらった金に手をつけることになる。

おはまも、やがて老いる。恐しいのは、おはまが考えている以上の長生きをすることだった。六十を過ぎても内職ができるとは思えず、その頃は多分、居食いで暮らしていることだろう。

それも、居食いができればよい。病いは、明日おはまに襲いかかるかもしれぬが、おはまが六十を過ぎても知らぬ顔をしているかもしれないのである。

金は、床下の甕《かめ》にも隠してある。が、その金を遣いはたしても、まだ生きている自分を想像すると背に悪寒《おかん》が走る。そんなことのないように、道連れとなってくれる男を見つけたいのだが、これもむずかしい話だった。江戸は、確かに男の数が多い。多いのだが、浮気者でも偏屈でもなくて、こざっぱりとした家で暮らせるくらいの稼ぎのある男には、必ず女房も子供もいるのである。

「やめようっと」

おはまは、針箱の蓋を閉めた。

仕立直しの着物を引き寄せて、針に糸を通したが、その糸を切るには鋏がいる。針箱の蓋を開け、握りの部分に赤い糸を巻きつけたそれを取り出して、ふっと思った。

大事に大事に金を遣って、もし、五十両も残して死んだとしたら、それはいったい誰の手に渡るのか。

もし、弟の女房が遣うとしたら、こんな癪《しゃく》な話はない。

おはまは仕立直しを放り出し、綿入れの袖なしへ手を伸ばした。

越後屋は、あいかわらず混んでいた。越後屋の天井には、手代の名を書いた大きな紙が吊《つ》り下げられているのだが、どこの紙の下でも、手代が反物をひろげたり、客の肩にかけて見せたりしていた。

目当ての紬は売れてしまったかもしれないと思ったが、柄を説明すると、小僧が蔵から出してきた。

「紬の格子縞《こうしじま》は人を選ぶのでございますが、お客様はお似合いでございます。これほどお似合いになる方は、はじめてでございますよ」

おはまは反物を肩からかけ、鏡に映った自分を見て微笑した。手代の世辞も、満更嘘《うそ》ではなさそうだった。

嬉《うれ》しかった。これほど似合って、これほど自分が美しく見えるなら、三両の金も惜しくなかった。おはまは、仕立てを急いでくれるように頼み、思いきって新しい着物を買った興奮に頬を赤く染めて店を出た。

懐《ふところ》には、まだ二両ある。その金でいさごの鮨を食べ、帰りに下駄と足袋を買ってくるつもりだった。

だが、深川へ向って歩き出すとすぐ、やはりおまきを誘ってくればよかったと思った。松ヶ鮨ともいういさご鮨には、実家へ戻ってきてまもない頃、一度だけ母と行ったことがある。評判通り、贅沢でうまい鮨を食べさせてくれる店だが、おはま母子を見た鮨職人は、不思議そうな顔をした。高価で有名な鮨を、母子連れが食べにくるとは思わなかったのだろう。

おはま一人で暖簾《のれん》をくぐれば、鮨職人はなお、怪訝《けげん》な顔をするにちがいない。女一人では食べさせぬ――とは言うまいが、呆《あき》れ返った顔で鮨を出し、どんな素性の女か尋ねてこいと女中に言いつけるかもしれなかった。

「でも、おまきちゃんは、亭主や子供を置きっ放しにして食べには行かれないと言っただろうな」

おはまちゃん一人で行っといで。藍玉問屋《あいだまどんや》への支払いに困ってる紺屋の女房が、そんな贅沢なとこへ行けやしないよ——などとも言うだろうが、家へ帰ったおまきは、亭主の背を突ついて拗《す》ねてみせる。

ねえ、おはまちゃんはまた、いさご鮨へ行くんだって。わたしだって、一生に一度くらいは食べに行きたいよ。

「うるせえな」と叱《しか》りながら、しまいには亭主も「俺達もそのうちに行ってみようか」と言い出すだろう。おまきは、手を叩《たた》いて喜ぶ筈だ。

「おまきちゃんじゃなくって、おつやさんなら、つきあってくれたかな」

自分の呟《つぶや》きに、おはまはかぶりを振った。

おつやは、鮨どころではないと断るにちがいなかった。憂《う》さ晴らしに——と誘うおはまを、「伜《せがれ》があんな風なのに、お鮨を食べる気にもなれないよ」と遮るのが目に見えるようだった。

おつやの気持は、わからぬでもない。亭主に死なれ、頼みの伜が定職につかぬのでは、確かに鮨を食べる気になれぬだろう。「おはまちゃんは気楽でいいねえ」と、恨めしそうに言われるかもしれなかった。

が、その伜にも、性に合う仕事はある筈だった。働いてはやめ、やめては別の仕事についているうちに好きな仕事が見つかって、おつやをいさご鮨に連れて行くようにならぬともかぎらぬのである。そんなことにでもなれば、おつやはいそいそと伜について行き、有頂天になって、「苦労の甲斐《かい》があった、いさごのお鮨くらい、いくらでもわたしがおごってあげるよ」と、おはまの家へ言いにくる筈だった。

「みんな、一緒に行く人がいるんだ」

一人で鮨を食べに行くのは、おはまだけではないか。

格子縞の紬も、その紬の似合う自分の姿も、急に色褪《いろあ》せたように思えた。いさご鮨の、あの酸味の強い味も嫌いになったような気がした。おはまは、泣き出しそうな顔になって踵《きびす》を返した。

「何だって、わたしだけこんなに淋《さび》しいのさ。わたしは何もわるいことをしちゃいない。浮気者の亭主と意地のわるい姑《しゅうとめ》がいやで、羽根問屋を飛び出しただけなのに」

すぐ目の前を歩いているおはまと同じ年恰好《かっこう》の女は、十歳くらいの女の子を連れていたし、その先にいる女は、わざと不機嫌な顔をしているらしい亭主から少し離れて歩いていた。

「わたしの方が縹緻《きりよう》はいいのに。あの女達が、あの紬を着たって似合わないのに」

だが、あの紬を着たおはまを、誰が見てくれるのだろう。あの紬が着物となって届けられたところで、おまきの家へ着て行くのはもったいない、おつやに見せても仕方がないと、着て行く機会がないまま、おはまは年老いてゆくのではあるまいか。

「冗談じゃない。わたしゃあの紬を着て、若い男をひっかけてやる」

誰もいない家へ帰る気にはなれなかった。室町からの目抜き通りを足早に歩いてきたおはまは、今川橋を渡って神田に入ったところで横丁を曲がり、目についた蕎麦屋《そばや》へ飛び込んだ。

蕎麦抜きのてんぷらで酒を飲む。強い方ではないのだが、二合半の酒を飲んでも酔いはまわってこない。それでも勘定を払って店の外へ出ようとすると、足がふらついた。

「転んだって知るかってんだ」

おはまを見ていてくれる人がいないのだから、額をすりむいてもかまわない。真直ぐに歩いているつもりだったが、人がおはまを避けて行く。斜めに歩いているようだった。

それでも表通りへ戻って、おはまは、鍛冶町へ向って歩き出した。いや、歩き出したつもりだったが、気がつくと、薬問屋の立看板に寄りかかっていた。

霞《かすみ》がかかっているような頭をはっきりさせようとして、おはまは、一度目をつむった。思いきり頭を振って、目を開ける。

息をのんだ。頭の霞が晴れたどころか、足許をあやうくさせていた酔いも醒《さ》めたような気がした。向いの路地の入口に見覚えのある小者が立っていて、路地の中には、五百蔵によく似たあの定町廻り同心がいたのである。

同心は、誰かに話しかけられているようだった。小者が苛立《いらだ》たしそうに同心を見て、同心も話の途中で背を向けたが、相手がその袖をつかまえた。

おはまの胸に痛みが走った。

同心の袖をつかんだのは、十七、八の町娘だった。同心は娘の手をふりはらったが、娘の衿首《えりくび》には、その年頃に特有の、匂《にお》いたつような色香があった。

てやんだい、わたしだって昔は、すれちがう男が皆ふりかえるほど、綺麗《きれい》だったんだよ。――

が、おはまはもう二十九だった。来年になれば三十、地団太を踏もうが泣き叫ぼうが、あの頃の色香は戻ってこない。桃の香がするような娘の誘いに負けて、同心が、今はふりはらっている手を握り返すようなことがあっても、しなだれかかるおはまには、「年齢《とし》を考えろ」と言いつづけるかもしれないのである。

「ばかやろう――」

男の声が聞えた。

おはまは、自分が何をしたのかわからなかった。我に返った時は、小者に腕を捻《ね》じ上げられていた。娘につかみかかったのだった。

「それでどうした」

と、慶次郎は言った。ひさしぶりに晃之助と皐月が根岸へきてくれて、佐七までが浮き浮きと茶をいれかえている。

「どうもこうもありませんよ。わたしを女難から救ってくれた女じゃありませんか。礼を言って、帰しましたよ」

と、晃之助は笑う。

「浮気者のもと亭主によく似ているってのが、気に入りませんでしたが」

「なるほどね」

と、慶次郎は言った。

「女難の相ってのは、晃之助だったか」

「何ですか、それは」

「こっちのことだ」

「こっちの旦那とちがって、晃之助旦那は女に好かれるってことですよ」

佐七が割り込んできて、憎まれ口をきく。

「いや、どうしてどうして、養父上《ちちうえ》も隅におけませんよ」

と、晃之助が皐月と顔を見合わせて笑う。慶次郎は、あごを撫でながら庭へ目をやった。

どちらが女に好かれるかと言われれば、慶次郎に勝ち目はない。が、それでもまだ、俺はもてるという自惚《うぬぼ》れがあるのは、自分の年齢を認めたくないせいだろうか。そのくせ自分の年齢をかぞえ、晃之助もやがてこうなると思ったりするのである。

「いつまでももてると思っておられると、いつか、大怪我をなさいますよ」

あいかわらず、憎らしいことを言う伜であった。

お見舞い

こんな色の着物を誂《あつら》えたいと思いながら、お登世《とせ》は、おすみの買ってきた栗《くり》の籠《かご》を引き寄せた。

つややかで大きなのを一つ、てのひらにのせて、栗のいがの小紋も面白いかもしれないと思う。金物屋に嫁いだ妹は、「着物ばっかり拵《こしら》えて。少しはためることを考えたら？」と、眉《まゆ》を吊《つ》り上げるにちがいないが、うるさい後見人の意見をはねのけながら料理屋をつづけているお登世にとって、今のところ、気晴らしは着物をつくることだけだった。

だが、お登世は、眉間《みけん》に皺《しわ》を寄せて籠をかかえあげた。どう見ても、栗が少ないのである。

見事な栗だが、おすみに渡した金額なら、もう少し買える筈《はず》だ。

お登世は、手を叩《たた》いておすみを呼んだ。拭《ふ》き掃除をはじめたらしいおすみの声が、二階から聞え、つづいて階段を駆け降りてくる足音がした。

「森口の旦那《だんな》にも差し上げると言ったじゃないか。これしかなかったのかえ」

「いえ、それきり買えなかったんです」

「そんなばかな」

と、思わずお登世は言った。

「いくら大粒と言ったって、栗は栗だよ。一粒が百文もするわけがないだろう」

「でも、それきり買えなかったんです。嘘《うそ》だとお思いなさるなら、八百久《やおきゆう》さんで聞きなすっておくんなさいまし」

お登世は苦笑した。おすみは、お登世が八百屋へ行って、栗の値段を確かめるような人間ではないことを、承知して言っているのだった。

「わかったよ。今日は、紙問屋さんの寄り合いが日暮れからはじまるから、早いとこ、掃除をすませておくれ」

おすみは、素直にうなずいて帳場を出て行った。

いい子なのだけどねえ――。

お登世は、雑巾《ぞうきん》をしぼる音が聞えてくる階段を見上げた。

いったい、どうしちまったのだろう。

近頃、おすみに買い物を頼むと、薄紅梅《うすこうばい》という煙草《たばこ》が一山八文くらいの安煙草に化けてきたり、十本と頼んだ団子が九本しかなかったりするのである。

相談してみようかと思った。

おすみは、南の定町廻り《じようまちまわ》同心、森口晃之助が世話をしてくれた娘だった。二年前に母親を亡《な》くし、天涯孤独《てんがいこどく》といってもよい身の上となった娘だが、気立てのよさも働き者であることも請け合うと言って、晃之助は『花ごろも』へおすみを連れてきた。実際、当時は、正直でよく働く娘だった。

花ごろもは、三年前に、お登世が後見人の反対を押し切って開いた料理屋である。嫁ぎ先の唐物問屋《とうぶつどんや》を、亭主の死後に飛び出したようなかたちになっていて、気心の知れた女中を連れてくることができず、気立てのよい働き者なら、もう二、三人欲しいくらいだった。晃之助も、そのあたりを察して、おすみを連れてきてくれたのだろう。

いい子を連れてきてくれたと、お登世はずっと晃之助に感謝していた。帰る家がないというのに陰気な顔は見せないし、板前に叱言《こごと》を言われても口答えをしない。客の忘れていった財布を持って、下谷広小路あたりまで走って行ったこともある。それに、何よりほんとうによく働いてくれたのだ。

ところが、その娘が、買い物の金をごまかすようになった。

何があったというのだろうか。帳場格子《ごうし》の中の机に置き忘れた小銭へ手を出すわけではない。長火鉢の引出に入っている金をくすねたりするわけでもない。女中達の行李《こうり》の底から、大事にためている金がなくなったという騒動が起こったこともなかった。ただ、買い物の金をごまかすのである。

ほかの女中に買い物を頼むと、必ずおすみが、「わたし、行ったげる」となのりをあげる。お登世がおすみに頼まぬわけを知らぬ女中達は、喜んでおすみに買い物の金を渡す。この栗もそうだった。

こんな安物を買ってこいと言った筈《はず》はないと叱《しか》ったこともある。安物ばかり買ってきたり、数をごまかしたりする理由を聞き出そうとしたこともある。が、おすみは泣き出しそうな目でお登世を見て、「これしか買えないんですもの」と繰り返すばかりなのだ。

性格のよい娘であるだけに、長火鉢の引出や朋輩《ほうばい》の行李を開けるようになる前に、手をうってやりたい。晃之助は、おすみの身許《みもと》引受人にもなっている筈で、相談をするなら八丁堀へ行くのが筋だろうが、自分より年下の男に相談をするのもどうかと思った。

お登世は栗の籠へ目をやって、膝《ひざ》を叩いた。茹栗《ゆでぐり》のざるに、目を細めて手をのばすにちがいない男の顔が脳裡《のうり》に浮かんだのだ。栗色に染めたいがの小紋を見せれば、「お前さんにさわると、棘《とげ》がささるってのかえ」と、笑うにちがいない男、晃之助の養父の森口慶次郎であった。

盆の上の皿には、皮のむいてある茹栗が三つのっている。慶次郎があまりに不器用なのに驚いて、お登世が庖丁《ほうちょう》でむいてくれたのだった。

その一つを口へ入れ、うまいなあ——としみじみ思う。嚙《か》めば、ねっとりした甘さが口の中へひろがって、その甘さを少々苦い茶で胃の腑《ふ》へ流し込むと、次の一つへ手がのびる。

きりがなかった。隣りに坐《すわ》って、皮に爪《つめ》をたてては器用にむいている佐七に、「あとで胸やけしても知らないよ」と言われても仕方がなかった。

またお登世がむいてくれたのへ手を出そうとして、慶次郎は苦笑いをした。お登世は、晃之助が世話をしたおすみという娘のことで相談にきたのだった。手土産《てみやげ》の栗に大喜びをしている慶次郎を見て、相談にのっている間に茹でておこうと佐七がいつになく気をきかせ、お登世がおすみの行状を話し終えたところへ、ざるに山盛りの茹栗を持ってきたのである。そこへ手をのばすのは当然だろうが、お登世に皮をむいてもらって、すみのすの字も口にせずに、もう七、八個も食べたかもしれない。

「で、そのおすみってえ娘だが、二、三度会ったような気がするな」

お登世がうなずいた。慶次郎には、よくおあきという年増《としま》の女中がつくのだが、おすみが「お待たせしました」と威勢のよい声で料理をはこんできたこともある。

慶次郎は、急須《きゅうす》に湯をそそいだ。佐七と先を争うように茶を飲んだので、でがらしになっていた。

「晃之助がいい娘だと言うのだから間違えねえと思うが、生れや育ちはわかっているのかえ」

それはもう——と、お登世がうなずいた。

父親は煙草入れなどの袋物をつくる職人で、上野池《いけ》ノ端《はた》にある有名な袋物問屋、越川《えちかわ》からの注文がほとんどであったという。その父親が他界したあとは、母親が通いの女中となって越川で働いたり、おすみが子守をひきうけたりして暮らしていたらしい。

「父親は、気に入った仕事ができなければ、お客がいいと言っても渡さないといった名人かたぎの人だったそうで、貧乏とは縁が切れずに育ったようですけれど」

だが、花ごろもへきた当座のおすみは、先輩の女中達に小銭を貸し、返してもらうのを忘れているほど鷹揚《おうよう》な娘だった。

「その娘が、買い物の銭をごまかすようになっちまったのか——」

「はい。ほんとうに、何があったのか——」

お登世が慶次郎を見た。黒目がちの、今にも泣き出しそうな目をしているのに、不思議に明るい感じがする。花ごろもへ通いはじめて半年あまりになるが、慶次郎はこの目の色に惹《ひ》かれたのかもしれない。

「女将《おかみ》さん」

そろそろ名前を呼びたいのだが、慶次郎はそうお登世を呼んだ。

「その娘、ちょいとの間、俺が尾《つ》けまわしてもかまわないかえ」

「とんでもない」

お登世は庖丁を持った手を左右に振り、あわててそれを盆の上へ置いて、もう一度手を振った。

「わたしは、どうすればよいか伺いたかっただけなんです。旦那にそんなことをお願いしたら、若い旦那に叱られます」

「なに、俺の道楽だ」

半年前まで、お登世の相談相手は晃之助だった。花ごろもへも、どうぞご贔屓《ひいき》にと晃之助が言ってきたので足を向けたのである。

が、近頃、お登世は慶次郎を頼るようになった。若い旦那は、十近くもお年が下で——と苦笑いしたところをみると、若い晃之助には話しにくいことがあったのかもしれなかった。「養父上《ちちうえ》は、一まわり以上もお年上ですからねえ」と、養子は、いつも胸のうちとはうらはらな憎まれ口を叩く。

その晃之助によると、お登世の父親は、上山定蔵《かみやまていぞう》という御家人くずれであるらしい。晃之助の祖父が定蔵の父親の知り合いで、晃之助は、幼い頃からお登世を知っていたという。もっとも、三男坊であった定蔵は、博奕《ばくち》、喧嘩《けんか》から勘当というお定まりの道を歩み、その頃すでに屋敷を飛び出していて、下駄《げた》職人の娘と神田で所帯をもっていた。

その間に生れたのが、お登世と妹のお里久《りく》であった。

だから貧乏の味はいやというほど知っておりますと、お登世は笑ったことがある。所帯をもっても父親の遊び癖は直らず、米を買う銭の都合すらつかなくなって、隣りからもらったたくあんと井戸水だけで昼夜を過ごしたことも、一度や二度ではないのだそうだ。

が、父親の死後、お登世は、日本橋通町《とおりちょう》の唐物問屋、鎌倉屋に望まれて嫁いだ。伜《せがれ》の荘兵衛《そうべえ》が、近くの料理屋で働いていたお登世に一目惚《ひとめぼ》れをしたのである。

現在の後見人である荘兵衛の叔父は、貧乏人の娘などとんでもないと言って猛反対をしたそうだが、荘兵衛の父が武家の出で、お登世も御家人の孫ではないかと押し切った。お登世は十九だった。

裕福な暮らしに慣れていなかったお登世には戸惑うことも多かったが、荘兵衛はやさしく、舅《しゅうと》も実の娘のように可愛《かわい》がってくれたという。だが、その幸せが長つづきしない。三年後に舅が他界、その翌々年には、荘兵衛が二十九の若さで逝《い》ってしまうのである。

子供はいなかった。お登世の後見人には、お登世を嫁とすることに最後まで反対していた荘兵衛の叔父、安右衛門が選ばれて、その次男の敏次郎が鎌倉屋の養子となった。どれほどの苦労があったのか、慶次郎は、当時のことを知らない。お登世も、「後見人が毎日のようにきておりました」と言うだけで、詳しいことは話そうとしなかったが、十二歳から三十年も勤めた番頭が難癖をつけられて、暇をとる破目《はめ》になったというのを聞けば、おおよそのことは察しがつく。

もう一軒、店を出すとお登世が言い出したのは、その番頭が故郷《くに》へ帰った直後のことだった。荘兵衛の七回忌から、半年が過ぎていた。

「ずいぶん考えました。後見人はじめ、鎌倉屋の親戚《しんせき》は、わたしが店を出すことを喜ぶ筈がございませんし、妹の嫁ぎ先は金物屋ですが、一文、二文の利で暮らしているような店でございます。商売のことをたずねに行くところがございません」

しかも、お登世が出すと言ったのは料理屋だった。老舗《しにせ》の鎌倉屋がなぜ料理屋を出さねばならぬ、唐物問屋の何が不足なのだと、お登世は、親戚どころか奉公人達の非難まで浴びた。相談相手の晃之助までが、「とんでもないことをするという、言葉さえ出ない」と呆《あき》れ顔だった。

それでも、お登世は料理屋を出した。料理屋とのかかわりはそこで働いたことがあるだけ、もとではほとんどが借金という無鉄砲さだった。

「そりゃわたしだって、鎌倉屋を出たくはございませんでしたけれど。わたしの養子となった敏次郎の嫁には、後見人の女将さんのいとこの娘って人がきまりましたし。舅の店でも、荘兵衛の店でもなくなっちまったんですもの」

幸いに、花ごろもは繁昌《はんじょう》した。が、借金が半分くらいに減ったところで、また騒動が起こった。花ごろもは鎌倉屋が出した店、それならばわたしが後見人だと、安右衛門が言い出したのである。慶次郎が、花ごろもの常連となった頃だった。

あの一件は、晃之助では解決が長びいたかもしれないと思う。安右衛門は、公事師《くじし》を間に立てて、花ごろもの収益の三分の一を、鎌倉屋へ入れるように言ってきたのである。万一の時にと舅にあたえられた金を、お登世が花ごろもへつぎ込んだことを、安右衛門はかぎつけたのだった。

慶次郎は、吉次を使った。安右衛門の、叩けば出てくるにちがいない埃《ほこり》を探したのである。

埃は、いくらでもあった。安右衛門は口をつぐみ、花ごろもは、お登世が一人で出した店ということになった。が、難癖はつけられるものだった。花ごろもへ移ることになっていた鎌倉屋の女中が、鎌倉屋とかかわりのない店に行くことは許さぬと、暇を出してもらえなくなったのである。晃之助がおすみを連れて行ったのは、この時だった。

安右衛門は、いまだに花ごろもへきては、客の質を選べとか、座敷の造りに品がないなどと叱言を言うらしい。晃之助の話では、敏次郎の代になってから商売が思うようにゆかず、内々では、お登世を鎌倉屋へ戻せという話が出ているようだった。これでは気晴らしに着物もつくりたくなるだろう。

「面白い柄だね」

と、慶次郎は、お登世の小紋を褒めた。

お登世は、嬉《うれ》しそうに顔を赤くする。お登世は、十人ずつの男女が背を向けている凝った図柄の小紋を着ていて、自分が考えた紋様だと言った。十人の背で、十背《とせ》というしゃれなのだという。

「よく似合うよ」と慶次郎は言い、お登世は、さらに顔を赤くした。

花ごろもは、仁王門前町《におうもんぜんちよう》にある。上野の山近く、不忍池《しのばずのいけ》のほとりという場所のせいか、この町は、表通りにも裏通りにも料理屋の掛行燈《かけあんどん》がならんでいた。

昼の八つ半という半端《はんぱ》な時刻のせいで、人影はまばらだが、三味線の音《ね》の洩《も》れてくる料理屋もある。昨夜は芸者と舟遊び、今日は芸者に三味線をひかせて料理屋でごろ寝と、罰当《ばちあた》りなのか、いいくらか者もいるのだろう。

花ごろもの掛行燈が見えた。

例の一件のあと、花の季節にきてくれとお登世は言っていたが、なるほどよい場所だった。仁王門前町の町はずれで、店の前は不忍池、二階の障子を開け放つと山がよく見える。上野の花盛りを二階の座敷から楽しめそうで、この店が空《あ》くと聞いて、お登世があとさきも考えずに手つけの金をうったというのもむりのない話だった。

池を眺めている風をよそおって、店の前に足をとめた。店の中から、「わたし、行っ

らしい。

　下駄の鳴る音がして、十七、八の小柄な娘が手桶《ておけ》を持って飛び出してきた。お登世からもらったにちがいない黄八丈《きはちじよう》に薄桃色のたすきをかけ、裾《すそ》を高々とからげて、白い二の腕とふくらはぎをのぞかせている。おすみだった。雑巾《ぞうきん》がけの水を捨てに出てきたらしい。

「いいよ、撒《ま》いても」

　慶次郎は、困ったような表情を浮かべているおすみを見て、道の端に寄ってやった。

「有難うございます」

　娘は、鼻に皺《しわ》を寄せて笑った。可愛い顔だった。まるで白粉気《おしろいけ》がなく、髪にも簪《かんざし》一つさしていないが、口紅を塗っただけで、若い男がふりかえるようになるだろう。

　手早く水を撒くと、娘は「女将さんをお呼びします？」と慶次郎に声をかけた。

「呼ばねえでくんな。花を眺めているんだ」

　店の中では、しわがれた女の声が、「それじゃ頼むよ」と言っている。おすみは、たすきをはずしながら駆け込んで行った。

　待つほどのこともなく、たすきをはずし、着物の裾をおろして、手早く髪を撫《な》でつけたらしいおすみが飛び出してきた。下駄の音を響かせて、すぐ先の路地を曲がって行く。

　それを帳場から見ていたのだろう、石垣模様の裾へ、肩から花が降りかかる面白い図柄の着物を着たお登世が、暖簾《のれん》から顔を出した。出入口へ背を向けていた慶次郎がふりかえると、驚いたように目を見張ったが、昨日の話を思い出したのだろう、申訳なさそうに手を合わせて、「元黒門町《もとくろもんちよう》のお団子屋です」と早口に言った。

慶次郎は、おすみのあとを追った。

路地から広小路へ出ると、おすみは、小走りに三橋《みはし》を渡って行くところだった。それが、はじめて使いを頼まれた子供のような、はずんだ足取りのようにも見える。慶次郎も急ぎ足になった。おすみは、橋を渡り終えて駆足になった。

団子屋は、元黒門町の裏通りにあった。三、四人の行列ができているところをみると、うまいと評判の店なのだろう。慶次郎は、隣りの煙草屋《たばこや》で足をとめ、看板でたくみに姿をかくしながら、どの銘柄《めいがら》を選ぶか迷うふりをした。

おや、おすみちゃんじゃないか——という声がした。団子屋の女房のようだった。

「頼まれものは、届けておいてあげたよ」

「どうも有難う。とんだご面倒をかけちまって」

「なに、ついでがあったのだから、面倒でも何でもないのさ。で、今日は、何本お買い上げだえ」

十四本と答える声が聞えた。十四本？——と団子屋の女房が聞き返す。慶次郎は、館《たて》という上州産の煙草を頼んだ。

「このところ、妙に半端な数を買いにくるねえ。いえ、うちはかまわないんだけどさ」

だってさ——と、おすみはよどみなく答える。

「おあきさんは一本でいいとか、おちよさんは三本食べたいとか、みんな勝手なことを言うんだもの。この間なんか、勘定を間違えて買って行っちまったものだから、わたしの分をおちよさんに上げることになっちまったの」

「そりゃ気の毒だったねえ」

面倒な使いを頼まれているおすみに、団子屋の女房は同情したようだった。

「はい、一本おまけしておくよ。おすみちゃんがおあがり」

ご馳走様《ちそう》——と、おすみははしゃいだ声で言って、あずかってきた銭《ぜに》を出した。団子は一串《ひとくし》四文、五十六文をかぞえているらしい。

慶次郎が釣銭を受け取っている間に、おすみは団子屋の店を出た。来た時と同じ、はずむような足取りだった。袂《たもと》へ煙草を入れて、たくみに顔を隠した慶次郎の前を通り過ぎた時には、低声《こごえ》で流行《はや》り唄《うた》さえくちずさんでいた。

三橋の上で足をとめ、すれちがう人がいるにもかかわらず、懐《ふところ》から財布を出す。払わなかった四文を入れているのだろう。

財布を押し込んだ胸を叩き、早足になって先刻と同じ路地を曲がった。もと定町廻り同心に尾けられているなど夢にも思っていない筈《はず》で、ふりかえりもせずに花ごろもへ駆け込むと、「今帰りました」と言った。

「お団子買ってきました、十五本」

屈託のない声だった。

お茶請けがきたよと言うお登世の声も聞え、奥の座敷や二階にいた女中達が帳場に集まってくる気配も伝わってきた。

慶次郎は、池のほとりに植えられた柳の陰に立って、お登世の出てくるのを待った。

お登世は、女中達に一休みしたあとの指図をしながら暖簾から顔を出した。指さししている方角を見ると、汁粉屋の看板がある。そこで待っていてくれというつもりらしい。

慶次郎は、足早に歩き出した。安右衛門がきたら留守だと言ってくれと、女中達に頼んでいるお登世の声が聞えた。安右衛門は、執拗《しつよう》にお登世にまつわりついているらしい。

待つほどのこともなく、お登世が汁粉屋へ入ってきた。お登世を見た汁粉屋の主人は、万事承知と言いたげにうなずいて、密会《みっかい》にも使われる奥の座敷の唐紙《からかみ》を開けた。慶次郎は尻込《しりご》みをしたが、お登世は笑っていた。安右衛門を避けるために、時折使わせてもらっているのだという。

「で、如何《いかが》でございました？　店を出てくる時、旦那《だんな》にお目にかかるのですかと、おすみが言っておりましたけど」

と、座敷に坐《すわ》るなり、お登世は尋ねた。

「尾《つ》けられたとは、知っちゃいねえさ」

「今日のお団子は、十五本ありましたけど」

「あれは、おまけだよ」

低い声で喋《しゃべ》っているせいか、お登世は次第に軀を寄せてくる。無意識の動作なのだろうが、慶次郎は、お登世との距離をあけようと、ぎごちなく壁へ寄りかかった。

「おすみは十四本買って、四文を財布へ入れたよ」

「やっぱり――」

「だが、腑《ふ》に落ちねえことがある」

「こそこそしないのでしょう？」

「その通りさ。銭をくすねたのなら、そっとしまい込みそうなものだが、人目のあるところで財布を出している。四文がどういう銭か、通りすがりの者にわかる筈がねえと言えばそれまでだが」

「やっぱり――」

お登世は、先刻と同じ言葉を繰り返した。

「それで、ちょいと試してもれえてえのだが」

と、慶次郎は言った。

「何でございましょう？　あの子が昔のおすみに戻ってくれるのなら、何でもいたしますけれど」

お登世は、嬉しそうににじり寄ってきた。袂にしのばせているらしい匂袋《においぶくろ》の香りが、ふっと座敷にひろがった。


帳場をのぞき込んだ客が、煙草はあるかと言った。お登世は、うなずいて長火鉢の引出を開けた。そう言われた時のために、上等の国分《こくぶ》という煙草が買ってあった。が、客は、苦笑いをしてかぶりを振った。

「お嫌いでございますか」

「人間が古くさくできているのでね」

舞《まい》という、強い煙草が好きなのだという。

「近くの煙草屋にあった筈でございます。買いにやらせましょう」

頼むよ——と、客はほっとしたような顔で二階へ上がって行ったが、昼下がりの客がたてこんでいる時だった。おあきとおちよ、それにおかつの三人は、それぞれ客の相手をしていたり料理をはこんでいたりして手が離せない。といって、いそがしい盛りに板場の若い者を使いに出すわけにもゆかず、お登世が帳場を離れるわけには、なおゆかなかった。使いを頼めるのは、おすみだけだった。

買ってくるものが客の煙草であるのが少々気がかりだったが、やむをえなかった。お登世は、おすみを呼んだ。おちよを手伝って、塗物の膳《ぜん》に料理をならべていたおすみが可愛い声で返事をして、敷居の向う側に膝《ひざ》をついた。

「すまないね」

お登世は、今はあまり喫《の》まれなくなった煙草も売っている店をおすみに教え、銭箱《ぜにばこ》の蓋《ふた》を開けた。

「めずらしくなった煙草だから、少し余分に買ってきておあげ」

二朱銀《にしゅぎん》を二枚出す。半斤《はんぎん》の舞を買っても、かなりの釣銭がある筈であった。

「お釣はお駄賃《だちん》だよ」

おすみがお登世を見た。知らぬふりをしようかと思ったが、おすみを試すうしろめたさに黙っていられず、「いつもよく働いてくれるからさ」などと、とってつけたようなことを言った。

おすみは、しばらくの間、渡された二朱銀を眺めていたが、「行ってまいります」と小さな声で言って立ち上がった。気のせいか、土間へ降りて行く後姿に生気が失《う》せていた。

追いかけて行こうかと思ったが、奥の座敷で、客のとめどもなくつづいていたらしい世間話の相手をしていたおあきが戻ってきた。腰を上げる気になったようで、勘定をしてくれと言っているという。

それを紙に書いて知らせてやり、昼間だというのに酒を飲み過ぎて気分がわるくなったという客の背をさすって、女将《おかみ》の顔を見たいという客の座敷へ挨拶《あいさつ》に行っているうちに、おすみが帰ってきた。

買ってきた煙草を受け取って、そっと確かめてみると、においの強いそれが二十匁《もんめ》ずつくるまれている。安物を買ってきたのではなさそうだった。

客に煙草を届けて、お登世は帳場へ戻ってきた。

おすみは、奥の座敷の膳を下げている。お登世と視線が合うと、いつものように笑うかわり、目をしばたたいて横を向いた。試されたことに気づいたのかもしれなかった。

昨日、森口慶次郎は、駄賃を少し多めにあたえてみろと言った。今までの駄賃が少ないというのではないとつけくわえていたが、今日の駄賃は一朱である。これまでの駄賃も、少ないとは思わない。万事金の世の中とはいえ、それほどの駄賃を渡さなければ気持よく働いてくれぬのかと思うと、お登世の方が顔をそむけたくなった。

それにしても、慶次郎はなぜ駄賃を多めにと言ったのだろう。板場の者達にも女中達にもずいぶん気を遣っているつもりだし、他の店にくらべて、人使いが荒いとも思えない。

帳場格子《ごうし》の中の文机《ふづくえ》に肘《ひじ》をつき、指先でこめかみのあたりを押していると、おあきが階段を駆け降りてきた。

「静かに」と叱《しか》る前にそのままの勢いで帳場へ入ってきて、お登世の横に坐る。顔色が変わっていた。

「どうしたのさ」

おあきは、階段のようすを窺《うかが》ってから口を開いた。

「さっき上がった二階のお客、どこの誰だと思います？」

「さあ。はじめて見る顔だったけれど」

松島屋さんが――と、おあきは、近くにある料理屋の名前を言った。

「松島屋さんが寄越したお人なんですよ」

「へええ」

「そういう風に、女将さんはのんきなんだから」

おあきは、自分と一緒にお登世がうろたえないことが不満そうだった。

「ま、あの人達が、この値段でこの料理を出されたのじゃ、花ごろもばかり繁昌《はんじょう》してもしょうがないって、妙に納得していましたからいいですけど」

「放っておきよ」

と言ったが、同業の者のいやがらせは、これまでにもあった。今度もまた、花ごろもは腐った料理を出したというような噂《うわさ》がたつかもしれなかった。

お登世はこめかみを強く押えた。頭が痛くなってきた。そこへ、横柄《おうへい》な口調で案内を乞《こ》う、しわがれた声が聞えてきた。

お登世はあわてて立ち上がり、板場から外へ出ようとした。が、間に合わなかった。声の主は、下足番の案内で板の間へ上がり、帳場をのぞき込んでいた。安右衛門だった。

おすみがいなくなったのは、その翌日だった。いがの小紋の注文をうけた呉服問屋の手代が帰ったあと、おちよに二階の掃除がすんでいないと言われて気がついたのだった。女中達が寝起きしている部屋の隅には、おすみの行李《こうり》も置かれていたが、中をあらためると、花ごろもで働くことになった当時の持物だけが消えていた。着替えが一枚と下駄一足ほどの持物だった筈で、それだけを風呂敷《ふろしき》にくるんで出て行ったらしい。小さな風呂敷包をかかえているのでは、おすみを見かけた人がいても、いつものお使いとしか思わなかっただろう。

お登世は、半狂乱となって根岸へ走った。

お登世が下手な試し方をして、おすみは深く傷ついたにちがいなかった。お登世が渡してやった着物を、すべて置いて行ったことでも、それはよくわかる。行先のないおすみは、口入屋の薄暗い部屋で、食事代を払いながら働き口の見つかるのを待つつもりにちがいない。すぐに働き口があればよいが、二月《ふたつき》も三月《みつき》もなかった時は、どうするつもりなのか。梅雨寒《つゆさむ》の頃を、着替え一枚でどんな風にしのごうというのだろう。

山口屋の寮に慶次郎はいなかった。お登世は、出入口に蹲《うずくま》った。

が、おすみを探さねばならなかった。お登世は、少し休んでゆけという佐七に礼を言って歩き出した。桐《きり》の下駄までが重かった。

仁王門前町の路地を抜け、池のほとりへ出ると、店の前を行きつ戻りつしているおあきの姿が見えた。何も言わずに店を飛び出したお登世を探しているのかもしれなかった。

お登世は、力ない声でおあきを呼んだ。おあきは、はじかれたように駆けてきた。

「どこへ行ってなすったんですよ。源さんが根岸まで追いかけて行ったのだけど、たった今帰りなすったと言われて」

迎えに行った若い板前に、どこかで追い抜かれてしまったようだった。

「さ、早く。森口の旦那がおみえですよ。ええ、おすみちゃんも一緒です」

お登世はおあきを押しのけて店へ飛び込んだ。土間の隅に、雪踏《せった》と歯のすり減った下駄がならんでいた。

おちよが、二階を指さした。お登世は、ものも言わずに階段を駆け上がった。

その足音が聞えたのだろう。突き当りの座敷の唐紙が開いて、慶次郎が顔を出した。

「よう。お帰りかえ」

「旦那――」

お登世は、階段のてすりに寄りかかった。

「おすみは、無事でしたかえ。おすみが見つからなかったら、わたしゃ、旦那をお恨みするところでした」

「わかってるよ」

慶次郎は苦笑して、ほら、みねえな――と言った。こらえきれなくなったらしい泣声が聞えてきた。

「な、わかっただろう？　ろくでなしは、お前のようなやさしい娘を試してみろと言った俺の方だ」

「いえ、わたしです。わたしが、一番のろくでなしだったんです。一人前の働きもできないくせに、あのお婆《ばあ》さんのお見舞いをしてあげようなんて思うから……」

「女将さんに、ゆっくりその話をするんだな」

もういい加減泣きじゃくったのだろう。おすみは、赤く腫《は》れ上がった目をまた袂《たもと》で押えてうなずいた。

お登世は、おそるおそる座敷へ入った。

「時雨《しぐれ》ヶ岡《おか》のよろず屋で桜餅《さくらもち》を買っていたら、おすみちゃんが泣きながら走って行くじゃねえか。店の婆さんも、びっくりしたんだろう。俺がおすみちゃんを呼びとめると、ゆっくり話を聞けと言って、部屋を貸してくれたんだ」

お登世が行き違いになる筈《はず》だった。

「ごめんよ、おすみちゃん、もう一度、あやまるよ。女将さんが途方もねえお駄賃を渡しゃ、きっとその金をお前《めえ》が遣うと思ったのさ。そうすりゃ、遣い道がわかるだろう？」

おすみが、袂でおおった顔を横に振った。

「わたしも、もう一度あやまります。わたしのためにお金をくすねているのじゃないって、旦那が信じていておくんなすったなんて、夢にも思わなかった」

「女将さんだって、お前《めえ》がただ金をくすねているなんざ、少しも思っちゃいなかったよ。が、いくら人のために遣うといっても、女将さんの金は女将さんの金だ」

あとは女将さんとよく話し合うことだ、そう言って慶次郎は立ち上がった。ひきとめたが、佐七に「ちょいとそこまで」と言って出てきたままなのだという。「またあとでくるよ」と言って、階段を降りて行った。

階下から、もうお帰りでございますかと女中達の騒ぐ声が聞えてきた。昼飯の用意をしていたのかもしれなかった。

お登世は、泣きじゃくっているおすみの背を軽く叩《たた》いた。

「ごめんなさい」

おすみはお登世にすがりつこうとして、身をひいた。お登世は、手をのばしておすみを引き寄せた。が、おすみは、お登世から離れようとしてもがいた。

「放しておくんなさい、女将さん。涙で女将さんの大事な着物が汚れちまうから」

「いいんだよ、こんなもの。おすみちゃんが無事に帰ってくれりゃ、こんなものの一枚や二枚、汚れたってかまやしない」

だが、お登世の脳裡《のうり》に、かつての自分の姿が浮かんだ。子供の頃のお登世は、三度のご飯も満足に食べられず、料理屋で働きはじめてからも、古着を一枚買うにも苦労したではないか。あの頃は、せめて季節がかわるごとに古着を買えるようになりたいと稲荷《いなり》さんに祈っていたものだ。

「おすみちゃん。お前、さっき妙なことを言っていたね。一人前の働きもできないのに、どこかのお婆さんのお見舞いをしたかったとか」

「ごめんなさい」

おすみは、お登世の軀《からだ》を押しのけて畳に両手をついた。

「半年前に、わたし、不忍池の中島《なかのしま》へ行く鳥居の前で、六十になるお婆さんに会っちまったんです」

ようすがおかしいので声をかけると、「大丈夫ですよ」という素気《そっけ》ない答えが返ってきた。いったんは別れたのだが、やはり気がかりで、おすみは、住まいまで送ることにした。その間に、老女は重い口を開いた。

「車坂町《くるまざかちょう》で一人暮らしをしている、おしげというお婆さんでした」

と、おすみは言った。

一人息子を先にあの世へやって、おしげに身寄りはなかった。隣りの女房が、水を汲《く》んできてくれたり買い物に行ってくれたり、親切に面倒はみてくれるが、その家にひきとってもらうわけにはゆかない。淋《さび》しい、早く死にたいと思っているうちに、蓄えがつきた。

「それなのに何で寿命ばかり残っているんだろうって、お婆さん、泣いていました。わたし、その時、お婆さんの孫になってあげてもいいと思ったんです」

去年の給金で、おしげがためていた店賃《たなちん》を払ってやり、米を買ってやった。燈油《とうゆ》も鼻紙も、すりきれていた藁草履《わらぞうり》も届けてやった。

が、おしげの一番喜ぶことは、おすみとの世間話だった。おすみは、暇を見つけては車坂町へ出かけた。手土産には、おしげの好きな団子を買って行った。座敷の掃除、洗濯が主な仕事で、座敷へ顔を出すことは少ないおすみには、客からの祝儀《しゅうぎ》という収入がない。給金とお登世が渡してやる小遣いで、おしげの暮らしをみてやるのはむりな相談だった。

「でも、わたしはお婆さんのお見舞いに行きたかったんです。わたしにもお婆さんがいると思うと、嬉しかったんです」

「何だって、早くその話をしてくれなかったのさ」

と、お登世は言った。おすみがその話をしてくれれば、おしげの店賃や米代はお登世が払い、おすみが金をくすねることもなかったのだ。

「話をすれば、女将《おかみ》さんがそう言ってくれなさるとはわかっていました」

おすみは、ちらとお登世を見た。今日もお登世は、石垣に落花の紋様のある着物を身にまとっていた。

「女将さんは、そうやって高い着物を何枚もつくりなさる。お婆さんの店賃やお米代くらい、何ということもないじゃありませんか。わたし、何だかそれが、とってもいやだったんです。花ごろもの台所が苦しくって、女将さんがお客様の前へ出るために、むりをして着物をつくっていなさるのだったら、いやじゃなかったのかもしれませんけど」

お登世は口を閉じた。

「でも、ごめんなさい」

おすみは、ふたたび畳へ額をすりつけた。

「ほんとうに、ごめんなさい。わたしにお金がない時はお粥《かゆ》も食べられないお婆さんがいるというのに、女将さんは、鎌倉屋さんのご親戚《しんせき》が鬱陶《うっとう》しいと言っては贅沢《ぜいたく》な着物をつくりなさる。女将さんだって昔は貧乏だったじゃないかと思うと、どういうわけか、女将さんが憎らしくなって……」

そういうことになるのかもしれないと、お登世は思った。

「でも、小さなお金ですんでいるうちはいいって、女将さんがわたしのことを心配してくれなすったと聞いて、目が覚めました。勘弁しておくんなさい」

「いいよ、そんなにあやまらなくっても」

お登世は、帯の間へ指を入れた。呉服問屋へ先月分を払った釣銭の二朱銀が、懐紙《かいし》にくるんではさんである筈だった。

「おしげさんに——いや、お前へのお見舞いだよ」

「そんな……」

「黙ってお取り。栗のいがの着物は頼んじまったからしょうがないけれど、この次に拵《こしら》えたかった雪持ちの松の着物は、やめにするよ。松島屋の松を染めるのも、気色《きしょく》のわるい話だし」

おすみが顔を上げて、お登世を見た。

「取っておおき。言っておくけど、わたしがたった一つの道楽を辛抱したんだ、この次もぐずぐず言わずにお金を受け取るんだよ」

ほんとうは、もう一枚よけいに着物をつくりたいところなのだけど——と思った。が、当分の間、この道楽は封印しなければならないだろう。安右衛門がたずねてこず、松島屋がいやがらせをしないよう祈るばかりだった。

晩秋

階段を降りて行くと、足音が聞えたのか、竈《かまど》に火をくべていた妹が顔を上げた。

妹夫婦は蕎麦屋《そばや》をいとなんでいて、店にはもう客がいる。うまいと評判の店で、あの蕎麦を食いたいと腹の虫が鳴くなどと言って、通ってくる者も多いらしい。

が、吉次は「ご苦労なこった」と呟《つぶや》いて、舌打ちをした。蕎麦を食べにわざわざ大根《だいこん》河岸《がし》まで足をはこんでくる者にも、そんな奴等《やつら》のために朝早くから起き出して蕎麦をうっている妹夫婦にも、腹が立つのである。なぜ腹が立つのかはわからない。朝っぱらから蕎麦なんざ食うなとわめいてやりたいのだが、まだそれをはたせずにいるのだった。

妹は、一張羅《いっちょうら》の紬《つむぎ》に汚れてはいるが博多の帯をしめている吉次を見て、ほっとしたような顔をした。

出かければ、吉次は日が暮れるまで帰ってこない。慶次郎に「蛆《うじ》がわきそうだ」と言われた二階の部屋を、心ゆくまで掃除することができると思ったのだろう。

吉次は、黙って草履を突っかけて、風が急につめたくなった京橋川沿いの道へ出た。

ここ四日ほど家にひきこもって、文字通り一歩も外へ出ず、妹のはこんでくる蕎麦を食べては万年床に寝転んでいたのだが、やっと昨日、下っ引の一人が待ち望んでいた知らせを持ってきた。

思わず口許《くちもと》をゆるませた吉次を見て、下っ引は、「お手柄になるんですよね？」と確かめるような顔をした。あわてて眉間《みけん》に皺《しわ》を寄せ、「まだわからねえ」と不機嫌そうな声で答えたが、その男の所在がわかったところで、手柄になりはしない。吉次を使っている北町奉行所の定町廻《じょうまちまわ》り同心から、その男を探せと言われているわけではないのである。

定町廻り同心に命じられて一人の男を探すような、そんな七面倒《しちめんどう》くさい仕事は、できればしたくない。江戸の町はただでさえ男の数が多いのに、この時期になると出稼ぎの者がふえる。たった一人を探し出すなど、芝の浜で子供の捨てた小石を見つけてやるにひとしいのだ。

吉次は岡っ引であった。同心に探せと命じられれば、砂の中の米粒でも見つけるつもりだし、探す以上は熱心に歩きまわって、同心の機嫌を損じぬようにもする。が、自分の本職はこちらだと吉次は思っていた。事件にかかわった者が町方に目をつけられぬうちに、手をうってやるのである。

仏の慶次郎こと森口慶次郎は、定町廻りの仕事は下手人を捕えることではない、人に罪を犯させぬことだと言っているが、吉次も、下手人を牢獄《ろうごく》へ送らぬようにしているのである。それなりの報酬をもらうのは、当然のことだろう。

たいていの人間は、牢獄へ送られて流罪《るざい》を言い渡されるより、そっと江戸市中で暮らす方を選ぶ。礼さえきちんとしてくれれば望みを叶《かな》えてやるのだから、吉次を見かけた時には、両手を合わせて拝んでもらいたいくらいだった。

だが、慶次郎は仏と呼ばれ、吉次には蝮《まむし》という渾名《あだな》がつく。

妹夫婦の蕎麦屋から、はじけるような笑い声が聞えてきて、吉次は思わずふりかえった。客には難癖《なんくせ》をつけぬことにしていて、常連もそのことを知っているのだが、やはり、岡っ引は鬱陶《うっとう》しいのだろう。吉次がいるとわかっている時に、大声で笑う客はいない。第一、客が少なかった。

吹いてこなくてもよい川風が吹いてきて、吉次は首をすくめた。その横を、去年の凧《たこ》を持ち出したらしい子供達が、「上がれ、上がれ」と叫びながら駆けて行った。

長屋の子供達の声で目が覚めた。

泣いているのは、向いの甘ったれらしい。亭主は気のいい下駄《げた》職人、女房も油揚と大根の煮付けを持ってきてくれたりする愛想のよい女なのだが、子供の躾《しつ》けだけは間違っていると幸助《こうすけ》は思った。亭主が四十を過ぎてから生れた一人息子で、甘やかし放題にしているのである。

そのうちに子供の方が苦労すると、幸助は、他人事《ひとごと》ながら気にかかっている。が、宿酔《ふつか》い《よ》の頭に泣声が響いてくる今は、子供の苦労などどうでもよかった。頭は、ひび割れるように痛い。お前の子供のせいで他人もこれほど苦労するのだと、ひたすら下駄職人夫婦がうらめしかった。

痛《いた》た——とかかえた頭へ、さらに隣りの腕白の金切り声が突き刺さった。

「もう泣いちゃだめ。泣きやまないと、おいてくよ」

甘ったれを泣かせた子供が詫《わ》びているらしいのだが、甘ったれは、買ってもらったばかりのおもちゃがこわれたとか何とか、しゃくりあげながら不平を言っている。腕白は、じれったくなって声を張り上げたらしい。

ふいに、別の泣声が路地に響き渡った。おもちゃを踏んでしまったらしい女の子を、甘ったれが叩《たた》いたようだった。

「何で、おみっちゃんを殴るんだよ」

と、腕白がなじる。女の子の泣声はますます高くなり、「痛くないよ、大丈夫だよ」と女の子をなぐさめる声や、「お前がおもちゃを落っことしたんじゃないか」と、甘ったれをなじる声も聞えてきた。

そういうことになるんだよな。

幸助は、寝床の中で呟いた、一人っ子で甘やかされて育つと、我儘《わがまま》になる。我儘な人間は、我儘が通らないと腹を立てる。しかも、自分は我儘ではないと思っているから始末にわるい。人に好かれるわけがなかった。

「だって、おみっちゃんがぶつかったから落としたんだよ」

「しっかり持っていればいいじゃないか」

「むりだい。ぶつかってくるんだもの、落としちまわい」

「そんなら、一緒にくるなよ」

腕白にこづかれたのかもしれない。今度は甘ったれの泣声が大きくなった。

さらに頭へひびが入ったような気がして、幸助は布団《ふとん》の中へもぐった。

案の定、向いの腰高障子の開く音がして、甘ったれの母親の、「仲よくしてやっとくれよ」と言う声がした。

みんなでお食べと、飴《あめ》か何かを腕白に渡してやったのだろう。子供達は、「もう泣きっこなし」などと言いながら、どぶ板の上を駆けて行った。甘ったれもその中にいるのだろうが、多分、すぐに自分勝手なことを言い出して、仲間はずれにされる筈《はず》だ。

「しょうがねえ、起きるとするか」

床から這《は》い出ようとして、幸助は顔をしかめた。ひびの入っていた頭が、とうとう割れて砕けたような気がした。

宿酔いはひさしぶりだった。この長屋へ越してきて半年になるが、長屋中の人達が、幸助は勤勉な人間だと思っている。烏《からす》がカアと鳴く頃には起き出して湯屋へ行き、帰ってくればめしを炊《た》いて味噌汁《みそしる》をつくり、粗末だがあたたかい朝飯を食べて、掃除までして出かけるのである。長屋の人達は、幸助が貸本屋であると信じきっている筈だった。

「痛《いて》て……」

動けば無論のこと、目を開いても砕けた頭が痛む。幸助は、ほとんど目をつむったまま、枕許《まくらもと》に脱ぎ捨ててあった着物を着た。

昨日、思いがけず一両二分二朱三十六文という大金が手に入り、半端《はんぱ》な三十六文で安酒を飲もうと思ったのがいけなかった。湯豆腐で飲みはじめたのだが、一合八文の酒は水に酒をたらしたようだった。口直しをせずにいられなくなって上等の酒を頼み、どうせ二朱銀に手をつけなければ足りないのだからと、さらに二合の酒を注文してつい飲み過ぎてしまったのである。

頭痛を癒《なお》すてだては、迎え酒のほかにない。幸助は、ゆっくりと腰をおろし、俯《うつむ》かぬようにして布団の下へ手を入れた。

指先に布地が触れた。少々手ざわりがあらいと思ったが引き出して、目を開けて見た。手拭《てぬぐ》いだった。

いやな予感がした。あわてて布団の下へ手を入れて、幸助は青くなった。指先に触れるのは破れ畳《だたみ》ばかりで、財布がないのである。

一瞬、頭の痛いのを忘れて幸助は夜具を投げ飛ばし、そこに何もないとわかると、投げ飛ばした夜具に駆け寄って一つ一つを振ってみた。掻巻《かいまき》を振っても、敷布団を振っても、何も落ちてこなかった。

幸助は、枕をかかえて蹲《うずくま》った。酔って帰る途中、よろけた拍子に落としてしまったのかもしれなかった。

幸助は、手をのばして鉄瓶を取った。昨日の朝、茶をいれた湯が残っていた。頭が割れそうでも、出かけなければならなくなった。財布を落としてしまったのであれば、一文の金もない。迎え酒どころか、明日の米を買うこともできないのである。

幸助は、鉄瓶の口から湯ざましを飲んだ。

日本橋は、立ちどまって川の流れを眺めるところではないのかもしれない。

欄干へ軀《からだ》を貼《は》りつけるようにして立っているというのに、三人がもう五兵衛にぶつかって行った。一人は荷車の後押しをしていた男で、もう一人は別の荷車を避けようとした魚屋、もう一人が、たった今下駄を鳴らして駆けて行った女だった。

五兵衛は、欄干から離れて歩き出した。

どこへ行くというあてはない。が、いったん高札場前に戻った足はひとりでに川下へ向い、川沿いに蔵屋敷の裏を歩き出した。このまま行けば、江戸橋を本船町《ほんふなちょう》側へ渡ることになる筈であった。

橋を渡れば右手に伊勢町堀があり、荒布橋《あらめばし》がかかっている。堀の水は流れているのか昨日のままなのか、青黒くよどんでいるが、町はいつも賑《にぎ》やかだった。

五兵衛の足は、やはり江戸橋を渡った。

右へ折れて荒布橋を渡ると、照降町《てりふりちょう》と呼ばれる一劃《いっかく》に出る。小船町《こぶなちょう》と小網町にはさまれた横丁で、雪踏屋《せったや》と下駄屋が軒をならべているところから名付けられたらしい。雪踏は晴れて陽の照る日に、下駄は雨の降る日にはくというのである。

その照降町の手前を左へ曲がった小船町三丁目に、おとくの家があった。五兵衛の嫁の家だった。

孫のおはなは今年六つ、六月には手習いと踊りの稽古《けいこ》に通い出したそうで、もの覚えがよい、筋がよいと、手習いの師匠からも踊りの師匠からも褒められているらしい。二《ふた》月《つき》ほど前に会ったのだが、五兵衛の死んだ伜《せがれ》によく似てきて、目鼻立ちのくっきりした子になっていた。

が、荒布橋のたもとで五兵衛の足がとまった。

おはなは何も知らない。五兵衛を、いつもおみやげを持ってきてくれるやさしいお祖父《じい》ちゃんとしか思っていないだろう。二月《ふたつき》前に母娘《おやこ》二人が暮らしている仕舞屋《しもたや》を訪れた時は、手習いから帰ってきたおはなが出入口で五兵衛の履物を見つけ、「お祖父ちゃんがきてる――」と茶の間へ駆け込んできた。うしろから抱きついてきた頬や手の、どれほど可愛《かわい》かったことか。

五兵衛は、神田鍋町《なべちょう》に住んでいる。住まいは裏通りの仕舞屋ながら数寄《すき》を凝らした造りで、湯殿《ゆどの》もあり、女房のおりゅうが生きていた頃は、親戚《しんせき》が檜《ひのき》の据風呂《すえふろ》をめあてに遊びにきたものだった。幼い頃の甥《おい》や姪《めい》達も、夏になると泊りにきて、狭苦しい庭の小さな池で遊んで行った。

が、おりゅうの死後は、ほとんど誰もこない。今年の夏、本石町《ほんこくちょう》で偶然甥に出会い、たまには顔を見せろと言うと、甥は女房と伜を連れてきた。

甥がそうだったように、四歳になる伜も庭の池を見て、しきりに水遊びをしたがった。濡《ぬ》れてもいいようにして庭へ出してやれと言ったのだが、甥の女房は、こわい顔をして首を横に振りつづけた。「叔父様の大事なお庭を滅茶苦茶《めちゃくちゃ》にするといけないから」と言うのである。

いいから出してやれとは、五兵衛も言わなかった。子供が水遊びに夢中になると、長居をする破目になると、甥の女房の顔に書いてあった。

案の定、甥の一家は茶を飲んだだけで帰って行った。それも、半刻《はんとき》あまり五兵衛と向いあっていただけで、女房などは、ろくに笑顔も見せなかった。きたくもない家に、亭主の義理できてやったのだと、これも顔に書いてあった。

以来、五兵衛は、真綿問屋へ嫁いだ姪がようすを見にきてくれても、亭主や子供を連れて遊びにこいとは言わない。義理で遊びにきてくれるのなら、きてくれぬ方がましだと思っている。

幸い、祖父の代から目抜き通りに家作を持っていて、暮らしに困ることはなかった。飯炊《めした》きの男も、身のまわりの世話をしてくれる女中もいた。ただ、時折――というよりしばしば、飯炊きの男も女中も五兵衛の叱言《こごと》に腹を立て、給金などいらぬからやめさせてくれと出て行ってしまうのである。

そのたびに、五兵衛は口入屋へ足をはこんだ。近頃の奉公人の我儘なこと、躾けのわるいことを嘆き、「もう少し、おとなしいのはいないのかね」と、主人に注文をつけるのである。はじめのうちは、「金を返せば五分と五分、主人も奉公人もあったものじゃないと言う奴がふえてきましたからねえ」と相槌《あいづち》を打っていた口入屋の主人も、次第に顔をしかめるようになってきた。「出替《でが》わりの時期じゃありませんからね、おとなしい働き者なんざ、いやしませんよ」と、無愛想に言うようになったのだ。

今、鍋町の家にいる飯炊きは、いくら叱言を言っても粥《かゆ》のようなめしを炊くし、薪《たきぎ》の燃えかすを火消壺《ひけしつぼ》へ入れるのが面倒なのか、足で踏みつぶしてしまう。消炭《けしずみ》は火のつきがよいのだ、もったいないことをするなと言っても、どこ吹く風だった。

女中も、四角な座敷を丸く掃く。五兵衛の好物である烏賊《いか》は膳《ぜん》にのぼったことがなく、あまり好きではない卵焼が朝も晩も出る。近頃の海では烏賊がとれず、鶏がよく卵をうむのかと言えば、「烏賊は気味がわるくてさわれません。卵焼がお嫌いなら残しておくんなさい、わたしがいただきます」と答えるのである。前の女中が突然やめたあと、次が見つからずに苦労したことを知っていて、暇を出せるわけがないとたかをくくっているのだった。

「どいつも、こいつも」

まったく腹が立つ。

そして、腹が立てば立つほど会いたくなるのが、おはなだった。いや、おはなの母親であるおとくだった。

五兵衛の一人息子、丈太郎は、おとくがみごもってまもない頃に他界した。だるいと言って床についてから三日目のことで、病いの名すらわからなかった。

お前の我儘で丈太郎が苦労したせいだと、おとくに妙な八つ当りをしなかったとは言わない。おとくの言うことがいちいち癇《かん》にさわって、声を荒らげたりしなかったとも言わない。身重であることを気遣ったおりゅうが、しばらく実家へ帰っていた方がよいと言ったことも知っている。

が、だからといって、そのまま戻ってこないのはどういうわけなのか。そう考えると、五兵衛の方から足しげくたずねて行く気になれないのである。

「おとくにも言い分はあるだろうが」

確かに、五兵衛は生れた孫の顔を見に行った日に、いつまで実家にいるつもりだとおとくを叱《しか》った。実家にいれば上げ膳《ぜん》据膳だが、うちへ戻れば舅《しゅうと》夫婦の面倒を見なければならないからな――と、いやみも言った。言ったが、わるかったと後悔しているのだ。おとくも、五兵衛が丈太郎を失って妙に依怙地《いこじ》になっていたことくらい、わかってくれてもよいではないか。

おとくの父の話によると、おりゅうは、機《おり》を見ておとくを呼び戻すと、五兵衛の態度を詫びつづけていたそうだ。ところが、おりゅうもまた、風邪をこじらせてあっさりとあの世へ旅立った。おとくの父に言わせれば、おとくは鍋町へ帰るきっかけを失ってしまったのだった。

五兵衛は、荒布橋を渡りかけてためらった。

「今日はよそう」

そう思って踵《きびす》を返したが、懐《ふところ》にはおはなへのみやげがある。

「でも――」

一人になって人恋しくなったのだろうと、おとくに思われたくはない。膳にのってくる卵焼を見るたびに、おとくなら葱《ねぎ》の味噌汁に香の物、鮭《さけ》に海苔《のり》という朝飯をつくってくれた筈だなどと、なつかしがっているとは悟られたくないのである。

「孫がいるんだ。会いに行ってもおかしくはないさ」

おとくが、おはなに舅の悪口を聞かせていないというのも気に入っている。実家は小船町一丁目の廻船問屋だが、兄夫婦に気兼ねして、三丁目の仕舞屋で暮らしているというのも好もしかった。

「行ってみるか」

鍋町へ戻ってこないかという言葉は、のどもとにある。だが、今日もまた、それは口の外へ出てこぬにちがいなかった。


「いやがった」

と、吉次は呟《つぶや》いた。

下っ引の言っていた通りであった。自分の住まいがある神田佐久間町界隈《かいわい》に奴《やつ》はあまりいない、日本橋や京橋周辺をうろついていることが多いと下っ引は言ったのだが、その男が歩いているのは、日本橋川沿いの道であった。

時折、立ちどまっているのは、少し前を歩いている年寄りを尾《つ》けているからだろう。年寄りが頻繁に足をとめるので、追いつきそうになってしまうのだ。

下っ引は、男が以前、鍋町の五兵衛という年寄りに話しかけているのを見たとも言っていたが、前を歩いているのがその五兵衛だった。

「なるほどね」

吉次は、片頰を歪《ゆが》めて笑った。

五兵衛についても調べたが、頑固で、偏屈で、嫁も実家へ逃げたまま帰ってこないくらいだと、さんざんな評判の男だった。その嫁は小船町に住んでいるといい、五兵衛は、気がむくと孫に会いに行くらしい。

鍋町からの道順にしては少しおかしいが、今日は、五兵衛の気がむいた日なのだろう。男が五兵衛につづいて江戸橋を渡れば荒布橋があり、荒布橋を渡れば小船町となる。

男が、江戸橋を渡ろうとした。

頰かむりをした吉次も、腕組みをしてあとを追おうとした。

だが、男は、あわてて引き返してきた。荒布橋を渡って行くとばかり思った五兵衛が、ふいに踵を返したのだった。

「ばかやろう。話しかけるにゃ、ちょうどいい機《おり》じゃねえか。ここで商売をおっぱじめてくれりゃ、あっちこっち歩きまわらずにすむってのに」

胸のうちで毒づいたが、男は、蔵屋敷の間へ駆け込んで行った。蔵屋敷の間には稲荷《いなり》社があり、おそらく、その木立の中に隠れたのだろう。

やむをえなかった。江戸橋を渡った吉次は、五兵衛の前を通り過ぎ、左へ折れて本船町の横丁へ入った。五兵衛に顔を知られていなかったのが幸いであった。

道を間違えたふりをしてもとへ戻ると、男も蔵屋敷の横丁から出てきたところだった。男とは二、三度顔を合わせたことがある。皺《しわ》の深い吉次の顔を、男は忘れていない筈《はず》だが、頰かむりをして寒そうに背を丸めているのでわからないのだろう。吉次は、道に迷ったふりをしつづけた。行きつ戻りつしてみたり、路地の数をかぞえたりしていると、男が橋を渡ろうとした。五兵衛がまた、江戸橋を渡ったのだった。

今、男に吉次と気づかれては困る。が、近づけば、頰かむりではごまかせない。吉次は、舌打ちをして踵を返した。その時に、もし――という声が聞えた。

ふりかえると、荒布橋を渡ろうとしていた五兵衛が足をとめている。男はおそらく、江戸橋を小走りに渡ったのだろう、本船町側のたもとに立っていて、人のよさそうな笑みを口許に浮かべている。

今でこそ佐久間町の長屋住まいだが、かつては日本橋青物町にあった鰹節《かつおぶし》問屋の一人息子であったという。我儘《わがまま》だが人はわるくなかったらしい当時を、髣髴《ほうふつ》とさせるような笑顔だった。

「あ、やっぱり鍋町の旦那《だんな》だ」

と、幸助は言った。

「さっきから、似ているなあとは思っていたのですが。――どちらへおいでです？」

孫に会いたくなったのだろうとは、わかっていた。身内の者に会うのは癖になる。音《おと》沙汰《さた》なしで暮らしていれば、淋《さび》しいことは淋しいが、会いたさにいても立ってもいられなくなるということはない。が、一度身内の家へ行って、親子やら兄弟やらのにおいを嗅《か》いでしまうとだめなのだ。食べ物のすえたにおいばかりがこもっているような自分の家へ帰るのがいやになるのである。

両親をあいついで失くし、青物町の店も人手に渡って、南小田原町の裏店《うらだな》で一人暮しをはじめた頃、幸助は叔父の家へ泊りに行ったことがある。叔父には叱言を百万遍も言われたが、いとこの女房は親切だったし、暖かいめしも焼魚も、縄暖簾《なわのれん》のそれとは比較にならぬほどうまかった。

二晩泊めてもらい、三日目の夕暮れに「またくればいい」という叔父の言葉に送られて家へ戻ったのだが、明りのついていない家の暗さがまず、いやになった。「今帰った」と言っても、当然のことながら返事はない。

叔父の家へ行く前に脱ぎ捨てていった着物は、丸められて部屋の真中に置かれたままだし、急須《きゅうす》の中では茶の葉がひからびていた。

いとこの女房が持たせてくれた菓子を一人で食べるのも気のきかぬ話だと、縄暖簾へ行くつもりで外へ飛び出せば、味噌汁ではなく、築地の川がはこんでくる潮のにおいがする。縄暖簾で顔見知りを見つけ、足許《あしもと》もあやうくなるくらいに飲んで、家へ戻ればまた暗闇《くらやみ》だった。明りの入っていない行燈《あんどん》と、ひからびた茶の葉の入っている急須と、いとこの女房が持たせてくれた菓子が、ぽつねんと幸助を待っていたのである。

縄暖簾で一緒に飲んだ顔見知りにも女房がいる、そう思うと、一人きりでつめたい布団にもぐり込む自分が情けなくなってきて、つい足が叔父の家へ向った。叔父もいとこも乾物の商いをしていて暇ではないのだとわかっているのだが、そこが我儘いっぱいに育った者の弱さだった。

まず、叔父が露骨にいやな顔をした。しばらく遠慮をした方がよいかなとも思ったが、いとこは「うちの親父の、たった一人の身内なんだから」と言ってくれた。その言葉にすがって、「またきちゃったよ」と甘えていたのがいけなかった。

叔父の女房といとこの女房がよそよそしくなって、奉公人の態度もぞんざいになった。頼みの綱のいとこが、「いい加減にしてくれないか」と言い出したのは、それからまもなくだった。

母方の伯父の家でも同じであった。ただ、いやな顔をした順番はちがっていた。まず伯父の女房が不機嫌になり、ついで三人のいとこ、最後に伯父が顔をしかめた。家の中へは上げてくれずに幸助を物陰へ呼び、内緒で小遣いをくれて、「働き口を探せ」と言ったのである。

働き口を探せったって……。

探せるくらいなら、苦労はしない。自慢にはならないが、父親に他人のめしを食えと言われて奉公に行った店から、いくら取引先の一人息子でも我儘が過ぎると帰されたのだ。幸助に見込があると思えば、父親が逝《い》ったあとでも、取引先がつきあいを断ってきたりはしなかっただろう。働き口を探すには、つてを頼るほかはない。が、そのつてが皆、幸助に愛想をつかしているのだ。

そんなわけで泊りに行くところもなくなって、しばらくの間は酒びたりになっていたが、三月《みつき》たち、半年たちするうちに気持が落着いてきた。なまじ身内のにおいを嗅ぐと、なおさら淋しくなると、気づいたのだった。以来、幸助は、親戚の店がある町を避けて歩くほど、身内のにおいには注意している。

「おや、甚助《じんすけ》さん」

ふりかえった五兵衛は、幸助が偽って教えた名前を言って、救われたような顔をした。今日もまた、話相手欲しさに嫁の家へ行くつもりになったものの、しばしばたずねて行っては沽券《こけん》にかかわるとか何とか、つまらないことを考えていたらしい。

幸助の商売は、五兵衛のような年寄りがいるお蔭《かげ》で成り立つ。軀《からだ》は楽だし、商売をしている間は幸助も淋しさを忘れていて、実によい商売だと思うのだが、欠点は、いい商売だと親戚《しんせき》一同に認めてもらえないことだった。

「こんなところへお出かけで？」

と、五兵衛は、渡りかけていた橋に背を向けた。幸助は、うなずいて眉《まゆ》をひそめた。

「実は、このあたりに幼馴染《おさななじ》みがいるんですが」

「ほう。それは初耳ですな」

「ええ、二年ほど前に引っ越したとかで、わたしも知らなかったんです。ところがつい先日、神田でばったり出会いましてね」

「ご縁があるのですよ」

「いえ、男です」

幸助が笑うと、五兵衛も笑った。その笑い声を、日本橋川から吹いてきた風が本船町の路地の奥まで飛ばして行った。

「ひさしぶりだから飲もうということになりまして」

「当然です」

「大盤振舞《おおばんぶるまい》――と言ったところで縄暖簾ですが、さんざん飲んだあとで、財布に金を入れてこなかったことに気づきました」

「そそっかしいお人ですねえ。わたしがはじめてお会いした時も、空《から》の財布をお持ちだったじゃありませんか」

そうだったと、幸助は思った。あの時は破れた財布を見せ、一分金と少々の銭が入っていたのに、落としてしまったと言ったのだった。石につまずいて転んだ五兵衛を、助け起こした時だった。

すぐ目の前を歩いていた五兵衛が、突然転んだのである。よい客になるかもしれぬとは思っていたのだが、どんな風に話をもちかけるか、まだ考えていなかった。咄嗟《とっさ》に助け起こしたものの、幸助は、上の空で五兵衛の礼を聞いていた。

それが、異様に見えたらしい。どうかしたのかと、五兵衛の方が幸助に尋ねた。

ほかに方法は思いつかなかった。幸助は破れた財布を懐から出して見せた。借りたら返せぬと尻込み《しりご》をする幸助の手に、五兵衛がその金を握らせてくれたことは言うまでもない。

また『空の財布』という手を使い、あやしまれたかと背を冷汗が流れたが、五兵衛は、「そそっかしいことにかけては、わたしも人後に落ちません」と言って笑った。むりに笑ったようだった。

咎《とが》めるような口調になったのを後悔したのかもしれぬと思い、幸助も一緒に笑うことにした。日本橋川の風が、またその笑い声をはこんで行った。

「で、幼馴染みだというお方に、お金を借りてしまったというわけですな」

「ええ、まあ、そんなところです」

「では、そこまでご一緒しましょうか。わたしもね、この近くに知り合いがいるんです」

へええ――と驚いてみせたあとで、幸助は頭をかいた。

「実は、その幼馴染みの家がどこか、聞いておいた筈なんですが、何分、酔っていたもので。わからなくなっちまったんですよ」

「甚助さんらしい。で、何という町の何丁目です？　このあたりは多少わかりますから、お教えしますよ」

「有難うございます。堀江町の二丁目だというんですが」

幸助は、いつも懐へ入れている紙きれを出した。

歯磨粉の引札《ひきふだ》を破いて書いたもので、大通りをあらわす二本の線に沿って、幾つもの四角がならんでいる。家並だった。家並の間には路地が書かれているが、無論、町名は書いていない。その絵図を見せる人によって、町名がちがってくるからだ。

「どれどれ」

たいていの年寄りがそうするように、五兵衛も眉間《みけん》に皺を寄せて紙きれをのぞき込んだ。

「紙は小さいし、文字はかすれているし、よくわからないな。確か、堀江町の二丁目だと言いなすったよねえ」

「ええ。縄暖簾の親爺《おやじ》が、筆も気のきいた紙もないというんでね、硯《すずり》だけ借りて、楊枝《ようじ》の先で書いたんです」

「道理で読みにくい筈だ。堀江町は、畳表や菅笠《すげがさ》の問屋が多いのだが。この丸印がお知り合いの家だとすると、こっちの印は何ですかえ」

「ええっと、何だっけなあ」

首をかしげる幸助にじれったくなったのか、五兵衛は、紙きれを自分の手に持った。

「何かおかしな絵図だが、これが二丁目だとすると、ここに鰻屋《うなぎや》がある筈なのですがね」

五兵衛は、紙きれの隅を指さそうとした。

「その隣り、そらここに菅笠問屋があって……ええ、この巾着《きんちゃく》が邪魔になる。ちょっと持っていてもらえませんか」

幸助は、それを待っていたのだった。

五兵衛は、いつも印伝《いんでん》の革でつくった大きめの巾着をさげている。どこに何を置いたか忘れてしまうことが多くなったので、この袋に、薬や鍵《かぎ》などを入れておくのだと言っていた。幸助の手に握らせてくれた一分金も、この袋の中から出てきたものだ。

「だが、菅笠問屋の隣りに路地はないのですがねえ」

「向うも酔っていたものですから。これは、わたしに描かせたんですよ。これでいいのかと、念を押したのですけどねえ」

「困った人達だ。が、路地がなくってもいいのだとすると……」

五兵衛は、紙きれに見入っている。幸助は五兵衛の向い側にまわって、菅笠問屋を書いたつもりはない絵図をのぞきこんだ。巾着の紐《ひも》をゆるめている幸助の手は、五兵衛と幸助の軀の陰になって、道行く人からは見えない筈であった。

「ここが菓子屋で、菓子屋の先に仕舞屋があったと思ったが」

「それです、それです。そう言やあ、菓子屋がどうのこうのと言っていた」

指に財布の紐が触れた。それから先は、わけはなかった。財布をつまんで、自分の懐へ移せばいいのである。たいていの年寄りは、どこかで落としたと思い、場合によっては一緒に探してやる幸助に感謝する。

だが、五兵衛に巾着を渡そうとすると、妙な笑い声が聞えてきた。

「見たぜ」

背筋に悪寒が走った。聞き覚えのある声だった。幸助は、かたまってしまったような首を、懸命に横へ向けた。一寸ほど動かすのに、きしんで鳴ったようだった。

「そこの旦那、ちょいとその巾着を開けてみねえ」

大根河岸《だいこんがし》の吉次とか、蝮《まむし》の吉次とかいう岡っ引だった。

幸助は、巾着を放り出して逃げようとした。が、走れなかった。足がすくんでいたこともあるが、五兵衛が、しっかりと袖《そで》をつかんでいたのである。

巾着を開けてみろなどとよけいなことを言うのは、岡っ引だろうと五兵衛は思った。それも、たちのわるい岡っ引にちがいない。目を見れば、すぐにわかる。眠っているのかと思うほど細いくせに、その視線を浴びると、軀が粘《ねば》ついてくるような気がするのである。

五兵衛は、岡っ引のその視線を払いのけるように手を振ってから、甚助に持たせていた巾着を受け取った。

「開けてみねえ」

と、岡っ引が催促をする。五兵衛は、顔をしかめて紐をゆるめた。

「失《な》くなっているだろうが」

「何がでございます？」

「財布だよ」

そんなことは、巾着を開ける前からわかっていた。五兵衛は、甚助が尾《つ》けてくるのも知っていたし、金を欲しがっていることにも気づいていた。だからこそ巾着を渡してやったので、五兵衛の向い側にまわって紙きれをのぞき込んだ時は、手際《てぎわ》よくやれと声をかけてやりたかったくらいだった。案の定、歯の根も合わぬほど震えていた。

いくじなし。

五兵衛は甚助を見た。

五兵衛は、苦笑いをしながら岡っ引に顔を向けた。

「妙なことを言いなさるお人でございますな。巾着の中には、はじめから財布など入っておりません」

「嘘《うそ》をつけ」

「また妙なことを。この巾着は、わたしのものでございますよ。他人のお前様から、嘘をつけなどと言われる筋合いはございません」

「なめるなよ」

岡っ引は、口許に薄い笑いを浮かべた。

「俺あ、この男が巾着の中へ手を入れて、財布をひきずり出すのを見ていたんだ」

「失礼ながら、手拭《てぬぐ》いとお間違えになったのでございましょう。わたしは、懐《ふところ》と巾着と、二本の手拭いを入れております」

「なぜ、かばう」

岡っ引の視線がからみついた。五兵衛は、懐から手拭いを出して、胸のあたりをはたいた。

「かかわりあいたくねえなんざ、よくねえ料簡《りょうけん》だぜ」

「何がかかわりあいです。巾着の中へ財布を入れてこなけりゃいけない、そういうきまりでもあるんですかえ」

「お前《めえ》、——俺が気にくわねえってんで、こいつをかばっているのじゃねえだろうな。俺あ、この間からこの男に目をつけて動いているんだぜ」

人に好かれたことのない者は、こんな子供じみた言いがかりをつけてくる。この岡っ引は、よくよく嫌われているのだろうと、五兵衛は思った。

「親分には、はじめてお目にかかりました。気にくわないも何も、あったものじゃござ いません。わたしは、巾着の中になど財布は入れないと申し上げているだけです」

「それじゃあ、どこに持っているのだえ」

「あいにく今日は持たずに出てきました。嫁のところへ行きますのでね、嫁から小遣いをもらえると思ったのですよ」

そうなったら、どんなによいだろう。

「この男の懐を探って、お前《めえ》の財布が出てきたらどうする」

「財布は出てくるかもしれませんが、甚助さんのものです」

「甚助さんだと？」

岡っ引は、かわいた声で笑った。

「お前《めえ》、こいつを甚助ってえ男だと思っているのかえ」

「思っています。いけませんかえ？」

「教えてやらあ。こいつは、迷子の幸助ってえ男だよ。道に迷ったふりをして年寄りに近づき、隙《すき》を見て金をかっぱらうってえご立派なお人だ」

「甚助さんです」

五兵衛は、頑固に言い張った。自分が甚助だと思っているのだから、この男は甚助なのだと思った。

「幸助だよ」

「甚助さんです」

「金を盗まれているんだぜ」

「盗まれていません。名前は甚助さんです」

金は甚助にくれてやったのだ。岡っ引が口を出すところではない。

幸せなことに、五兵衛は金で苦労をしたことはない。先祖が家作を残してくれたお蔭で、紀伊国屋文左衛門《きのくにやぶんざえもん》のような贅沢《ぜいたく》はできないが、着るものや食べるものに不自由しないくらいの金は、いつでも懐に入ってくる。

が、なぜか人には好かれなかった。同じ屋根の下で暮らしている女中でさえ、五兵衛が階段の途中で足を滑らせた時、噴き出しそうになった顔を袂《たもと》でおおって、台所へ駆けて行った。いい気味だと思ったようだった。

甚助は、見ず知らずの年寄りが転んだというのに、駆け寄ってきて抱き起こしてくれたのである。しかも数日後に、具合はどうだと言ってたずねてきてくれた。

金くらい、何だというのだ。

甚助は、五兵衛を嫌っていない。甘やかされて育ったせいで、辛抱とか我慢とかいうものがまるでできず、周囲の人達から愛想をつかされて、店をつぶしてしまったことまで五兵衛に打ち明けたのだ。

五兵衛は、親身になって聞いてやった。できのわるい甥《おい》の相談に、のってやっているような気分だった。甥なら小遣いを渡しても不思議はないのだが、妙に遠慮をするので、持ってゆくにまかせておいた。

それのどこがわるい。ご定法《じょうほう》など五兵衛の知る由《よし》もないが、まさか、年寄りを慰めにくる者に、金をくれてやってはならぬなどと記されてはいまい。

「さ、どうぞ、親分さん。ついでにわたしの懐も探って下すって結構ですよ」

岡っ引は、首をすくめた。

「わたしは、番屋へでもどこへでもまいりますよ。脅すわけじゃないが、親分さんに言いがかりをつけられたと申し上げればいいんですから」

「わかったよ」

岡っ引は、やぞうをつくって背を向けた。

「頑固と我儘《わがまま》、いい組み合わせだよ」

「わたしは、頑固と思っておりませんが」

五兵衛は、一番嫌いな言葉に顔をしかめながら頭を下げた。


頑固とは聞いていたが、あれほどとは思わなかったと、吉次は苦笑いをした。話のようすでは、幸助の正体にまったく気づいていないわけでもないようだが、多分、ろくに孫の顔も見に行けない淋《さび》しさから、幸助のような男でも、いないよりましと思っていたのかもしれない。

幸助は、年寄りに甘ったれながら盗みを働いているような男だった。根っからの悪党ではない。吉次にとっては、「罪人をつくりたかあねえが」と脅しやすい相手であった。が、甚助であると言い張った五兵衛の気持は、幸助も身にしみたことだろう。

そこで幸助がどう出るか。並の男であれば、まともな人間になるまで五兵衛には会うまいと考える。並の男であれば――の話だ。

幸助は、意地も張りもない男である。臆面《おくめん》もなく五兵衛の家に住みついて、家賃を集める役目をひきうけるのではないか。五兵衛もそれを喜ぶだろう。

くそ。いい金蔓《かねづる》を見つけたと思ったのに。

二人は今夜、飲み明かす。肴《さかな》は無論、吉次の悪口だ。

「勝手にしやがれってんだ」

ま、二人で暮らすようになっても、すぐに五兵衛は癇癪《かんしゃく》を起こし、幸助も、雨の日に家賃を集めに行くのはどうのこうのと言い出す筈だ。早く言えば、幸助が飛び出すか、五兵衛が幸助を追い出す。ざまあみろってんだ。

幸運なんてものは、そう簡単にゃこねえんだよ。

吉次は肩をそびやかした。その衿首《えりくび》を、日本橋川からのつめたい風が触れて行った。

あかり

慶次郎は、昼の八つからきていたらしい。晃之助が奉行所から帰ってくると、皐月は注文の品が届かぬのにじれて魚屋へ出かけたといい、慶次郎が一人で茶を飲んでいた。

五日前にきた時は、みごもっている皐月をどういたわればよいのかわからないと言った晃之助を笑っていたのだが、自分も気がかりでならぬのだろう。これまでは、どうかすると一月《ひとつき》以上も顔を見せなかったものだが、近頃は、五日に一度くらいの割合でたずねてくる。

魚屋から帰ってきた皐月は、留守にしてしまったことを詫びるとすぐ、「女っ振りが上がった」と慶次郎に褒められたと言った。鏡を見るたび、目がきつくなって意地のわるそうな顔になったと嘆いていた皐月にとって、慶次郎の一言は、何よりも嬉《うれ》しかったのだろう。

夕食の膳《ぜん》には、当然のことながら慶次郎の好物がならんでいた。蕗薹《ふきのとう》をきざみ込んだ嘗物《なめもの》や、鮑《あわび》のわたあえは晃之助も好物で、それが食べられるのは嬉しいのだが、慶次郎に点数を稼がれたような気もする。養父上《ちちうえ》にはかなわないと、素直に思うことにした。

「初孫か――」と言いながら、慶次郎は盃をかさねている。めずらしく酔ったのか、目の縁が赤くなっている。

泊まってゆくつもりだろうと、晃之助は思った。皐月も、客間へ床をとろうとしていたらしい。が、茶漬けを食べ、苦い茶をうまそうに飲んだ慶次郎は、ぼちぼち帰るかと言って腰を上げた。

宵《よい》の口、五つの鐘が鳴ったばかりで、根岸まで帰れないことはない。二十五歳の晃之助に勝るとも劣らぬほど、足腰の達者な慶次郎だが、やはり、年齢《とし》は年齢《とし》である。歩いているうちに酔いがまわるかもしれなかった。

泊ってゆけと、皐月も言った。晃之助は「ひさしぶりに一局」と将棋をさす真似《まね》をしたのだが、慶次郎は、礼を言って立ち上がった。寮番が始終泊っているようでは役に立たないと言う。山口屋は、遠慮なく泊りに行ってくれと言っているらしいのだが、慶次郎の気性では、そう言われるとなお、寮を明けられなくなるのかもしれなかった。

途中まで送ることにして、晃之助は、羽織を着た。昼は大分暖かくなったのだが、まだ夜になると冷えてくる。

町方の組屋敷がならぶ一劃《いっかく》を過ぎたあたりで、慶次郎は、もういいと言った。が、足どりが少しこころもとなかった。晃之助は、慶次郎の酔いが醒《さ》めるまで、ついて行くことにした。

海賊橋を渡り、さすがに人通りの少くなった本材木町《ほんざいもくちょう》を通って、日本橋川にかかっている江戸橋を渡った。左へ曲がると、魚河岸《うおがし》になる。

右側は伊勢町堀で、堀沿いの道をしばらく歩き、伊勢町の角を曲がろうとした慶次郎の足がふいにとまった。

角から二軒めは、大工の棟梁《とうりよう》の家なのだろう。家の前にも、堀沿いのわずかな空地にも材木がたてかけてあり、濃い闇《やみ》をつくっている。その中で、人の気配がするのである。

「誰だ」

と、晃之助が言った。

返事はない。

もう一度同じことを尋ねると、返事のかわりに泣声が聞えてきた。若い娘のようだった。

慶次郎を見たが、慶次郎は横を向いた。若い娘はそちらが得手だろうというところかもしれなかった。

晃之助は、苦笑いをしながら材木のつくる闇に近づいた。その足音におびえたのか、泣声はいっそう高くなった。

「怖がらないでいいよ。俺は、定町廻《じようまちまわ》りだ」

それで泣声のやむわけがない。晃之助は闇の前に蹲《うずくま》った。

「どうした。迷子になるような年齢《とし》じゃないだろうが。奉公先の旦那《だんな》かお内儀《ないぎ》に、叱《しか》られたのかえ」

しばらく待ってみたが、泣声がつづくだけで答えはない。が、目が闇に慣れてきた。材木の間にいる娘は、地面に坐《すわ》り込んでいるようだった。

「そんなところで夜通し泣いている気かえ。さ、うちはどこだ。送って行ってやるよ」

晃之助は、着物の袖《そで》があるあたりへ手をのばした。ともかく、娘を月明りの下へ出そうと思ったのだった。

闇の中の影が突然動いた。それも、思いがけない動きだった。晃之助に飛びついてきたのである。尻餅《しりもち》をつきそうになったのをこらえ、晃之助は、胸に頬を押しつけてきた娘を引き剝《は》がそうとした。

娘は、晃之助の衿《えり》もとを握りしめ、はげしくかぶりを振った。

「いや、いや。死んじまう……」

「死んじまうって、お前……」

「死んでやるから。わたし、ほんとに死んでやるから」

「待ちな。何があったのか、俺に話してみな」

晃之助は、娘を抱きかかえるようにして立ち上がった。

だが、おさきとなのった娘の話は、まるで要領を得なかった。伊勢町から離れた神田《かんだ》多町《たちょう》の長屋で一人暮らしをしているというのだが、男につれない仕打をされたわけではなさそうなのである。隣りや向いの女房達に、いじめられたというのでもないらしい。

ただ、慶次郎が長屋に住んでいる者の名前を尋ねると、横を向いた。かろうじて女房達の名は知っているのだが、子供の名はあまり知らぬらしい。朝早く仕事に出かけて行く亭主達の名は、ほとんど聞いたことがないようだった。

「越してきたばかりなのですかね」

一緒におさきを多町の長屋へ送って行き、八丁堀へ戻ることになった慶次郎へ、晃之助は尋ねてみた。越してきたばかりにしては、へっついの上の釜《かま》や棚の上のざるなどが妙に家になじんでいたように思えるのだが、長屋暮らしをしていて向う三軒両隣りの住人の名を知らぬ者に、晃之助は会ったことがなかった。

「さあてね」

慶次郎は腕を組んで、晃之助が考えているのと同じことを言った。

「俺は、あの娘の顔つきが気になったね」

お世辞にも、美しいとは言えない容貌《ようぼう》だった。色は黒く、鼻のかたちもわるいのだが、何よりも人に不快な感じをあたえるのは、目つきだった。暗く、人を真正面から見ようとしないのである。

世の中には、格別に美しくない娘は大勢いる筈《はず》だった。が、美しい顔立ちでなくても、可愛《かわい》らしく見える娘も多勢いる。可愛らしく見えるのは、彼女達が明るいからだった。母親がわたしをおたふくに生んだと嘆きながら、大福《だいふく》を見れば喜んでかぶりつくような愛嬌《あいきよう》があるからだった。

おさきには、それがない。送って行った慶次郎と晃之助に茶をいれてくれても、自分は茶碗《ちやわん》すら持たず、相手のしぐさを上目遣いに眺めているので、ゆっくり飲んでいられなくなるのだった。

気が滅入《めい》ってくるような娘だと、晃之助は思う。意地のわるい顔つきになったと心配している皐月が、お腹《なか》の子供にこの顔つきがうつらぬようにと、鏡を見ては自分自身に笑いかけている気持がわかったような気がした。

「父親が残してくれた金で暮らしていると言っていたな」

お針が達者なわけでもなし、お世辞が言えるわけでもなし、何の取柄もない女なので、倹約をして暮らしてゆこうと、須田町《すだちよう》の裏店《うらだな》から多町の長屋へ越してきたという。が、外へ出るのは、魚売りや油売りがきた時だけだというのである。長屋の女房達と顔を合わせても、何を話してよいのかわからず、ていねいに挨拶《あいさつ》をして戻ってくるという。

「それで淋《さび》しくないのかえ」

と、晃之助は言った。

「淋しいです」

と、おさきは目を伏せて答えた。

「でも、人に会った時、何を話せばよいのかわからなくなってしまうんです。うちの中にいる時は、今度、お隣りのおかみさんに会った時はこんな挨拶をしようとか、お向いには、こういうことを言えばいいって考えているんですけれども」

「話しているじゃないか、そうやって」

おさきは、驚いたように晃之助を見た。そしてそれ以後は、何を尋ねてもうなずくか、かぶりを振るかのしぐさだけになった。

手間はかかったが、幾つかのことはわかった。

母親は如才ない人だったが、父親よりも先に逝《い》った。父親は、経師屋《きようじや》としての腕も、古道具屋から掘出物を見つけてくる目も持っていたが、愛想はわるかった。

母親の死後は、豆を煮たの、頂戴物《ちようだいもの》のお裾《すそわ》分けのと言って、家の庭へ入ってきてくれる近所の人もいなくなった。それでも何とかつきあってもらおうと、おさきも努力はした。が、どうしても、うまくゆかない。煮豆の礼に、高価な菓子を持って行って、いやな顔をされたこともあるという。

「高価なものをもらったって、嬉しくないこともあるんだよ」

と、晃之助は言ったが、おさきは俯《うつむ》いたままだった。無愛想な顔で、むっつりと菓子を差し出されたならば、受け取る方は、よけいなことをしてくれるから礼をしなければならなくなると、文句を言われているような気がする、そう教えてやったのだが、それにも返事はなかった。そうとわかっていても、明るい顔ができないから苦労しているのだと言いたかったのかもしれなかった。

多町へ越してきたのは、父親が他界したあとの今から三年前、おさきが二十になった時だった。

以来、家にひきこもったままの暮らしをつづけている。身寄りの者に同居させてもらおうにも、兄妹はない。父親は相模《さがみ》、母親は下野《しもつけ》の生れで、そこへ行けば伯父やいとこもいるらしいが、会ったことはない。魚も米も油も買わなかった日は、気がつくと、一言も喋《しゃべ》っていなかったという。

「病いですかねえ、ああなると」

「さあてね。俺にもわからねえ」

頼りない答えが返ってきた。

このまま年齢《とし》をとってゆくのかしら。——

おさきは、明りを消した闇を見つめて呟《つぶや》いた。

半刻も前に寝床へ入ったのだが、昨日の夜もその前の夜も、いや、何年も前の夜からずっとそうだったように、眠れない。このまま年齢をとってゆくのかとは、幾度呟いたかわからなかった。

昨日の夕方、油売りは、「きれいになったね、こちらのお客さんは」と言いながら、油をはかりはじめた。木戸の前に荷をおろしていて、そばには順番を待っている長屋の女房達も、蹲って油売りのお喋りを聞いている子供達もいた。

油売りがお喋りも売りものにしていることは、おさきも知っている。だが、客をおだてればよいというものでもあるまい。きれいになったとおさきを褒めたあとで、油売りは、「いい人と、もうじき所帯をもつって顔に書いてあるよ」と言ったのである。

女房達が笑った。おさきは、耳朶《みみたぶ》まで赤くしてかぶりを振った。

が、油売りは、いつものようにまくしたてた。

「着物の詰まった長持《ながもち》は、重たいだけで音はせず、中味の軽い長持は、入っているぞと音をたてってね。おいらの誘いに、もてない女は思わせぶりを、もてる女は、だめと言う。ええっと、名前《なめえ》はまだ聞いてなかったっけ、それじゃあきれいな娘さんでいいや。きれいな娘さん、おいらのやきもち自棄《やけ》っぱちで、おまけをしておくよ」

女房達につられたのだろう、子供達も声をあげて笑った。しかも、いつまでも笑いやまなかった。おさきにはそれが、嘘八百《うそ》をならべたてて喋りまくるのが商売の油売りにしても、よくもそこまで嘘がつけたと言っているように思えた。

みんな、わたしに言い寄る男なんていないと思ってるんだ。このまま来年は二十四になって、次の年には二十五になって、三十、四十と年齢《とし》をとって、死んでゆくと思ってるんだ。

泣きたかった。が、大声で泣きわめく度胸もなく、おさきは家を出た。「ばかやろう」と呟きながら小石を蹴《け》り、目についた稲荷《いなり》社の鳥居を殴りつけて、どこをどう歩いて行ったのだろう。気がつくと、あの材木の暗闇の中にいた。

死んでしまいたかった。死んでしまいたかったが、あの暗がりでのどを突いたとしても、油売りや長屋の女房達は、「死ぬようには見えなかったがねえ」と言うだけにちがいなかった。

油売りの言葉に傷つけられたという遺書を書いても、「俺あ、きれいになったと褒めたんだぜ。ひねくれるのも、いい加減にしてくれと言いてえや」と油売りは言い、長屋の人達も差配《さはい》も、岡っ引も同心も、その通りだとうなずくだろう。長屋の人達は誰も親しくしてくれなかったと、その淋しさを書きつらねても、長屋の女達は、「それなら、うちへ遊びにくりゃいいのに」と、おさきのくるのを待っていたようなことを言う筈だった。

でも、それは、半分以上が嘘だ。油売りは、縹緻《きりよう》のよくないおさきが、男友達さえつくれずに年齢《とし》をとってゆくのを見てからかったにちがいないし、女達は、「あんなに陰気な女とつきあうと、百人くらいの貧乏神にとりつかれそうだ」と、話しているにちがいないのである。

いやだ、そんなところへ出て行くのは。わたしなど、生れてこなければよかったのだ。わたしを生んだおっ母さんでさえ、「どうして陰気な性分《しょうぶん》だけ、お父つぁんに似てしまったんだろう」と、悲しそうな顔をしていたではないか。あれは、生れてこない方がこの子は幸せだったにちがいないと、生んだことを後悔していたのだ。

死んでやる。

昨日も、そう思って家を出た。一昨日は大川端まで行って、半日、川の水を眺めて帰ってきた。「死んでやる」というかたい決心をしているつもりなのにまだ、死にたくないという気持が残っているらしい。命を捨てることがこわいのだ。長屋の人達が嘲笑《あざわら》うような目を向けるのは、おさきのそんなためらいに気がついているからかもしれなかった。

いやだ。

みんな嫌いだ。

死んでやる、必ず——。

「およし」

と言う声が聞えたような気がした。おさきは飛び起きてあたりを見廻した。人のいる気配はなかった。行燈《あんどん》に火を入れても、誰もいなかった。

家の中は静まりかえっていた。声も聞えてはこなかったが、おさきは、その声の主を思い出した。昨夜出会った定町廻り同心だった。

同心は、黙りこくっているおさきに辛抱強く「死んでやらねばならぬ理由」を尋ね、「それで淋しくないのか」と目を見張った。おさきの胸のうちを少しでも察してくれたのは、彼がはじめてだった。

もう一度会って話をしたい。

そう思った。が、どうすればよいのだろう。森口晃之助という名は覚えているが、たずねて行くなど思いもよらぬ。自身番屋の前に立って、彼が市中見廻りにくるのを待っていたならば、会える前に番屋の人達に怪まれ、追い払われてしまう。事情を説明するなど、おさきにできるわけがなかった。

やっぱりだめだ、わたしは。――

やっぱり死ぬほかはない。生れてこなければよかったのだ。

泣き出しそうな顔を両手でおおって夜具の上に倒れた時、おさきの脳裡《のうり》を稲妻が走った。会える方法が一つあった。

町方同心は、夕暮七つに帰宅する。

見廻りを終えた晃之助は、先に戻っていた隣屋敷の島中賢吾と、しばらく世間話をしてから奉行所を出た。

賢吾の見廻りも、ここ数日、夫婦喧嘩《げんか》の女房が自身番屋へ飛び込んできたほかは何事もなく、平穏無事に終っているという。無事も疲れると、賢吾は贅沢《ぜいたく》なことを言って、あくびをした。

「こんな時にこそ買いためた書物を読めばよいのだがな」

「かえって書見台《しょけんだい》へ向わなくなるのでしょう」

「晃さんも同じか」

晃之助は苦笑した。三日前に買った漢籍《かんせき》を読みかけて、そのままになっていたのである。

「今日は読みましょう、お互いに」と、晃之助は言ったが、屋敷に着くと、先に天王町へ帰った筈の辰吉が待っていた。神田を通りかかった時に、多町の差配が追いかけてきたのだという。

辰吉は、晃之助を気の毒そうに見て、「おさきという女をご存じですか」と言った。

覚えていた。昨夜、伊勢町で出会った娘だった。

辰吉が知らせにくるということは、娘が事件を起こしたか巻き込まれたか、どちらかだった。晃之助は、娘が「死んでやる」と泣きじゃくったことを思い出した。

脱ぎかけた羽織の紐《ひも》を結び、十手を懐《ふところ》へ押し込んで、晃之助は、出迎えの皐月に背を向けた。辰吉が、外へ出た晃之助を追いかけてきた。娘が何をしたのかは、神田へ行くまでの間に聞ける筈だった。

「おさきがどうかしたのか」

辰吉が肩をならべてくるのを待って、晃之助は尋ねた。

「まさか、死んだのじゃあるまいな」

「大丈夫です。おさきは、怪我《けが》一つしちゃいません」

辰吉は、苦笑して言葉をつづけた。おさきが金を盗まれたというのである。

「ちょいとおかしなところもあるんですが、ま、順に話しやす。あっしを呼びとめた差配が言うには、おさきは八つ過ぎに番屋へ飛び込んできたそうで」

大事な金を盗まれたと、おさきは必死の形相で叫んだという。が、そのあとが大変だった。金を盗まれたと繰返し、涙をこぼすだけで、詳しいことを話そうとしないのである。

番屋に居合わせた差配達は、むりもないと思ったらしい。虎の子の金を盗まれれば、日頃お喋りで有名な者も、ただ泣くだけで何も言えぬようになってしまうこともある。ましておさきは、無愛想と無口で、この界隈《かいわい》では知られた娘だった。

　が、盗まれたようすを尋ねているうちに、盗まれた金額も時刻も変わってしまう。十五両が十両になり、今朝と言ったのがたった今になって、金を隠してあった場所も、行《こう》李《り》の底、畳の下、塩の甕《かめ》の中と二転三転した。

「それも、尋ねられなけりゃ、答えねえってありさまで、番屋の連中は往生したらしい。が、たった一つだけ、尋ねられねえことをおさきが言った」

　そこで言葉を切って、辰吉は晃之助を見た。辰吉の次の言葉は見当がついていた。

「森口様をお呼びしてくれ、そう言ったんだそうで」

　晃之助は黙っていた。

「それでわかりやしたよ。どこでお会いなすったのか知りやせんが、おさきは旦那《だんな》に一《ひと》目《め》惚《ぼ》れをした。で、もう一度会いてえってんで、盗まれもしねえ金を盗まれたと言った。よくある話だが、定町廻りの男っ振りがいいってのも困ったものでさ」

「辰吉親分ほどじゃないさ」

「ご冗談で」

「おさきはまだ番屋かえ」

　それが――と、辰吉は真顔になった。

「嘘をつくなと番屋の差配達に叱《しか》られて、おさきは泣きながら帰って行ったそうですが」

おさきは、七つの鐘が鳴る頃にまた番屋へ顔を出した。

「金を盗んだという男を連れてきたんでさ」

「見てきたのかえ、その男を」

「へえ。一癖ありげな男ですが、手前《てめえ》が金を盗んだことで、もし持主が苦労をすることになったら申訳ないと思ったと、神妙な顔で言っておりやした」

「おさきは？」

「おびえているように見えやした。もっとも、いつもそんな顔をしているそうですが」

「腑《ふ》に落ちねえ話だな」

多町の町並が見えてきた。霞《かすみ》のような夕闇《ゆうやみ》がおりている。まもなく暮六つの鐘が鳴る筈《はず》だった。

べとつくような視線を感じてふりかえった。案の定、増吉《ますきち》となのった男が、おさきを見つめていた。

おさきと視線が出会った増吉は、片頰で笑った。おさきは身震いをして横を向いた。

背に悪寒《おかん》が走り、身震いがおさまるどころか、手も足も、首までもが震えてきた。

番屋には、おさきの長屋の差配をつとめている六兵衛もいるのだが、六兵衛は、「大丈夫だよ」と言っておさきの肩に手を置いた。これまでにも盗みを働いたことがあると白状しているので遠島か江戸払いにはなる、仕返しを恐れることはないというのだった。

増吉が浮かべる笑いの意味は、六兵衛にはわからない。罰《ばち》が当ったのだと、おさきは思った。

六兵衛は、増吉が呉服問屋へも盗みに入ったと言っているが、呉服問屋は何事もなかったと言っているそうだ。呉服問屋の言っていることが正しいのだと、おさきは思う。が、それを、どんな風に六兵衛や他の差配達に伝えればよいのだろう。おさきが言葉につかえているうちに、増吉は立板に水のように喋り出す。喋り馴《な》れないおさきの言葉は誤解されやすいが、増吉は言葉遣いもていねいで、言いよどむことがない。増吉がとんでもない話をつくり上げ、自分の罪をおさきに押しつけてきたならば、おさきは、ちがう、ちがうとかぶりを振っているうちに小伝馬町の牢舎《ろうしゃ》へ送られて、弁明できずにいるうちに死罪を言い渡されるだろう。

震えはとまらない。

多分、増吉の罪は、おさきの金を盗んだだけになる。自訴をしているので、処分は江戸払いかもしれない。

江戸払いになった増吉は、父母の墓参を口実に舞い戻る。おさきの家を旅籠《はたご》にして、旅姿のまま江戸で暮らすのだ。同心に見咎《みとが》められた時は、墓参のため、たった今江戸へ入ったのだと言えばよいのである。

それが嘘であると同心に伝えられる才覚は、おさきにない。おさきは、陰気で無愛想で、誰からも相手にされない女なのだ。

べとつく視線はまだ、おさきの背を眺めまわしている。〝いい女〟を見つけたものだと思っているのだろう。おさきは、両手で顔をおおった。

番屋の戸が鳴った。風が揺すって行ったのだった。

晃之助は、まだこない。

追いかけてくる足音がした。自分ではないだろうと思ったが、「コウさん」と呼ぶ声も聞える。足をとめると、神田界隈を縄張りにしている岡っ引、鍋町《なべちよう》の周蔵を連れた賢吾が、息をはずませて駆けてきた。

「さっきから呼んでいるのに聞えなかったのかえ。今川橋を渡ったところで、常夜燈《じようやとう》に照らされたお前さんを見て、大声で呼んだのだが」

周蔵は、晃之助のうしろの辰吉を見ている。天王町の岡っ引が、なぜ神田を歩いているのだと言いたいのだろう。

晃之助は、まず詫《わ》びた。が、かいつまんで事情を説明すると、賢吾は胸を撫《な》でおろすようなしぐさをしてみせた。

「雉子町《きじちよう》で、長唄《ながうた》の師匠が殺されたのさ。こんな時に、そんなおかしな一件まで俺んとこへきたひにゃ、たまらねえよ」

周蔵は、うっすらと笑った。事件を幾つも背負いたかったのかもしれなかった。

「そっちの一件が片付いたら、手を貸してくれねえかえ」

と、賢吾が言った。雉子町の事件は長びきそうな予感がするのだという。

「そら、去年、湯島天神下で、絵草紙屋の女が殺されただろう」

覚えていた。昼下がりに起こった事件だった。月番は北町奉行所だったが、南の定町廻り同心も、町方をなめているのかといきりたったものだった。

「雉子町の一件も、八つ過ぎに起こった。女中が使いに出されたのが八つ少し前、帰《けえ》ってきたのが夕暮七つでね。茶の間に上がると、師匠が血まみれになって倒れていた」

去年の事件もそうだった。女中が出かけたあと、隣家の女房が大福餅《もち》を持って訪れると、絵草紙屋の女主人が朱《あけ》に染まって倒れていたのである。女中が出かけたのは昼食をとってまもなく、隣家の女房が訪れたのは八つ半だった。

「去年の絵草紙屋も金をためていたが、雉子町の師匠は、けちと評判でね」

正確な金額はわからないが、四、五十両は盗まれたのではないかと女中は言っている。絵草紙屋は二十六両三分盗まれたと、これは、手文庫に入っていた金の高を女中が覚えていた。

女所帯を狙《ねら》っていること、それも金があるという噂《うわさ》の家に的をしぼっていること、女中の出かける時を待っていることなど、二つの事件には幾つかの共通点がある。

「が、この話は、さっき聞いたばかりなのだが」

と、賢吾は、北町の定町廻り同心の名を言った。

「絵草紙屋の一件で、そのお人が、無職の男を捕えたことは知っているだろう？」

「知っていますよ。すぐ放免にしちまったのだもの」

男の名は太吉といった。女から金を巻き上げて暮らしているような男で、その男が絵草紙屋へ入って行くのを見た者がいたのだという。

出てきたところは見ていない。女への土産《みやげ》にする錦絵《にしきえ》を買いに入ったのかもしれぬという、あやふやな証言だったが、とにかく話を聞いてみようと思ったのだろう。北の同心は、太吉を捕えた。

「やっていなかったというので放免にしたと聞かされていたが、やっていなかったというわけも、曖昧《あいまい》なのさ」

と、賢吾は言った。

太吉は、神妙に縄をうけた。が、取り調べをはじめると、驚いた顔で、「呉服問屋の一件がばれたと思ったのに」と言った。上野の呉服問屋で反物を盗み、女の家へ行く途中で絵草紙屋に寄ったというのである。錦絵を買うつもりだったが、応答がないのでそのまま出てきたのだそうだ。部屋の隅にあった行李の中を調べると、太吉の言葉通り、その呉服問屋の商標がついた反物があらわれた。

「例によって、呉服問屋が知らぬ存ぜぬを通したのだとさ。反物なんざ返ってこなくてもよいから、かかわりあいになりたくなかったんだろう。それとわかっているのに、ご放免よ」

晃之助は、辰吉と顔を見合わせた。

「島中さん、多町の番屋へ先に行きましょう。面白いことになるかもしれない」

名前など、どうにでもなる。親からもらった名前が太吉であっても、俺は増吉だとなのれば、増吉で通ってしまうのである。

番屋へ入ってきたのは、晃之助一人ではなかった。先輩らしい同心も、岡っ引にちがいない男も、風と一緒に入ってきた。増吉の視線を避け、番屋の隅にいたおさきは、行燈《あんどん》の明りのまったく届かぬ暗がりへあとじさった。

当番の差配達は、口々に事件の顚末《てんまつ》を説明している。晃之助も先輩らしい同心も、怪《け》訝《げん》な表情すら浮かべずにうなずいていた。

もうだめだと思った。金を盗まれたという嘘《うそ》は、先刻、番屋の差配達にあっさり見破られた。足がしびれるほど長い間叱られて、家へ帰されたのだが、増吉が自訴をして、嘘ではなかったことになってしまった。

が、おさきは、それが嘘であると、もう一度晃之助に見抜いてもらいたいのである。もらいたいのだが、同心達は増吉の前に蹲《うずくま》り、彼の嘘八百に耳を傾けている。

もうだめだ。晃之助も、増吉に騙《だま》される。晃之助ならばおさきを救い出してくれると思ったのに、なぜおさきの願うことは、すべて反対になるのだろう。母と同じように親しくつきあってもらいたいと、高価な菓子を買って行けば、いやな顔をされる。口下手ゆえに誤解されぬようおとなしくしていれば、何を考えているのかわからない気味のわるい女だと言われる。森口晃之助という同心にもう一度会いたい、会って、淋《さび》しさから脱け出すきっかけをつかみたいと願えば、淋しさどころか、恐しさまでつきまとってきそうなのだ。

「おさきちゃんといったっけ」

名を呼ばれて顔を上げると、いつの間にか、晃之助がおさきの前に立っていた。

「どうしてそんなに暗いところにいるのだえ。明るいところへ出てきねえな」

おさきは、かぶりを振ってあとじさった。

明るいところへ出て行きたいと願えば、必ずもっと暗いところへ突き落とされる。おさきは、そういう風に生れついたのだ。「それで淋しくないのか」という一言の明りにすがりつこうとしただけで、番屋の隅の暗がりで震えていなければならぬような生れつきなのだ。

あとで叱られてもいい、伝馬町送りとなってもいい、大事な金を盗まれたと、ぽつりぽつりとでも晃之助に訴えてみたいと考えても、普通の女なら何も起こらなかっただろう。だが、おさきには起こった。差配達に叱られて、おさきが走って家へ戻ると、増吉がいた。部屋へ駆け上がり、泣き伏したところへ、天井から降りてきたのである。

「おさきちゃん――」

と、増吉はどこで調べてきたのか名前を呼んで、気味のわるい薄笑いを浮かべた。

「お前《めえ》、金を盗まれたんだって？」

おさきは声も出なかった。増吉は土間へ降りて、たてつけのわるい戸に心張棒をかった。

「番屋じゃ相手にされなかったようだが、あれじゃお前《めえ》も口惜《くや》しかろう。何だったら、俺が盗人《ぬすつと》になってもいいんだぜ」

部屋へ戻ってきた増吉は、懐《ふところ》から血に濡《ぬ》れた匕首《あいくち》を出して見せた。

「ま、事情は察しがつくだろう。ちょいと金が欲しかったものだから、長唄の師匠んとこへ行ったんだよ。が、金を出さずに逃げ出そうとする。やりたくないことも、やってしまうことになるじゃないか」

だが——と、増吉は、匕首を畳へ突きたてた。

「俺あ、獄門《ごくもん》にはなりたかねえ。盗んだ金を返しにきて、お前に手をついてあやまっていたことにしてえんだよ。な、おさきちゃん、そうすりゃ、師匠んとこへ押し入った時刻に、俺はこのうちにいたことになる。お前だって、金を盗まれたってえ嘘がほんとになるじゃねえか」——

おさき——と呼ぶ声が聞こえた。その声でおさきは我に返った。

「俺は、お前の嘘に腹を立てているんだぜ」

「誰も嘘なんざついちゃいませんよ」

増吉が口をはさんだ。人の命を奪ってきたとは思えない、穏やかな口調だった。が、

晃之助はふりかえりもしなかった。

「出てこいよ、おさき。そんな暗がりにいるから、太吉だか増吉だか知らないが、わるい虫にひっつかれるんだ」

「ずいぶんな仰言《おっしゃ》りようじゃありませんか」

「お前《めえ》は黙っててくんな。俺は、おさきと話がしたいのだ」

おさきは顔を上げた。晃之助と話をする、それこそおさきの願っていたことではなかったか。

「が、もう一度言うが、俺は、お前が嘘をついたと思っている。お前が嘘をついたことに腹を立てている」

晃之助の方へ、おさきはわずかに膝《ひざ》をすすめた。

「お前の嘘で番屋が迷惑したとか、そんなことを言っているのじゃない。考えてみな、お前が嘘をつかなければならないわけが、どこにあった。俺に用があるなら、なぜ八丁堀へこない。八丁堀へこられぬのなら、なぜ番屋にことづけを頼まない」

「あの……」

「暗がりの中で弁解は聞きたくないよ」

晃之助は背を向けた。あとを追おうとして、おさきはためらった。その視線が増吉と出会った。必ず仕返しをすると、その目は言っていた。

凍りついたように軀《からだ》が動かなくなった。仕返しをされるにちがいないと思った。晃之助と話をしたいと願い、晃之助の方から話をしようと促されて、おさきに幸せな結末が待っている筈はなかった。

晃之助がおさきをふりかえった。

「どうした。こっちへこないのか」

増吉は、おさきを見据えている。

「もし、お前《めえ》があの男とかかわりがあって、あの男のかたをもちたいのなら、そう言えばいい。俺はよけいに腹を立てて、目を覚ませと怒鳴ってお前を張り倒すかもしれない。お前も口惜しがって、俺に飛びかかってくるかもしれない。明りの中では、そういう喧《けん》嘩《か》もできるんだよ」

喧嘩――。そんな言葉のあったことも忘れていたような気がした。口惜しがる、怒鳴る、そんな言葉も使ったことがない。明りの中で、いっそ張り倒されてしまったならば、今までのわるい憑《つ》きものも落ちてしまうかもしれなかった。落ちてしまえば、喜ぶ、笑うなどという言葉も使えるようになるだろう。

おさきは、這《は》うようにして晃之助のあとを追った。

「おさき。そんなことをしたら、あとで泣くぞ」

増吉がわめいた。増吉の声の方が泣いているようだった。

行燈の火が揺れて、おさきの頬を照らした。まぶしいくらいに明るかった。

「ごめんなさい、嘘をついて」

詫びの言葉が口をついて出た。

再会　一　秘密

おもんに出会ったのは、辰吉が茗荷《みょうが》を買っている時だった。

茗荷は辰吉の好物で、店先にならぶと必ず八百屋が声をかけてくれる。時には独り身の辰吉を心配してか、八百屋の女房が、細かく切ったのを豆腐の上にちらして持ってきてくれたりもする。

八百屋の心配通り、辰吉は、あまり庖丁《ほうちょう》を握らない。茗荷も七輪《しちりん》に網をのせ、こんがりと焼いたのへ醬油《しょうゆ》をかけて食べる。「そんなのでおいしいの」と八百屋の女房は言うが、好物は何をしてもおいしいもので、一合だけときめている酒が、二合になってしまうことさえある。

その茗荷を大まけにまけてもらい、ざるまで貸してもらって相好をくずしているところへ、「辰吉兄さんじゃない？」と声をかけられたのだ。

身なりは粗末だったが、いい女だった。思い出すのに時間はかからず、思い出すと顔が火照《ほて》って、耳朶《みみたぶ》まで赤くなるのがよくわかった。

「覚えていてくれたんだね」

と、おもんは笑った。

辰吉は不惑の年を一つ越えている。とすればおもんは三十六になっている筈《はず》で、笑うとさすがに目尻《めじり》へ小皺《こじわ》ができるが、ぬけるように白い肌の艶《つや》は昔のままだった。

「やっぱり、観音様は死ぬなって言ってなさるんだ」

聞き捨てにならない言葉だった。

観世音菩薩《かんぜおんぼさつ》が鎮座まします浅草寺《せんそうじ》への道をはさんで、辰吉の住んでいる天王町《てんのうちょう》の向い側は武家屋敷、その裏側は隅田川である。死ぬつもりで家を飛び出したものの川を前にして怖くなり、浅草寺でおみくじをひいてくるなどは、よくある話だった。

何があったんだと、思わず辰吉は言った。おもんは、その言葉にすがりついてきた。というより、辰吉にしがみついてきた。

「そうだ、兄さんは、お上の御用をつとめているんじゃないか。お願い、助けておくれよ」

一瞬ためらったが、辰吉は、うちへこいと言った。話を聞いていた八百屋の亭主も女房も、おもんが身投げこわさにこのあたりをうろついていたと思ったのだろう。岡っ引なら助けてやるのが当り前だと言いたげな顔をして、店の奥へ入って行った。

おもんと出会ったのは、辰吉が二十《はたち》、おもんが十五の時だった。女房となるおたかにめぐりあう前のことである。

当時の辰吉は、道を踏みはずしかけている若者達から兄貴と呼ばれていた。あずけられていた叔母の家を飛び出して四年がたち、人気役者に容貌《ようぼう》が似ていたことから、彼等の間では〝役者の辰〟で通るようになり、多少いい気持になっていたのかもしれない。旗本屋敷の中間部屋《ちゅうげんべや》で開かれる賭場《とば》でも一目《いちもく》置かれていたし、喧嘩《けんか》も負けたことがなかった。些細《ささい》なことで商家を強請《ゆす》り、仲間達に小遣いを渡していたこともある。

おもんは、弟分の妹だった。彼は、おもんによく似た華奢《きゃしゃ》な軀《からだ》の持主で、喧嘩はするなと言っていたのだが、それがかえって彼の気持をあおったのかもしれない。五、六人から売られた喧嘩を買い、見るも無残な姿となってあの世へ旅立った。

下手人はわからなかった。彼が殴られているのを見た者は、相手は堅気《かたぎ》の男だったと教えてくれた。同心にも岡っ引にもそう言ったらしいが、多分、同心も岡っ引も、その親達に丸め込まれたのだろう。

おもん兄妹に身寄りはなかった。辰吉は、弟分を死なせてしまった責任を感じて、おもんをひきとった。おもんが辰吉の寝床へもぐり込んできたのは、五日後のことだった。

背を向けた辰吉に、おもんは「おかみさんにして」と言って泣いた。

「おかみさんにしてくれなけりゃ、わたし、行くところがなくなっちまうじゃないの」

嫁にゆくまで俺が面倒をみると辰吉は答えたのだが、おもんはかぶりを振った。

「辰吉兄さんは、女の人に好かれるもの。わたしがお嫁にゆくより、兄さんがおかみさんをもつ方が早いにきまってる。兄さんがおかみさんをもらったら、わたしのいるとこなんかないじゃないの」

それでも辰吉は、おもんに手を出さなかった。が、翌日の夜も、その翌日の夜更《よふ》けも、おもんは辰吉にすがりついてきた。家の外へ叩《たた》き出しても、その翌《あく》る晩になれば「兄さんが好き」と言って、背へ胸を押しつけてきた。辛抱しきれるものではなかった。

「いいか」

と、辰吉は言った。

「俺あ、お前《めえ》が嫁にゆくまで、きっと面倒をみる。が、今晩そういうことになっても、お前《めえ》を女房にはしねえ。それでよけりゃ抱いてやる」

今になれば気障《きざ》なことを言ったものだと思うが、おもんは黙ってうなずいた。自分から着物を脱ぎ捨てて辰吉に抱かれ、足かけ三年後にいなくなったのである。辰吉が、おたかに惹かれはじめたことに気づいたのだった。

辰吉より一つ年上だったおたかには、別れた男がいた。別れたいなら金を寄越せと言われ、おたかは、料理屋の女中をしながら少しずつためていた金をすべて男に手渡した。きれいに縁は切れたものと、おたかも辰吉も思っていたのだが、男はおたかが所帯をもったと知ると、またつきまとうようになった。

その頃はもう、無頼な暮らしと縁を切っていた。手軽にはじめられる塩売りとなり、早朝から日暮れまで働いていたのだが、それが仇《あだ》となった。辰吉の留守にあらわれた男は、おそらくおたかに手厳しくはねつけられたのだろう。おたかを刺して逃げたのである。

おもんがたずねてきたのは、その四、五日あとのことだった。

「大変なことになったんだってね」

どこで聞いてきたのか、おもんはそう言って茶の間へ上がってきた。

「わたしはね、堅気のおかみさんになったの。塩売りの女房になったんだけど、亭主の叔父さんって人が湯屋をやっていてね。その人が亡《な》くなっちまったものだから、跡を継いだんだよ。そりゃね、亭主がまじめな人だったこともあるけど、わたしに運があるような気がするの。だって、お天道様《てんとう》にお願いすることは、みんな叶《かな》うんだもの」

辰吉と暮らしたいという願いも叶った。そして、同じ塩売りの女房でも、おたかより幸せになりたいという願いも叶った。

「だからさ。今日はお天道様に、兄さんがおたかさんの敵《かたき》を討てますようにってお願いしたんだよ」

辰吉は、おもんを見た。おもんも辰吉を見つめていた。

言訳はしない。辰吉は、何もかもめちゃめちゃにしたいような狂暴な気持になった。

湯屋のおかみになっているというおもんをものも言わずに抱き寄せ、畳へ押し倒したのだった。――

火鉢で焼いている茗荷が、香ばしいにおいを放ちはじめた。おもんは、その一つを小皿に取って醤油をかけた。

「兄さんとのことが、あの人にわかっちまったわけじゃないんだけどさ」

おもんは、焼いた茗荷をおそるおそるかじってみて、「まずい」と大声を出した。

「おたかさんが亡くなりなすってからずっと、こんなものを肴《さかな》にして飲んでるのかえ」

「何だよ、死にてえってわけは」

「あいかわらずの愛想なしだ」

おもんは猪口《ちょこ》を空にして、辰吉の前へ突き出した。かなり、強そうだった。

「湯屋はねえ、八年前に追い出されたのさ」

「何で」

「だから、兄さんとのことが知れたわけじゃないって言ってるじゃないか」

ほかに男がいたらしい。

「だって、その時の亭主は十も年上でさ。堅物《かたぶつ》もいいとこだったんだもの」

「それだから、湯屋のあるじになれたんだろうが」

「ま、追い出されたってかまわなかったんだけどね。好きで一緒になったわけじゃない、誰かさんへのあてつけで一緒になっちまったんだもの」

辰吉は、黙って茗荷を嚙《か》んだ。焦《こ》げたところがほろ苦かった。

「でもさ」

おもんは、手酌で酒を飲む。

「兄さんもご承知の通り、わたしゃ何にもできない女だろう。お針なんてえ内職はできないから、居酒屋で働いていたんだよ」

その居酒屋の客だった、千助という男と所帯をもったのだという。

「油売りでね。商売柄、ぺらぺらとよく喋《しゃべ》る奴《やつ》だったけれど、陽気だし、ちょいといい男だったし、金物屋をやっている伯父さんもいるってんで一緒になったんだよ。ところが伯父さんは達者だし、とんだ眼鏡違いだった」

愛想よく喋るのは、家の外だけだったというのである。不機嫌な顔で商売から帰ってきて、ほとんど喋らずに酒を飲んで寝床に入るのだそうだ。

「少しは喋るか笑うかしてくれって頼んだら、あれだけ外で喋って愛想をふりまいた上、うちで女房を見て笑えるかって。おまけにさ、不機嫌な顔をしているくせに、やきもちやきでねえ」

おもんは袖《そで》をまくりあげた。白い二の腕に、赤黒い痣《あざ》があった。

「お隣りのご亭主と立話をしていただけなんだよ。すぐそばに、おかみさんもいたってのに」

辰吉は、おもんの腕から目をそらせ、火箸《ひばし》の先で餅網《もちあみ》の上の茗荷を転がした。嫉妬《しっと》深い亭主が女房にあらぬ疑いをかけ、命を奪ってしまったという事件を調べたこともあるが、その亭主でさえ、立話程度のことでは腹を立てていなかった。

「ほんとだよ」と、おもんは言う。辰吉が黙っていると、「それなら裸になって見せる」と言い出した。

「殴る、蹴《け》るで痣だらけだよ。やきもちやきといっても、はじめのうちは、これほどじゃなかったんだけどねえ」

「よく辛抱しているな」

「逃げ出したさ。でも、逃げる先ってのは、知り合いのうちだろう？　見つけ出されの、引き戻されので、痣がふえるってえ寸法さ。いっそのこと、あの世へ逃げて行きたくもなるじゃないか」

茗荷が焦げて煙をあげていた。辰吉は、醬油のなくなった小皿へそれを投げ入れて、おもんを見た。

「俺は何をすりゃあいい」

「千助と別れられるようにしておくれ」

「お前をかくまうのかえ」

「かくまってくれてもいいよ」

おもんの目が光った。が、すぐに声をあげて笑い出した。

「が、昔のようなことになったら、おたかさんに申訳ないからね。今、思い出したのだけれど、鎌倉に縁切寺ってのがあるそうじゃないか。千助に連れ戻されないように、そこまで送って行っておくれよ」

わかったと辰吉は言った。それくらいのことならばできそうだった。

おもんは、猪口を空にして立ち上がった。

「酔っ払ってうちへ帰ったら殺されるからね。中宿《なかやど》にでも泊ることにするよ」

「一人で大丈夫か」

「心配してくれたのかえ」

「当《あた》り前《めえ》だ。女一人を泊めてくれるかどうかわからねえし、ぐずぐずしているうち、ご亭主に見つかったらもっと困る」

「あとで男がくると言って、夜を明かしちまえばいいのさ。そのかわり、夜が明けぬうちに迎えにきておくれ。夜が明けると、千助が江戸中の中宿を探しはじめる」

おもんは、福井町にあるという中宿周辺の絵図を描き、片方の目をつむって辰吉に渡した。千助と所帯をもつ前に、使ったことがある中宿のようだった。

辰吉は、その日のうちに下っ引を八丁堀へやり、数日間江戸を離れることを森口晃之助に知らせた。

鎌倉の縁切寺については、辰吉も知っている。東慶寺《とうけいじ》といい、豊臣秀頼《とよとみひでより》の娘、天秀尼《てんしゅうに》が住持《じゅうじ》となったことでも有名な寺だった。この寺のある地名が通称のように使われていて、「松ヶ岡男のためのまづいとこ」などという柳句もあった筈だ。

夫と別れたい女が駆け込むと、亭主が離縁を承知しない場合でも、寺法によって二十四ヶ月の寺づとめをすれば縁が切れる。ただ、寺が女を預かることを拒む時もある。湯屋を追い出された理由から考えて、やきもちを焼かせるようなことがおもんにあったかもしれず、千助の申し立て次第では、寺から追い出されぬともかぎらなかった。

そうなった時は、千助が諦《あきら》めるまでつきあってやるほかはない。

翌朝、辰吉は覚悟をきめて家を出た。

七つの鐘が鳴るまでにはまだ間があった。道は暗く、町はまだ寝静まっている。夜の明けきらぬ町を歩くなど、めずらしいことではないのだが、いまだに自分の足音に驚いて、誰もいない道をふりかえることがある。

中宿の戸も閉まっているにちがいなかった。戸を叩けば、あるじが眠そうな声で、「誰ですか、今頃」と尋ねるだろう。その時は、二階に女を待たせている男だと答えるつもりだった。

だが、戸は開けられたままになっていた。

いやな予感がして、辰吉は、あたりを見廻してから家の中へ入った。

血のにおいがした。

頰がひきつった。昨夜、一緒に泊まればよかったと思った。帳場と居間を兼ねている部屋へ飛び込むと、あるじらしい男が俯伏《うつぶ》せに倒れていた。かなり争ったのだろう、長火鉢の上にかけられていた筈の鉄瓶は畳の上に転がっているし、勝手口への障子は桟が折れ、一枚が倒れている。

辰吉は、二階へ駆け上がった。下手人は、二階にも人がいると気づかなかったのか、障子は閉められたままになっていた。

「おもん」

名を呼びながら、障子を開けた。派手な色合いの布団《ふとん》が敷かれていたが、おもんの姿はない。

物干場へ飛び出して行こうとすると、戸棚で物音がした。辰吉は、力まかせに戸を開けた。おもんがもう一組の夜具の上で、歯の根も合わぬほど震えていた。

「亭主か。亭主が殺《や》ったのか」

おもんはかぶりを振った。声が出ないようだった。

「それじゃあ誰だ」

おもんはまた、かぶりを振る。

「ここにいたんだろうが」

「でも、知らない」

ようやく声が出た。かすれた声だった。

「わたしが、あとで男がくると言ったものだから……ここのご亭主は、夜遅くまで戸を開けていたらしい……」

「盗人《ぬすっと》か」

「多分……。誰だと怒鳴る声と、静かにしろという声が聞えた」

辰吉は、千助に追われた時を考えて持ってきた十手を握りしめた。福井町は、辰吉の縄張りだった。

「おもん。事情が変わった。お前《めえ》はうちへ帰れ」

おもんは、歯の根の合わぬ音を響かせてかぶりを振った。

「川岸で蹲《うずくま》っているお前《めえ》を見つけたと、俺がお前を送って行く。それでも、だめか」

だめにきまっているじゃないかと、おもんは、金切り声をあげた。

「天王町の親分って呼ばれている男と、昔、わたしがいい仲だったってことくらい、千助は知っているよ」

「が、人一人が殺されたんだ」

「だから、どうするってのさ」

おもんがわめいた。

「わたしのところへ、町方の旦那《だんな》を連れてこようってのかい。ああ、そうだよ、わたしゃ人が殺されるところに居合わせた女だよ。盗人はどんな声をしていたかとか、いつ頃押し入ったかとか、たんと聞きにくるがいいやね。聞きにきて、わたしが中宿にいたと、千助に教えるがいいやね。千助とわたしが住んでいる神田佐久間町が、兄さんの縄張りかどうか知らないが、おもんってえ女も、死骸《しがい》になって見つからあ」

「ばか。静かにしねえか」

「だって——」

ふいに戸棚の中から軀《からだ》をあずけられて、辰吉はよろめいた。が、おもんは、かまわずにすがりついてくる。支えきれずに布団の上へ尻餅《しりもち》をつくと、おもんも辰吉の上へ落ちてきた。

「もう死にたかない」

と、おもんの声が耳許《みみもと》で言った。

「いいじゃないか、鎌倉へ連れて行ってくれても。それくらいの親切はしておくれよ」

おもんの兄を助けられなかったこともある。おたかに惹《ひ》かれていて、姿を消したおもんを熱心に探さなかった負い目もあった。辰吉は、中宿の戸を開け放したまま、鎌倉へ向うことにした。

まさか――と呟《つぶや》いたあとは、言葉が出なくなった。むしってもむしっても生えてくる雑草の根を鎌で切り取っていたところへ、大根河岸《だいこんがし》の吉次がとんでもない知らせを持ってきたのだった。

浅草福井町で中宿の主人が殺されたが、その下手人が辰吉かもしれぬというのである。

「今、晃之助旦那もお調べの真最中だが、旦那のお耳にも入れておいた方がいいと思ったんでね」

人違いだろうという言葉が、やっと口の外に出た。吉次は、口許に薄笑いを浮かべてかぶりを振った。

「昨日の晩、女は一人で中宿へ入って行ったそうで」

と、吉次は言った。

隣りの煙草《たばこ》屋が見ていたのだという。一瞬、掛行燈《かけあんどん》の明りに照らし出された女の横顔を見て、こんな女と逢引《あいびき》をするのはどんな男だろうと、煙草屋の親爺《おやじ》は、しばらく中宿の出入口を見張っていたのだそうだ。

「あんまり男がこないんでね、煙草屋は諦めて寝ちまったというが、今朝早く、魚屋の女房が辰吉を見ているんで」

「晃之助はそれを知っているのか」

　吉次は肩をすくめた。

「辰吉の方から、しばらく江戸を離れるという知らせがあったそうで。魚屋の女房の話をしたひにゃあ、晃之助旦那は目をまわしちまうんじゃありやせんか」

　憎まれ口をきいているが、これは、魚屋の女房の話を手札を渡されている北町の同心でも晃之助でもなく、まず慶次郎へ知らせにきた、吉次特有の言訳だろう。

「辰つぁんも、運がわるいじゃありやせんか。魚屋の女房は、亭主にのろまと罵《のの》られたのが口惜《くや》しくって、今朝にかぎって七つ前に起きたんだそうで。向いの中宿の戸が開いていたので、妙だなと思って見ていると、中から男と女が出てきたという。女の顔は見たことがなかったが、男の方は間違いなく辰吉親分だったと言ってやす。福井町は辰吉の縄張りですからね、女房も顔を知っていたんでしょう」

「だが、なぜ辰吉が、中宿の主人を殺さにゃならねえ」

「さあ、その辺は、辰吉をとっ捕《つか》めえてみねえとわかりやせん。連れは、ふるいつきたくなるようないい女だったてえから、中宿の親爺が色気を出して、辰つぁんと喧嘩《けんか》になったのかもしれねえし」

「女の正体はわかっているのかえ」

吉次は、ちょっと間を置いて答えた。

「神田佐久間町の長屋に、千助ってえ油売りが住んでいやす。こいつの女房が、以前、あっしの縄張り内にある湯屋の女房だったんでね。わけありとみて調べておりやした」

また間があいた。

「おもんってえ名前に、お心当りはありやせんかえ」

あるどころではなかった。辰吉が、おたかとめぐり会う前に暮らしていた女の名前だった。

「もう一つ、言わなくっちゃならねえことがある。旦那、あっしは北町の秋山様にくっついている岡っ引だ」

その先は、聞かなくとも見当がついた。慶次郎は、勝手口から出てきた佐七に鎌を渡して、居間へ駆け上がった。吉次は中宿の主人殺しは辰吉だと、北町の同心へ知らせに行くにちがいなかった。

が、戸棚を開けた背へ、吉次が言った。

「秋山様にくっついているのは俺一人じゃねえ。まして福井町あたりは、坂下の有七《ゆうしち》の縄張りだ」

「有七に知らせたのか」

「ちがう。中宿へは有七が先に行きやした。俺は、辰吉の名を耳にして素っ飛んで行ったんだ」

有七は、すでに辰吉を追っているらしい。慶次郎の目の前が白くかすんだ。

おもんが、痛いほど強く辰吉の腕をつかんだ。江戸から四里半の川崎宿《じゅく》、茶飯で有名な万年屋の座敷だった。

昼食の時刻には間があるので空《す》いている方だというが、広い座敷の横を見ても、ふりかえって見ても、旅支度の男や女がいる。

あそこ――と、おもんが視線を左隅の方へ送った。千助がいるというのである。

その視線の先をたどって行ったが、一人旅と見えるような男はいない。が、おもんは確かにいたと言って、辰吉の陰に隠れようとする。

それではなおさら目立つからと、おもんを引き離し、もう一度店の中を見るように言った。

「いない」

おもんは目を見張った。

「油売りに出て行く時の派手な川越唐桟《かわごえとうざん》を着ていたから、すぐにわかったのだけど」

そう言われれば、たった今、太めの赤い縞《しま》が入った着物の男が外へ出て行った。同時に出て行った男がいて、その連れだと思ったのだが、そうではなかったのかもしれない。

「が、千助は、どうしてお前《めえ》が鎌倉へ行くとわかったのだ」

「鎌倉へ行くとは思っちゃいないかもしれない。ゆうべ、わたしが帰らなかったものだから、どこかの男と駆落でもするんじゃないかと、高輪《たかなわ》あたりで見張っていたんだよ、きっと」

辰吉は、おもんから目をそらせた。

とんでもない女にかかわりあったと思ってるんだろうと言う、おもんの声が聞えてきた。

「ごめんよ」

と、おもんの声は言う。

「どの男もつまらないんだもの。それが兄さんのせいだとは言わないけど」

出かけるか――と、辰吉は言った。

千助が追ってきているのなら、できれば今日のうちに鎌倉へ入ってしまいたかった。どこまでおもんにつきまとってくる気なのかわからないが、駆落したと思っているのなら、このまま東海道を西へ向うと思っているにちがいない。今日の泊りは、神奈川あたりと見当をつけているだろう。

鎌倉へは、神奈川よりもう一つ先の宿場、程ヶ谷から東海道をそれて行く。ぐずぐずせずに鎌倉道へ入ってしまうのが一番だった。

が、草鞋《わらじ》の紐《ひも》を結ぼうとしたおもんが悲鳴を上げた。なまじ休んだため、鼻緒でできた擦り傷に、あらためて鼻緒が触れるとなおさら痛むのだった。

一歩も歩けないと、おもんは言った。鼻緒に手拭《てぬぐ》いを巻いてやっても、なお痛くなったと顔をしかめた。

辰吉は、駕籠《かご》を呼ぶつもりで外へ出た。

いやがった――という声が聞えた。六郷川《ろくごうがわ》の土手からだった。

俺を追ってきた。咄嗟《とっさ》にそう思った。土手の上に立ち、下っ引らしい男達をせかして十手を振りまわしている男は、北町の定町廻り同心、秋山忠太郎配下の坂下の有七だった。

事情を話しても、わかってくれる相手ではない。辰吉は店の中へ飛び込んで、上がり口に腰をおろしていたおもんの手を引くなり、たてこみはじめた座敷を駆け抜けた。客の荷物を蹴飛《けと》ばし、茶飯をはこんできた女中に突き当った。腹を立てたのか、おもんの足をつかんだ客もいたが、おもんは、その手を力まかせに踏みつけて足をとめなかった。

豆腐汁の鍋《なべ》が湯気をあげている土間から、店の裏側へ出た。多少の空地があって、すぐに田圃《たんぼ》がひろがっていた。

万年屋の座敷から悲鳴が上がった。有七達が飛び込んできたようだった。

田圃の畦道《あぜみち》を走って行こうとしたおもんを引き戻して、辰吉は家と家との間にある路地へ身をひそめた。

いねえぞとわめく、有七の声が聞えた。

「街道へ出やがった。探せ」

その声を聞いて、辰吉は、ふたたび店の裏へ出た。

有七は、辰吉が街道筋の店に隠れたと思ったのだろう。一軒ずつ調べはじめたようで、筋向いの茶飯屋から、土足を咎《とが》める声や、女の悲鳴が聞えてくる。

辰吉は、万年屋の裏を通って六郷川の土手下まで戻った。

万年屋は、土手を降りてきた道がゆるやかに曲がって行く角にある。茶飯屋に隠れていないとわかれば、有七達もまた店の裏へ出てくるにちがいなく、とすれば、土手をのぼって行く姿は丸見えとなってしまう筈《はず》だった。

辰吉は、おもんの手を握りしめた。街道を横切って、万年屋の向い、船会所《ふなかいしょ》の陰に飛び込むつもりだった。

が、有七が街道へ出ていたならば凶となる。うむを言わさず縄をかけられることになり、江戸へ送られる。秋山忠太郎の手で大番屋へ送られた者は、ほとんど責め問《せど》いにかけられるとは、仲間うちの噂《うわさ》だった。

有七が万年屋の裏へ出てくる大吉を願って、辰吉は街道を走って横切った。「いた」という声が聞えなかったのは、辰吉の願いが届いたのだろう。

おもんが、辰吉の背に額をつけた。さすがに息が荒かった。

その肩を叩《たた》いて、辰吉は土手に向ってあごをしゃくってみせた。今のうちに、のぼってしまわねばならなかった。

だが、のぼりきったところで、「土手だ」とわめく有七の声が聞えた。

渡し舟は、岸から離れようとしていた。だが、待ってくれと叫んだのは、辰吉ではなかった。笠《かさ》をかぶって船着場近くの石に腰をおろしていた男が、舟が出ようとしていることに、たった今気づいたように、あわてて腰を上げたのだった。

その男を乗せて、船頭は、ついでに土手を駆け降りて行く辰吉とおもんを待つ気になったのだろう。船に飛び乗ったおもんの、血のにじむ裸足《はだし》に顔色を変えたが、黙って竿《さお》をさした。

有七と下っ引らしい男達が土手の上にあらわれたのは、その時だった。

「待て。舟を戻せ」

有七は、十手を頭の上でふりまわして見せた。十手は、陽を浴びてよく光った。

船頭が辰吉を見た。船頭ばかりではなかった。乗り合わせた客達も、辰吉とおもんから離れるようにして白い眼《め》を向けた。

舳《へ》先《さき》は、川崎側に向ってまわりはじめていた。やむをえなかった。辰吉も、懐《ふところ》から十手を出した。

「品川へ行け。俺あ、あのごろつきどもからこの女を連れ戻したところだ」

船頭は疑わしそうな顔をしたが、舟の中に「俺はこの親分さんを知っているよ」と言う者がいた。

「天王町の辰吉親分さ。ね？　そうですよね、親分」

男はかぶっていた笠をとったが、おもんは、その前から震えていた。千助だった。

おもんの相手は辰吉だと見当をつけていた、そう千助は言った。

「待ってくんな。俺あ、昨日、何年ぶりかでおもんに会ったんだ」

「おもん――ですかえ？」

千助は苦笑した。うっかり呼び捨てにしたのを聞き咎めたのだ。

品川宿の、飯盛を置いていない平旅籠《ひらはたご》だった。

品川までくれば、懇意にしている岡っ引がいる。坂下の有七の名を聞くと、彼は顔をしかめ、自分のいとこがいとなんでいるという平旅籠へ三人を案内してくれた。森口晃之助へも使いを出してくれたようで、そのついでに、辰吉を見たこの周辺の住人に、口留めをしておくと言っていた。

「油売りは男のくせにお喋《しゃべ》りだと、女には好かれない。が、手前《てめえ》で言うのも何だが、俺あこの面《つら》つきだ。役者に似ていると、騒ぐ女も何人かいましたよ。が、俺が惚《ほ》れるような女はいなかった。俺が惚れてもいいと思ったのは皆、油売りなんかと、そっぽを向きやがった」

「おもんは、そんなことを言う女じゃねえ」

「その通りでさ。そんなことを言う女じゃあない。ないが、そんなことをする女だったんでさ。好きな男は、ほかにいやがったんだ」

千助が口を閉じると、波の音が聞えた。

辰吉の目の前を、子犬のように軀《からだ》を丸めてすがりついてきた頃のおもんが通り過ぎて行った。掌《てのひら》にはまだ、おもんの手を握りしめて街道を横切り、土手を駆けのぼった暖かさが残っていた。

「忘れもしない。七年前の四月に所帯をもって、ちょうど二年めの四月でした。おもんが別れてくれと言い出したんです」

おもんに男がいることはわかっていたと、千助は言った。が、おもんは、惚れて一緒になった女だった。

辰吉は黙っていた。千助は、同じ言葉をもう一度繰返した。

「惚れた女のためだ、別れてやろうと思いましたよ、一度は。おもんの相手は、二十三、四の妙に粋《いき》がっているお兄哥《あにい》さんだった。俺は三十七で、そんな餓鬼《がき》を相手に喧嘩をする年齢《とし》じゃない。が、別の女とやり直すなら、ぎりぎりで間に合う年齢《とし》だ。そう思ったんでさ」

それならなぜ、わたしのあとを尾《つ》けてきたんだよと、おもんが言った。気が変わったのだと、千助は、おもんを見ずに答えた。

「ずるずる一緒に暮らしていてお前に嫌われるより、きれいさっぱり別れた方がいいと思ったんだが、考えてみねえな。その小僧っ子に、お前をくれてやるんだぜ。のっぺりしたご面相《めんそう》の若いのが、毎晩お前といちゃつくんだぜ」

我慢できるかってんだ。――

おたかの命を奪った男も、そう言いながら辰吉の家へ飛び込んできたのだろう。が、その時、辰吉はおらず、おたかが針仕事をしていた。

復縁をせまる男を、おたかがはねつける。おたかと睦《むつ》みあう辰吉の姿が脳裡《のうり》に浮かび、男は嫉妬《しっと》に目がくらんで、辰吉を刺すつもりの庖丁《ほうちょう》を、おたかの胸へ突きたてたにちがいない。

「どんなことがあっても、俺は別れない。俺は、そうきめたんだ。お兄哥さんの泣きべそをかく面《つら》を見てやりたかったんだが、じきに、お前のほんとうの男はそのお兄哥さんじゃないってことがわかったのさ」

「それじゃ、お前は……」

「そうだよ。俺は、油売りをしているうちに親しくなった岡っ引に、お前の昔を調べさせた。お前が妙な男に強請《ゆす》られて困っていると話をもちかけたのさ。お蔭《かげ》で、お前が辰吉親分と暮らしていたことも、親分とおかみさんがいい仲になりなすった頃、その家を飛び出したことも、みんな教えてもらった」

だから——と、千助は言葉をつづけた。

「俺は昨日、お前を見張っていた」

「どうしてだよ」

「一昨日《おとい》の晩、俺はお前をぶん殴った。お前は、いっそ死にたいと言って泣いたじゃないか。本気とは思わなかったが、万一ということもある。万一、本気で死ぬつもりなら、辰吉に会いに行くと思ったんだ」

「たまたま出会ったんだよ。そう言ったじゃないか」

そう言ったじゃないかだって？

辰吉は胸のうちで呟《つぶや》いた。いったいいつ、おもんは千助に会ったのだ。

「ま、そういうことにしておいてもいいさ。が、——」

千助の目が、異様な光を帯びた。

「浅草寺の人混みでお前を見失ったが、俺は、お前が必ずあらわれると思って、天王町をうろうろしていたんだ。そうしたら、案の定だ。辰吉のうちへくっついて行きやがって、そのあとは中宿だ。くそ」

「言っただろうが。わたしゃ鎌倉の縁切寺へ行くつもりだったんだよ。兄さんは、朝早く迎えにきてくれることになっていたんだ」

「嘘《うそ》をつけ」

千助は、立ち上がってわめいた。

「誰が、そんな嘘を本気にするか。俺は、見ていたんだ。煙草屋《たばこや》が店を閉める頃になっても、中宿の戸の隙間《すきま》からは、明りが洩《も》れていた。辰吉を待っていたにちげえねえんだ」

「ちがうって言っただろう。あとから男がくるっていうのは泊めてもらう方便《ほうべん》で……」

「うるせえ」

千助が懐へ手を入れたのを見て、辰吉は、その足へ飛びついた。千助は音を立てて倒れたが、辰吉を蹴って起き上がろうとする。想像していた以上の力だった。

振りまわそうとした匕首《あいくち》は十手で叩き落としたが、千助を押えつけている力がゆるんだのか、辰吉は蹴られて部屋の隅まで飛ばされた。

千助が、匕首へ手をのばす。

辰吉も、畳の上を泳ぐようにして手をのばした。

が、匕首をつかんだのは千助だった。辰吉は、軀を一回転させて起き上がった。千助が突きかかってくることは覚悟していた。

が、千助は倒れたままだった。匕首をつかんでいる手を、踏まれていたのである。

「無事か、辰つぁん」

品川の岡っ引が駆け寄ってきた。

「使いに出した奴《やつ》が高輪で旦那《だんな》にばったり出会って、辰吉を見かけなかったかと尋ねられたってんで」

千助の手を踏みつけた男は、その手をねじりあげて匕首を叩き落とした。森口慶次郎だった。


何を考えているのだと、慶次郎が尋ねた。

別に——と、辰吉は笑いながら答えた。

「いい天気だな」と、慶次郎もあたりさわりのないことを言ってのびをした。

千助は芝田町《しばたまち》まで連れてきて、自身番屋にあずけてきた。意外だったのは、おもんがその自身番屋に残ると言い出したことだった。

「だって――」

兄さんを――と言いかけて、おもんは、親分と言い直した。

「親分を騙《だま》していたんだもの」

確かに、辰吉は、おもんに騙されていた。中宿の戸棚に隠れて震えていたおもんは、辰吉に「盗人《ぬすっと》か」と尋ねられて、「多分……」と答えた。辰吉は、それを疑いもしなかったのである。

誰が辰吉に会わせるものかとわめきながら、千助は、中宿へ駆け込んできたという。おもんは咄嗟に物干場へ隠れ、千助が部屋へ飛び込んだのを見て階下へ逃げた。

だが、逃げきれなかった。おもんは階段の下で衿髪《えりがみ》をつかまれ、悲鳴を聞きつけた中宿のあるじが、帳場を兼ねている居間の障子を開けた。

「落着きなさいよ、みっともない」

と、あるじは二人の間に割って入ろうとした。中宿では、亭主の浮気を見つけた女房が庖丁を振りまわすこともあり、あるじは千助の匕首を見ても、仲裁できると思ったのだろう。

「うるせえ、邪魔するな」

「邪魔をしているんじゃない、落着きなさいと言ってるんだ」

おもんは、千助と中宿のあるじがそう言ったのを覚えているそうだ。その直後に、あるじが重苦しい声でうめいた。あるじが千助の匕首に、胸を刺されたのだった。

「何をするんだよ、お前さんは」

中宿のあるじが辰吉に見えたのだろうか、倒れた軀へふたたび匕首を振りおろした千助に、おもんは夢中ですがりついた。千助は、吊《つ》り上がった目で虚空《くう》を見据えていたらしい。

が、おもんに揺さぶられて我に返ると、一転して震え出した。お前が辰吉に会いさえしなければこんなことにはならなかったと、繰返しおもんを責めたという。

「親分に出会ったのは偶然だったと、何度も言いましたよ。でも、千助は、親分が天王町に住んでなさることは知ってた筈だというんです。ばかな奴でしょう？　わたしも、しまいにゃ面倒くさくなりましてね」

と、おもんは言った。

千助は、自分が捕えられた時には、必ず辰吉を引き合いに出すと言っている。引き合いに出された辰吉が、十手をあずかっていられるわけがなかった。

「それで、お前さんはうちへ帰れと言ったんです。あとは、親分に何とかしてもらう、わたしもこの人殺しの下手人がお前さんだとは決して言わないから、一歩もうちの外へ出るんじゃないよって」

そして恐しさをこらえて、二階の戸棚で辰吉を待った。

「でも、人殺しの疑いが親分にかかっちまうし、佐久間町のうちで震えていると思った千助は追いかけてくるし」

世の中は思い通りにゆかぬものだと、おもんはかわいた声で笑った。が、それならばなぜ、田町の番屋で千助のそばにいるなどと言い出したのだろう。

辰吉は、そっと左の掌を見た。十数年ぶりに、おもんの手を握りしめた掌だった。

「そうそう、山口屋からいい酒が届いているんだよ」

先を歩いていた慶次郎が、ふいにふりかえった。

「晃之助に一部始終を報告したあとで、根岸へこねえかえ。俺と七つぁんで飲み明かすのは、ちょいともってえねえ」

「有難うございます」

辰吉は、肩をすくめるような恰好《かっこう》をした。

「遠慮なく」

左の掌には、まだおもんの感触が残っている。子犬のように背を丸めてすがりついてきたかつての面影も、脳裡《のうり》に甦《よみがえ》っていた。

辰吉は、かぶりを振っておもんの面影を振り払った。面影が消えたかわり、どの男もつまらなかったという声が聞えてきたが、辰吉はもう一度かぶりを振り、やぞうをつくって慶次郎のあとを追った。

再会　二　卯の花の雨

四月朔日《ついたち》は更衣《ころもがえ》で、この日から袷《あわせ》を着る。羽織も裏のついていない単衣《ひとえ》になる。暦に合わせたわけではあるまいが、冬が戻ってきたようなつめたい雨が夜半にやむと、翌朝の四月朔日は、初夏の名にふさわしい陽射《ひざ》しが江戸の町へ降りそそいだ。

浅草天王町《てんのうちよう》へ向って歩いていた森口慶次郎は、羽織を脱いで手に持った。羽織を着ていては、暑いくらいだった。今朝、庭で草むしりをしていた佐七が、「いったいいつの間に生えるのだろう」と溜息《ためいき》をついていたが、はこべもおおばこも、涼しい風に吹かれたくなって、いっせいに顔を出したのかもしれなかった。

しかも、昨夜の雨で道はぬかるんでいる。ゆるくなっていた足駄《あしだ》の鼻緒にも悩まされて、天王町の辰吉の家へ着いた時には、額にも胸にも汗をかいていた。

だが、出入口には錠がおりている。

寝坊をしているのかと思ったが、裏口へまわろうとする慶次郎を、隣家の女房が呼びとめた。二、三日留守をするという挨拶《あいさつ》があったので、女房が錠をおろしたのだそうだ。

一息ついて行けと親切に言ってくれたが、慶次郎は礼を言って踵《きびす》を返した。

用事は急ぐほどのものではない。辰吉が帰ってきた頃をみはからって出直せばよいのだが、辰吉を誘ってうまい昼めしをと思っていたのが御破算になった。一人で料理屋へ入るのも気のきかぬ話だし、空腹をかかえて根岸へ戻るのもばかばかしい。

慶次郎は、腹の虫おさえに蕎麦《そば》を食べて帰ることにした。

おしんは、その蕎麦屋にいた。

先に気がついたのは、おしんの方だった。七年前と、慶次郎がさほど変わっていなかったせいだろう。

が、七年前のおしんは二十一だった。その上、もっと太っていた。ふっくらとした頬が十四、五の娘のようで、料理屋の亭主が、嚙《か》じりたくなるようだと話していたのを覚えている。

年齢《とし》を取ったという言葉は、適当でないかもしれない。七年の月日がおしんを変えたのだ。こけた頬と切長な目の組み合わせは濃厚な色香を漂わせていて、慶次郎は一瞬、太って可愛《かわい》らしかった女の面影と結びつけることができなかった。

おしんは、蕎麦をすすっていた。一人で蕎麦屋へ入ってくる女もめずらしかったが、蕎麦の器の横には、ちろりが置かれていた。

昼間から酒を飲む女か——と、何気なく送った視線を、おしんは慶次郎が自分に気づいたものと勘違いをしたらしい。あら——と言って立ち上がり、慶次郎に近づいてきた。

「お見忘れ？」

笑った顔で思い出した。同時に、根岸から歩いてきたせいではない汗が吹き出した。たった一度、妻を裏切ったことがあるのを思い出したのである。

「老《ふ》けなすったんですねえ、旦那《だんな》も」

憎まれ口をきいて、おしんは蕎麦の前へ戻ろうとした。足許《あしもと》があやういように見えたが、そんな筈《はず》はなかった。ちろりは一合の酒が入る程度の大きさだったし、おしんは、五合の酒を飲んでも酔わぬ女だった。蕎麦を食べていた時のおしんにも、けだるそうな感じはまったくなかったのである。

慶次郎の胸のうちを見透かしたように、おしんは、「ああ、やだ、年齢《とし》をとると、これっぽっちのお酒で酔っちまって」と、店中に聞えるような声で言った。

「せっかく旦那に会えたけど、転ばないうちに帰ろっと」

おしんは、蕎麦屋の亭主を呼んで勘定を払った。銭をかぞえる手つきもしっかりしていたし、いくらかの銭をよけいに置くなど、頭の中もはっきりしているようだった。それなのに、慶次郎をふりかえってみせた時はよろめいて客の肩につかまったし、暖簾《のれん》の外へ出て行く足どりもこころもとなかった。

酔ったふりをして、あいつが俺から逃げ出したのか。

逃げ出したのならいい。昔、泣いてすがりついた男になど会いたくないのは、今が幸せである証拠だろう。

「何になさいやす？」

蕎麦屋の亭主の声だった。ちょっと迷ったが、慶次郎も酒を頼むことにした。

「お知り合いですかえ」

亭主は、好奇心をむきだしにして尋ねた。

昔の知り合いだと言いかけて、慶次郎は、それが特別な意味のある言葉とうけとられかねないことに気づいた。こういう時は、いったい何と答えればよいのだろう。

言葉が見つからずにいると、亭主の方が口を開いた。

「このところ、ちょくちょくみえなさるんですがね。きれいな人だから、昔は何をしていなすったのかと思って」

「大工の女房だよ」

そこまではほんとうだった。

「亭主に早く死なれちまってね。相談にのってやったことがあるのさ」

はじめの方が嘘《うそ》だった。おしんは三行半《みくだりはん》を書かれたのである。

「それじゃそのあとは、自棄《やけ》っぱちになって……」

「知らねえよ。それより、早く酒を持ってきてくんな。それから大急ぎで天ぷら蕎麦だ。

ぐずぐずしていると帰っちまうぜ、俺は」

亭主は、苦笑いをして調理場へ入って行った。


それから二日ほど晴天がつづいた。太陽が暦を間違えているのではないかと思うほどの暑さだった。

ばかばかしい陽気だ、袷が汗で濡《ぬ》れると言っていながら、江戸の人達が単衣を出して着ることはない。佐七も袷の袖《そで》をまくりあげ、尻《しり》を高々と端折《はしょ》った威勢のよい姿となって、庭の雑草をとっていた。

慶次郎は、片肌を脱いで薪《まき》を割ることにしたが、陽にさらされている右肩のやけてゆくのがわかるような気がした。ねじり鉢巻ではなく、陽除《ひよ》けの頬かむりをしたいくらいだった。

三日目は、曇り空だった。

明日から降るかもしれないと言っているところへ山口屋の文五郎がきて、酒と給金を出入口の隅に置き、明日は雨になるでしょうと、同じようなことを言って帰って行った。

三人の予測は当って、四日目は朝から雨になった。長雨となることを思わせる、細い雨だった。

「卯《う》の花腐《はなくた》しだね」

と、佐七が柄にもないことを言う。

こんな日は、することがなかった。朝食をとり、掃除をすませると、佐七は台所わきの自分の部屋へひきこもった。

紙袋を裂く音が聞えてくるのは、煎餅《せんべい》を食べながら絵草紙を眺めるつもりなのだろう。挿絵と仮名の拾い読みで物語を想像しているようだが、あとで絵草紙の内容を教えてくれる佐七の話は、実際に書かれているそれよりも面白いことがある。

慶次郎は、将棋盤を出した。本を片手に詰将棋をはじめたが、気がのらぬせいか、樋《とい》をつたってくる雨の音ばかりが聞えてきた。

それでも、いつの間にか、将棋盤を睨《にら》んで考え込んでいたようだった。「旦那――」という声にふりかえると、佐七が障子の間から顔を出していた。

「お客らしいよ」

と言う。それなら応対に出てくれればよいのにと思ったが、佐七は、「女の声だからさ」と言って障子を閉めた。

慶次郎は、手に持っていた駒《こま》を将棋盤の上に置いて立ち上がった。廊下へ出ると、蛇《じゃ》の目《め》に降りかかる雨の音が聞えてきた。

慶次郎は、薄暗い土間へ降りた。雨を遮るため、田舎家風の板戸が三分の二まで閉められていたが、その隙間《すきま》から蛇の目の紺と、裾《すそ》を端折っているらしい臙脂《えんじ》色《いろ》の裾まわしに白い脛《すね》が見えた。

人が土間へ降りた気配がつたわったのかもしれない。女は、ためらいがちに、森口慶次郎というお方の家はこちらかと尋ねた。

慶次郎は、少し間《ま》をおいてから答えた。

「俺だよ」

そういう答えが返ってくると思っていたのだろうに、女は、身をひるがえして逃げ出した。慶次郎は、重い板戸を開けた。

「そんなに走ったら濡れるぜ」

女は、足をとめて笑い出した。

「そうですよね。ここまできて、旦那に会わずに帰ることたあない」

「入《へえ》りな」

と、慶次郎は言った。おしんは、開き直ったように小走りに戻ってきて、蛇の目を閉じた。浅草から根岸までの道中で濡れ、この家を探すのに手間取った上、探し当てたあとで案内を乞《こ》うたものかどうか迷って、さらに濡れたのだろう。両の肩から袖へかけて、着物の色が変わっていた。

あの時と同じだと、慶次郎は思った。七年前のおしんも、両の肩を雨に濡らしてやってきた。ただ、あれは三千代がいた八丁堀の屋敷ではなく、深川の小体《こてい》な料理屋だった。

「すまねえな」

と、慶次郎は、おしんの濡れた肩から目をそらせて言った。

「着替えを出してやりてえが、男所帯で何にもねえんだよ」

「あら、とんだご心配を」

意識しているのかどうか、おしんの微笑は艶《つや》やかだった。

「有難うございますが、大丈夫。わたしゃ糊《のり》づけの人間じゃございませんから、ちっとばかり雨に濡れたって剝《は》がれてこわれやしませんよ」

慶次郎は、苦笑して居間へ案内した。台所の障子が細く開いているのは、佐七が覗《のぞ》き見をしているからだった。どんな用件でおしんがたずねてきたのかわからないが、話が山場へさしかかったところで、佐七は、煎餅の入った菓子鉢と苦い茶をいれた湯呑《ゆの》みを持って、居間へ入ってくるにちがいなかった。

そのあたりが七年前とはちがうと、慶次郎は将棋盤を隅へ寄せながら思った。

おしんにはじめて会ったのは、その時からかぞえて一年半ほど前のことだった。おしんは、亭主に三行半を渡されて、泣きながら縄暖簾《なわのれん》で酒を飲んでいた。見廻り中だった慶次郎は、自身番屋の知らせで縄暖簾に立ち寄った。

確かに異様な光景だった。ふっくらと可愛らしい顔立ちの女が、大粒の涙を流しながら酒を飲んでいるのである。昼めしを食べに寄ったらしい客達が店の隅にかたまり、番屋の差配達が自害を心配して慶次郎に知らせたのも当然だった。

「店を出たとたん、大川へでも走って行くんじゃないかと思いやして」

と、うちわを片手に女のようすを見守っていた縄暖簾の亭主は言った。が、おしんは、定町廻り同心《じょうまちまわりどうしん》と一目でわかる慶次郎を見ると、手拭《てぬぐ》いで涙を拭った。

「大丈夫です。わたし、ちゃんとうちへ帰ります」

涙はとまりそうになかったが、案外にしっかりした口調だった。

酔ってはいないように見えたが、縄暖簾の亭主に尋ねると、二合半のちろりが一度、空になっているという。慶次郎は勘定をすませ、おしんをむりやり家へ送って行った。

亭主と別れたことは、そこで知った。

その日は、辰吉の縄張りで盗人《ぬすつと》を捕え、大番屋へ送るなどして奉行所へ戻ったのも遅かった。おしんの一件など、屋敷へ帰る頃には忘れていたのだが、翌日、おしんは自身番屋の近くで慶次郎を待っていた。

「昨日、旦那がお帰りになったあとで、お酒の代金を立替えていただいたことを思い出しまして」

恥ずかしそうな顔つきだった。が、あれは俺が馳走《ちそう》すると言って慶次郎が歩き出すと、おしんはその袖をつかまえた。酒は、自分が飲みたくて飲んでいたのだからと言うのである。

市中見廻りの途中、いつまでも足をとめているわけにはゆかなかったし、可愛い顔に似合わぬ強情に興醒《きょうざ》めもして、慶次郎は金を受け取った。おしんは、その金を無雑作に袖へ投げ入れた慶次郎を見てぽつりと言った。

「やっぱり、いやな女だと思いなすったんですか」

「そうではない」と答えたが、おしんは、べそをかいたような顔をして駆けて行った。

慶次郎は、供をしていた小者にそのあとを追わせた。金を返すのは口実で、相談相手が欲しかったのではないかと思ったのだった。小者はすぐに戻ってきて、長屋の木戸の前で追いついたと言った。気が向いたなら八丁堀へ相談にこいという慶次郎の伝言にも、素直にうなずいたらしい。

それでも、すぐにたずねてくるとは思わなかった。が、役目を終えて屋敷へ戻ると、おしんがいた。三千代の話では、昼の八つ半頃から待っていたそうだ。小者から慶次郎の伝言を聞くとすぐ、八丁堀へ向ったにちがいなかった。

そのくせ、詳しいことは話さなかった。打ち明けたことといえば、去年、大工の女房になったこと、好いて好かれた間柄であったこと、それに「そんな女だとは思わなかった」の一言で、別れる破目になったということだけだった。

「そんな女だとは思わなかった――んですって」

その言葉を、おしんは幾度繰返して泣いたことだろう。だが、なぜそんな風に言われたのかを尋ねると、まるでわからないという。

慶次郎は、亭主に女ができたのではないかと思った。おしんは男好きのする可愛い顔をしていたし、指のあかぎれの痕《あと》を見れば、水仕事もいとわぬ働き者であることもわかる。それでも亭主が「そんな女だとは思わなかった」と言うのであれば、難癖をつけたとしか思えない。女房に難癖をつけて追い出す理由は、女以外にない。

が、おしんは、亭主に女はいないと言いきった。実際、慶次郎が調べてみても、おしんの亭主だった男は、仲間と岡場所へ遊びに行きこそすれ、特別な関係にある女はいなかった。「女は懲《こ》りた」と、ことあるごとに言っていて、当時は後添《のちぞ》いをもらう気もなさそうに見えたのである。

「わからねえな」

と、慶次郎が言ったのは、おしんがしばしば八丁堀へ顔を見せるようになってからのことだった。

思った通り、おしんはよく働く女だった。その頃は住込の飯炊《めした》きのほかに、掃除や洗濯に通ってくる女がいたのだが、その女がいやがるほど、おしんは部屋の中をきれいに片付けた。三千代も、おしんがくると、喜んで掃除を手伝っていたようだった。

一つだけ閉口したのは、時折、おしんが「わたしは、いやな女なんでしょうか」と尋ねることだった。そんなことはないと答えていたのだが、三行半を渡されたことを気に病んでいたのはわかっていたので、「夫婦別れはどっちがわるいわけでもねえ、反《そ》りの合わねえのと一緒になっちまったんだろうよ」と、つけくわえたことがある。おしんは、うっすらと笑ったきり何も言わなかった。

おしんの足が遠のいたのはそれからだった。いい女だと言ってくれる男があらわれたのだろうと思い、慶次郎も、あえておしんをたずねて行こうとはしなかった。

一年半ぶりにおしんが八丁堀へきた時も、雨が降っていたのではなかったか。紺蛇の目も、臙脂色の裏をつけた着物の裾がからみつく白い脛も、ずっと脳裡《のうり》に焼きついていたような気がするのである。

が、あの時、慶次郎は屋敷にいなかった。おしんに会ったのは三千代だった。慶次郎は、相談をしたいことがあるから深川の料理屋へきてくれということづけを、三千代から聞いたのだった。

おしんも、その時を思い出していたのかもしれない。「わたしが旦那をおたずねする時は、いつも雨ですねえ」と言って笑った。

その笑い声を待っていたように、佐七が盆の上に湯呑みと菓子鉢をのせて入ってきた。

雨のやむようすがないなどと天候の話をしてそこへ坐《すわ》り込むつもりだったようだが、慶次郎もおしんも、相槌《あいづち》をうつだけで濡れている庭を眺めていた。さすがの佐七も居心地がわるくなったのだろう、「お邪魔様」と言って、台所へ引き上げて行った。

庭へやっていた視線をおしんに戻すと、おしんの目も慶次郎を待っていた。

深川へ行った日も、雨が降っていた。卯の花腐しと呼ばれる雨だった。

肩を濡らして部屋へ入ってきたおしんは、「幼馴染《おさななじ》みが嫁いできたところなので」と、言訳のように言った。男女のにおいがたちこめている、出合茶屋のような雰囲気のある店だった。

ただ、おしんの言訳は、雨の日に遠出をさせてしまったことに対してであったらしい。出合茶屋というところが江戸にあることさえ知らぬようで、料理屋へ上がるのもはじめてだと言っていたのである。その落着きのなさを隠すためか、妙にはしゃいでいた。おしんのふっくらとした頰を嚙《か》じりたいと言ったのは、この料理屋の亭主だった。

おしんは、かなりの酒を飲んだ。

いい加減にしろと、慶次郎は言った。頰を嚙じってやりたくなるようなあどけない容《よう》貌《ぼう》からすれば、素直に猪口《ちょこ》をふせる筈《はず》だったが、おしんは、かぶりを振って飲みつづけた。「これで話せるようになった」と言うまでに、二合半のちろりを三本も空にしたのである。

「わたし……」

と、おしんは、酒では染まらぬ頰を赤くして言った。

「あの、……好きな人がいました」

「結構なことじゃないか」

と、慶次郎は答えた。それを予想外の相談だと思った自分に、うろたえてもいた。

「所帯を持とうって言ってくれて」

「男に不審なところでもあるのかえ」

おしんは、目を伏せてかぶりを振った。

「不審なところなんて、とんでもない。両親を早く亡《な》くして、叔母に育てられたわたしには、もったいないような人でした」

「でしたってのは、うまくゆかなかったのかえ」

尋ねながら慶次郎は、「好きな人がいました」と、おしんが言ったことに気づいた。

答えるかわりに、おしんは、「どうして」と慶次郎を見た。

「どうして？　教えて下さいな、旦那《だんな》。どうしてわたしは、いつも、そんな女だとは思わなかったって言われるんですか」

所帯を持とうと言った相手は、三年前に女房を亡くした小売りの米屋だった。町の人達が百文の銭を握り、ざるをかかえてくる店である。

が、店は繁昌《はんじょう》していたし、手伝いの小僧もいた。五つと四つの男の子と、五十にならない姑《しゅうとめ》がいたが、子供はおしんになつきそうだったし、姑も「あの人ならいい」と言っていたという。

話は順調にすすみ、米屋は、祝言《しゅうげん》を上げる前からすまないが、昼間だけ店を手伝ってくれないかと頼んできた。

好きになった男の頼みであった。おしんは、二つ返事でひきうけた。

「そんな女だとは思わなかった」と言われたのは、店へ通いはじめてから十日ほどたった日のことだった。夜の五つを過ぎてからたずねてきた米屋は、おしんを外へ呼び出してそう言ったのである。

「聞いて下さいまし、旦那、もっとおとなしい女だと思っていたって言うんですよ」

おしんは、腕組みをしている慶次郎の膝《ひざ》を揺すって言った。

「そりゃ、女房でもないわたしが差し出がましい口をきいたことがあったかもしれません。それが姑となる人の気に入らなかったのかもしれません。だけど、わたしがおとなしい女だと思ったのは、向うの勘違いじゃありませんか。勝手におとなしい女だと思い込んでおいて、その女がちょいとよけいな口をきいただけで、お前《めえ》にゃがっかりさせられただなんて、あんまりです」

よけいな口をきいてしまう原因となったのは、昼めしに出した鮭《さけ》だった。こんなものはいやだと言って、長男が皿ごと畳へ放り投げ、それをおしんが叱《しか》りつけたのである。泣き出した長男を抱いて、姑は、「堪忍しておやり」と言った。

「お祖母《ばあ》ちゃんが卵を焼いてやるからね、小母《おば》ちゃんを堪忍しておやり」

呆《あき》れ返ったが、黙って台所へ立って行くつもりだった。が、ひとりごととは思えぬ声が耳に入った。

「まったく、他人の子だってのに」

腹は立たなかったが、どうしても言っておきたいことがあった。

「もうじき、わたしの子です」

おしんは、姑となる女の前に手をついて言った。

わたしの子と思うから、こうしてお願いする。子供の嫌いなものを出してしまったわたしも迂闊《うかつ》だったが、この子達も少し行儀がわるくないか。嫌いなものが出されたのなら、これは嫌いだと言葉で伝えられるように躾《しつ》けをさせてもらいたい。——

「でも、あの人は、おふくろが孫を甘やかしているのは承知だが、って言うんです」

慶次郎は、おしんから目をそらせた。口惜《くや》し涙なのだろう、嚙じってみたくなるようなふっくらとした頰は、濡《ぬ》れて光っていた。

「おふくろの方がわるいのは承知だが、お前《めえ》もそんな女だとは思わなかったって言うんですよ。わたしなら、お姑《かあ》さんの言うことを黙って聞いて、うまく子供を育ててくれると思ったって」

口惜しい——と言って、おしんは慶次郎にしがみついた。

「教えて下さいな、旦那。わたしがおとなしそうな顔をしているのは、わかっています。でも、そういう顔をした女は、人が右を見ていろと言ったら、ずっと右を見ていなけりゃいけないんですか。そうしていなけりゃ、がっかりされるんですか。おとなしい女だと、自分が見かけで判断して間違えたくせに、あんな女だとは思わなかったって町内中に触れまわって……。わたしだって、白いものを黒だと言っている人を見りゃ、それは白だって言いたくなるんですよ」

おしんの涙が、慶次郎の胸を濡らした。

その涙を拭《ふ》いてやろうと俯《うつむ》いた慶次郎の唇に、ふっと顔を上げたおしんの唇が触れた。おしんが慶次郎の肩へ手をまわした。そう思ったが、慶次郎がおしんを抱きしめたのかもしれなかった。

強くなった雨が廂《ひさし》を叩《たた》いていて、料理屋はほかに客がいないかのように静まりかえっていた。

「あれから七年ですものね」

ふいに、おしんが言った。

「あれから、どうしてた」

しばらく黙っていたせいか、慶次郎の声には痰《たん》がからまった。

「どうしてたって、働いてましたよ」

「料理屋か」

「ご明察」

そらぞらしい会話だった。慶次郎は、その直後に叔母の家から姿を消したおしんを案じて、深川へ足をはこんでいたのである。おそらくは幼馴染みの口ききだったのだろう、例の店の近くにあった料理屋で働いているのを見て、黙って引き返してきたのだ。おしんの方も、慶次郎のその姿を見ていたにちがいない。押込強盗が子供を人質にとってたてこもったり、浅草寺《せんそうじ》付近に辻斬《つじぎ》りが出るなど、江戸の町にめずらしく凶悪な事件があいついで、屋敷へ戻る暇もないほどのいそがしい日を送っているうちに、おしんの姿は深川から消えていたのだ。

「麹町《こうじまち》へ行ったんですよ」

と、おしんは言った。

「まったく知らないところだったけれど、知らないところへ行けば、いい目も出るんじゃないかと思って」

慶次郎から逃げたのだとは言わなかった。

「いい目は出たのかえ」

「少し」

おしんは、親指と人差指で、二、三分ほどの隙間《すきま》をつくってみせる。

「四丁目にある薬種《やくしゅ》問屋の大旦那が、わたしに惚《ほ》れてくれました」

おしんを育ててくれたという叔母は、手間取りの大工の女房だった。おしんがその名前を明かした薬種問屋は、とげ抜きの薬で有名な大店《おおだな》である。長屋暮らしの娘から大店の内儀では、そんな女だとは思わなかったと言われる前に、礼儀作法を知らぬの、立居振舞いに品がないのと、女中達からも陰口をきかれたことだろう。

「その人の女房になるなんて、そんなばかな真似《まね》はいたしません」

おしんは、かわいた声で笑った。

「懲りてますからね、わたしゃ」

慶次郎は、口許《くちもと》だけで笑った。少しの間、樋《とい》をつたう雨の音だけが聞えた。

「それに、どういうわけか、その人が好きになれなかったんです。――いえ、今の世の中にはめずらしいいい人で、こんな人と所帯をもてたら幸せだろうと思える人だったんですけど……どう言ったらいいのかしら」

好きではあるが、夢中にはなれないということかもしれなかった。惚れて惚れて、会えば首ったまへかじりつきたくなるような人ではなかったと、おしんも似たようなことを言った。

「でも、三年辛抱しようと思いました」

慶次郎は首をかしげた。意味がよくわからなかった。おしんはまた、かわいた声で笑って雨の音を消した。

「囲われました」

「三年の約束で――かえ」

「いいえ」

おしんは、言いにくいことをはっきり言う。

「三年たったら別れるつもりで」

返事のしようがなかった。

「呆れなすったでしょう。わたし、三年の間にお金をためて、料理屋を出そうと思ったんです」

黙っている慶次郎を見て、おしんは話しつづけた。

「はっきりそう言いましたら、薬種問屋の大旦那も呆れなすったようですけど。わたしね、旦那、着物でもこしらえろってお小遣いを渡されると、働いていた深川の料理屋へ行ったんです。だって、女将《おかみ》さんは着道楽で、その言訳に、毎度おんなじ着物でお客の前には出られないって言ってなすったんですもの」

女将のもとへは、古着屋がその着物を買いにくる。おしんは、古着屋の先まわりをして、高価なものを安く買った。

それだけではない。魚屋へも八百屋へも、店が閉まる頃に行った。売れ残りが安く手に入るからだった。恥ずかしいのを我慢して、下駄《げた》は擦り減って板のようになるまではき、足袋は糸の代金がもったいないと自分でも思うくらい、綻《ほころ》びをつくろってはいた。

よく男が愛想をつかさなかったものだと、慶次郎は言った。おしんは、首をすくめて答えた。

「三年の間、わたしはずっとおとなしい女でしたもの。大旦那が白いと言えば白い、黒いと言えば黒い。雨の日の方が気持がいいと言えば、ほんとうにその通りですって答えるんです。三年の間にお金をためると言って、大旦那をびっくりさせちまいましたからね、その分、よけいにおとなしくしていたんですけれど。──それにしても男の人って、どうして鸚鵡《おうむ》返《がえ》ししかできない女が好きなんでしょうね」

「そういうわけでもねえさ」

「旦那は、懐《ふところ》の深いお方ですもの」

おしんが慶次郎を見た。目をそらせたくはないのだが、そらさずにはいられない視線だった。

そっとおしんを見ると、おしんは、膝に置いている手を眺めていた。

「それからもう一人、薬種問屋の大旦那も」

慶次郎に負けぬ懐の深い男だというのである。ほろ苦い笑いが口許に浮かんだが、自分の手を眺めているおしんは、慶次郎を見ていない。

「だって、けちだっていう噂《うわさ》のたったわたしに、お小遣いが足りなかったのかって……。それなのに、わたしは大旦那がきなさるたびに、寝言を言う真似をしたんですよ。小さくってもいいからお店を持ちたいってね」

三年たたぬうちに、薬種問屋の主人は、惚れた弱みだと言って、いくらかの金を渡してくれたという。囲われたとたんにわざと寝小便をして呆れさせ、手切金を出させる女がいるそうだが、そんな女と変わりのないことをしたと、おしんは自嘲《じちょう》するように笑った。

「で、芝《しば》にお店を出しました。そのお金にためたお金を合わせても足りなくって、高利貸からいくらか借りましたけど」

「繁昌したのかえ」

「お蔭様《かげさま》で。借金を返せるくらいには」

借金を返してほっとして——と、おしんは言った。

「ふっと気がついてみると、そばにゃ誰もいない。もしかしたら薬種問屋の大旦那は、わたしにとって……」

おしんは、そこで言葉を切った。次の言葉に迷っているようだった。

「わたしにとって大事な人だった」とつづけるつもりだったのだろう、慶次郎はそう思った。その推測は間違いない筈だった。が、おしんは、しばらく迷ったあげく、「都合のよい人だったかもしれない」と言って笑った。

「わたしが大旦那の言うことにさからっても、思い通りに動いても、怒りなさることはなかったような気がするんです」

それからまたしばらく言葉に迷い、「森口の旦那のように」と、早口に言って笑った。

「それで、ひさしぶりに麹町へ行ってみました」

商売繁昌のもとは大旦那のお蔭と、礼を言うのを口実に、かつて自分を囲っていた男に会ったのだという。

薬種問屋の主人は、おしんがくるのを待っていたようだった。おしんの話のようすでは、彼も、慶次郎と同じ年頃らしい。同じ年頃の男として考えれば、彼はおしんと別れてから、二十なかばの『おとなしい女』に料理屋の女将がつとまるものかどうか、ずっと心配していただろう。おしんはきっと自分を頼ってくる、その時には力になってやろうと考えていたにちがいなかった。

「いい人でしょう？」

と、おしんは言った。

「わたしにゃもったいないくらい、いい人なんです。でも、わたしは、どうしてもあの人に惚れられない。この人ほどいい人にはもう会えない、わたしが頼れるのはこの人しかいないと頭でわかっていても、胸ん中じゃ、いやだ、いやだと言っているんです」

商売が面白くってたまらないと、はしゃいでみせて帰ってきたとおしんは言った。

「それから一年たってるんです」

おしんの言いたいことは見当がついた。

「惚れた男ができたって不思議はねえさ」

「やっぱり旦那《だんな》は懐が深い」

おしんの目がつややかに光った。

「惚れてもいい？」

「俺が口を出すところじゃねえだろう」

「だって、旦那だって奥様がお亡《な》くなりなすってから、ずいぶんになりなさるんでしょう？　いろんなことがおありなすったのじゃありません」

「あいにくだが」と言いかけて、七年前のことが脳裡《のうり》をよぎった。苦笑するほかはなかった。

「だから、旦那にご相談したいと思って」

「どんな男だ」

おしんは、口を閉じて慶次郎を見た。それから、「大工の棟梁《とうりよう》ですよ」と言って笑い出した。

「最初の亭主も大工でしたけど。ええ、振り出しに戻りました」

相談を口実にたずねてきたのかと思ったが、それは、慶次郎の自惚《うぬぼ》れであったようだ。

「おまけに、前のおかみさんと別れているんです。弟子に入ってきた若い人を口説いたんで、三行半《みくだりはん》を叩きつけたんですって」

その男が、おしんを前にして言った言葉が聞えてくるようだった。

ちょっといいかと言って帳場へ入ってきた男は、長火鉢を間にはさんで女将のおしんと向いあう。馴《な》れぬ正座をして、男はこう切り出したにちがいない。

俺あ、二度と女房なんざもらわねえつもりだったが——。

そのあとで、おしんが何と答えたかわからない。が、憎からず思っているようだから、火箸《ひばし》を握りしめなどして、男の次の言葉を待っていたのだろう。

男は言う。女房なんざもらわねえつもりだったが、その、何だ、お前《めえ》さんを見ているうちに気が変わった。——

我に返ると、おしんの声が聞えた。

「うちのお店へきてくれなさるようになって、もう二年になります。はじめのうちは、ただのお客様と料理屋の女将でしたけれど」

仕事で面白くないことがあったのか、めずらしく酔った棟梁が、おしんを出合茶屋へ誘ったのだという。薬種問屋の主人に会って帰ってきた数日後のことだった。気っ風《きぶ》のよい棟梁は嫌いではなかったし、誘いはむしろ嬉《うれ》しいくらいだったが、おしんは、一人で暮らす覚悟をきめていた。棟梁の方も気まぐれに誘っただけで、一夜の出来事で終るものと思っていた。

だが、その誘いが二度になり、三度になった。棟梁がおしんの店へくることも多くなった。棟梁は、『おとなしいおしん』に惚れたのだった。

「ばか」

と、慶次郎は言った。

「それじゃ、せっかく惚れてくれた男を騙《だま》しているようなものじゃねえか」

「その通りです」

おしんは横を向いた。

「でも、この人はおとなしい女が好きなのだとわかっていて、強情を張ってみたり、突《とつ》拍子《ぴょうし》もないことをしてのけたり、そんなことができますかえ。そんなことをするわたしを見て、笑い出すのは森口の旦那だけじゃありませんか」

　雨の音が聞えた。それも、長い間、聞えていた。

「間違えないで下さいまし」

　と、ようやくおしんがかすれた声で言った。

「わたしゃ棟梁に惚れているんです。だから、強情も張れば屁理屈《へりくつ》もこねる女だってことを、相手に知られるのがこわいんです。また、そんな女だとは思わなかったと言われるんじゃないかと思うと、こわくってしょうがないんです」

「だが……」

「わかってます、いつまでも猫をかぶっちゃいられないってことは。それで、わたしは一月《ひとつき》前に店を閉めちまったんです」

「棟梁から逃げ出したのか」

「追いかけてきてくれましたよ。ずいぶん探したと言ってくれました」

「それならばもう、猫をかぶっているこたあねえじゃねえか」

　おしんが慶次郎を見た。

「相手は旦那じゃないんですよ」

　慶次郎は、おしんが七年前のように、すがりついて泣くのではないかと思った。が、おしんは、涙のにじんできたらしい目頭を指先で拭《ぬぐ》うと天井を向いて笑った。

「そうだった。相手は旦那じゃないし、旦那も棟梁じゃない。旦那に相談したって、棟梁の気持はおわかりになりませんよね」

わからなかった。この美しくて賢い女に、自分の言いなりになっていてくれと言う男の気持がわからなかった。

「帰ります。とんだお邪魔をして、すみませんでした」

おしんは、帯の間を探って、懐紙にくるんだものを取り出した。

「ずいぶんお目にかからなかったものだから、わたしは今日、八丁堀へ行っちまいましたよ。三千代さんは、お亡くなりになったそうですね」

うなずいた慶次郎の前に、おしんは懐紙の包を置いた。

「びっくりしました。たいして入っちゃいませんが、お好きだった甘いものでも供えてあげて下さいまし」

おしんは、障子の陰で息をひそめているらしい佐七にも声をかけて立ち上がった。

翌日、慶次郎は、めしはちゃんと食えと言う佐七の言葉を聞き流して寮を出た。空は、今にも降り出しそうな曇り空だった。どれほど記憶の糸をたぐっても、おしんからは「芝に店を出した」としか聞いていなかった。

うろ覚えの蕎麦《そば》屋を探し当て、おしんの住まいを聞いた。が、一昨日、近所への挨拶《あいさつ》もせずにあわただしく引越して行ったという。引越先の手がかりはないかと尋ねると、蕎麦屋の亭主は、薄い笑いを浮かべて慶次郎を見た。

「行った先の心当りはありませんがね」

以前、住んでいたらしいところはわかると言った。

「芝神明前の草紙問屋、和泉屋の話をしていましたよ。芝には大分長いこと、住んでいたようで」

すぐに神明前へ出かけたが、おしんを探し当てることはできなかった。が、三島町に、大工の入っている店があった。『もりやま』というなかなか繁昌《はんじょう》している料理屋だったのだが、どういうわけか、一月《ひとつき》ほど前に女将が暖簾《のれん》をおろしてしまったのだという。女中の一人が鍋釜《なべかま》から客用の器までもらい受け、新しい店を開くそうで、出入口のようすを変えるため、昨日から大工が入ったということだった。おしんは、おそらく棟梁と別れ、『もりやま』の暖簾をおろして、浅草へ移ってきたのだろう。そして、思いがけず慶次郎に出会った。

これ以上、おしんは探さぬ方がよいのかもしれなかった。慶次郎は、大工仕事の邪魔をした詫《わ》びを言って歩き出した。

その途中で雨になり、翌日も翌々日もその雨が降りつづいた。

案内を乞《こ》う声が聞えたような気がしたのは、詰将棋の本を枕《まくら》に天井を眺めていた時だった。長火鉢でするめをあぶっていた佐七が、空耳だろうと言ったが、慶次郎は居間を出た。

先日と同じように板戸がなかば閉められていて、出入口の土間は暗かった。その隙間から、紺色の蛇の目が見えた。臙脂色《えんじいろ》の裏をつけた着物がからみつく白い足も、確かに見えた。

慶次郎は、土間へ飛び降りて板戸を開けた。

誰もいなかった。ただ細い雨が蜘蛛《くも》の糸のように光って降っていた。

「だから、空耳だって言ったじゃないか」

佐七が熱いするめを裂くことに夢中になっているのが有難かった。

再会　三　恋する人達

二、三人の遊女が、むきみ小屋へ逃げて行った。
あの女達は放っておけばよい。なにせ、襦袢《じゅばん》を羽織っただけの姿なのだ。そこから出て行きたくても、出て行けるものではない。すべてが片付いたあとで小屋をのぞき、「吉原へ行きてえか」と一言、にやりと笑ってみせればよいのである。

吉次は、隣りに立っている男を見た。客となっていた男で、羽織っている着物は裏返し、自分でもそれと気づいて、横を向いたり背を向けたり、何とかうまく着直そうと、努力しているところだった。動けば、襦袢はおろか、下着もつけていない軀《からだ》が見える。手は、その下着を握りしめていた。裸で逃げた者もいる筈《はず》で、この男は、なまじ裸では恥ずかしいと思ったばかりに、吉次に見咎《みとが》められる破目となったのだ。

岡場所には、こういうことがある。吉原のように、一夜の恋を公認された場所ではないので、時折、風紀を粛正するための嵐《あらし》が吹くのである。

遊女商売をしていた者——妓楼《ぎろう》の主人は過料《かりよう》の上、百日間の手鎖、遊女は吉原へ下げ渡される。三年の年季で働かされるのだが、吉原では、町毎《ごと》に入札をして遊女を引き取るという。女衒《ぜげん》に高い金を払うこともなく、客あしらいを教える手間もない女があずけられるのだ。吉原にしてみれば、きわめて都合のよい定めだろう。吉原の楼主にせっつかれると奉行所が腰をあげるという噂《うわさ》は、ほんとうかもしれなかった。

ただ、客に咎めはない。逃げて行こうとした客を呼びとめたのは、吉次の親切だ。客は迷惑と言うかもしれないが、吉次としては、裏返しの着物に帯も締めずに走って行く男に声をかけずにはいられない。

名前と住まいを聞き、恥ずかしい思いをせずにすんだかと数日後にたずねて行くのは、親切な吉次にとって当然の行為である。お蔭様《かげさま》で——と金を包んで出すか出さぬかは、その男の気持次第だった。

楼主が引き立てられてきた。

吉次を見ると顔をしかめ、唇を妙なかたちに尖《とが》らせた。唾《つば》を吐きかけようとしたのかもしれなかった。

が、のどもと過ぎれば熱さは忘れられるし、世の中は三日見ぬ間の桜である。昔は、隠れてこの商売をしていた者を磔《はりつけ》にしたそうだが、今は過料と手鎖であった。たちまち熱さを忘れた楼主達はふたたび商売をはじめ、一時は静かになるこの界隈《かいわい》も、三日見ぬ間の桜で、ただし散ったあとすぐに満開となる。

吉次に唾を吐きかけようとした楼主も、やがてこの地へ戻ってきて、商売をはじめる時のことを考えたのだろう。たちのわるい岡っ引への附届《つけとどけ》を忘れなければ、手入れのあることは前日に教えてもらえる。手入れの当日は、遊女達に前掛をさせ、たすきをかけさせて料理屋をよそおうとか、遊女を隠してしまうなどの方法をとり、奉行所に苦笑いをさせることもできるのだ。が、唾を吐きかけるような無礼を働けば、附届も無意味になる。吉次は、せっかくくれたものを返すような無礼は働かないし、手入れの日を教えないなどという意地悪もしないが、その日がいつであるか忘れてしまうのである。覚えていてもらうには、唾など吐きかけない方がよい。

「もう帰ってもよいでしょうか」

と言う声が聞えた。隣りに立っていた男だった。日本橋室町《むろまち》の塗物問屋の伜《せがれ》であるという。話の種にと遊びにきたところに、けいどうと呼ばれる手入れがあり、吉次に声をかけられたのだった。

無論、男は聞えぬふりをして逃げようとした。このあま——とわめいて、吉次は男に飛びかかった。

飛びかかって手を捻《ね》じ上げて、「おや、ごめんよ」と言う。吉次の親切を無視して逃げようとする男達への、いつもの仕返しだった。

「ごめんよ。遊女と間違えちまったんだよ」

もっとも、捕えてみれば六尺近くもありそうな、背の高い男だった。遊女と間違えたというのは、いくら五月の暗闇《くらやみ》の中でも、むりがあったかもしれない。それでも吉次は、

「これも何かの縁だ」と言って、男の住まいと名前を聞き出した。

「いいよ、帰《けえ》っても」

と、吉次は答えた。

「間違えて、すまなかったな」

いいえとかぶりを振ったが、男は頬をひきつらせていた。むきみ小屋へ逃げて行く遊女を追わず、海辺で着物を着なおそうとした男に声をかけ、黙っていると飛びついてきて、「捕《と》った」と叫んだ岡っ引への腹立ちを、必死で抑えているのだろう。

「俺も帰ろ」

と、吉次は言った。

が、まだ一つ、用事が残っていた。むきみ小屋へ逃げた遊女達に、吉原へ行きたいかどうかを尋ねなくてはならなかった。


雁首《がんくび》が飛んで行きそうな勢いで吐月峰《はいふき》を叩《たた》いたお六は、その煙管《きせる》を腿《もも》の上に立て、両手をのせた。妓楼の女将《おかみ》という商売が板についていると、仙八は感心した。

感心するのは、それだけではない。

お六は、今年二十四になったと言っている。それならば亭主の仙八より一つ年下だが、実際は三十九、仙八より十四も年上だった。

それが、二十七、八にしか見えないのである。さすがに仙八より年下とは誰も思わないが、ならんで坐《すわ》っていても、さほど不釣合いではない。お六を三十過ぎと見た客は、「金《かね》の草鞋《わらじ》で探したくちか」と、ひやかして帰って行った。仙八も、三十になっていると思ったのだった。

怒れなかった。このところ、仙八は、髪床の親方に「ていねいにやってくんなよ」と頼んでばかりいる。髷《まげ》にする髪の量が確実に減ってきて、髷が細くなり過ぎているのである。

冗談じゃねえやと言いそうになったのを、あわてて飲み込んで、ついでに茶も飲んだ。自分でいれた茶だが、熱かった。お六が熱い茶でなければ飲んだ気がしないというので、鉄瓶の蓋《ふた》が鳴るほど煮立っていた湯でいれたのだった。

「ばかだね」

お六が笑いころげた。亭主が目を白黒させているのに笑う奴《やつ》があるかと、仙八はなお腹立たしくなった。

だから、まだ二十五だというのに俺の髪が薄くなるのだ。おちかは十六、俺が老《ふ》けちまったら、親子のように見えちまうじゃねえか。

「何てえ顔をしてるんだよ」

お六が、雁首を煙草《たばこ》盆の縁《ふち》にかけた。仙八も煙管を持っているのだが、お構いなしに自分の方へ引き寄せてゆく。お六が煙草に火をつけたところで、仙八も雁首を煙草盆の縁にかけると、「何をするんだよ」と睨《にら》まれた。

「何をするって、俺だって煙草ぐらい吸わあな」

「およしよ。躯に毒だよ」

おちかなら、こんなことは言わない。煙草屋の娘のせいもあるが。

「それなら、お前《めえ》こそよしねえな。お前《めえ》は女だもの、毒のまわりが早《はえ》えかもしれねえ」

「有難うよ。でも、わたしゃ早く死んじまおうと思ってさ」

「ばかなことを言うねえ」

「だって」

熱《あち》——と、お六が言った。湯吞《ゆの》みの中へ、指をそっと入れたのだった。また茶殻の混じった涙を流すつもりだと、仙八は思った。

「だってさ、わたしはお前さんのお荷物だもの。お前が十五、わたしが十四の時……」

嘘《うそ》をつけ。

「わたしがお前さんに惚《ほ》れちまってさ。それからずっと、お前さんには迷惑をかけっ放しだった」

それは間違いない。

十五の時、仙八は板前の修業中だった。生家は東海道の宿場、三島の旅籠《はたご》で、旅籠には飯盛《めしもり》がいた。その一人に、仙八は口説かれたのである。お六だった。

当時のお六の名はお粂《くめ》といい、十八だと嘘をついていた。亭主がいたが、若い男と深い仲になり、駆落をする途中、小田原城下で男が倒れ、やむをえず身を沈めたらしい。しかも女衒に騙《だま》されて金を渡してもらえず、男は医者に診《み》てもらえぬまま、あの世へ旅立ってしまったという。

身の上話に嘘はなかったが、仙八は、同情した自分に腹が立つ。確かに、悲しい話であった。聞いている方までつらくなる話であった。が、話している当人が、その悲しさ、つらさに打ちのめされているかどうかは、また別の話なのだ。

女衒に騙され、どんな事情からか小田原から三島へ売り飛ばされてくる間に、お六は茶殻入りの涙を流すすべぐらいは身につけていたにちがいない。不幸せな身の上を嘆いて泣いているような女でないことは、ふたたび駆落同然に、三島から江戸へ出てきたお六を見ていればよくわかる。

「何を考えているんだよ。人の話を聞いているのかい」

お六の声が聞えた。仙八は、思わず膝《ひざ》を揃《そろ》えて坐り直した。

「でね、やっとわたしの間違いに気づいたんだよ」

声音が変わった。仙八は、気づかれぬように身震いをした。

「一昨年《おととし》、このお店を譲ってもらってから、わたしが女将なんだもの、わたしが頑張らなければばって、一所懸命働いていただろう？」

別に不平はない。この見世《みせ》は、お六一人で手に入れた。遊女として働きながら、前の楼主を籠絡《ろうらく》していたのである。女房を亡《な》くし、伜がこの商売を嫌って家を出てから気の弱くなっていた楼主は、跡継にお六を選び、妹夫婦のいる生れ故郷へ帰って行った。

「それが間違いさ。やっぱり内所《ないしょ》には、男が坐っていなくっちゃいけないんだよ」

「いいよ、俺は」

なまじそんなことになったなら、おちかに会えなくなる。お六は、それを見透かしたように言った。

「何も、朝から晩までここに坐っていろと言うわけじゃない。今までのように、好きな時に好きなところへ行ったっていいんだよ」

「俺が怠けていたように聞えるぜ」

「そんなこたあ誰も言ってやしない。ただ、今までは、わたしがあんまり出しゃばっていたような気がして」

それは、その通りだ。

「それに、わたしも年齢《とし》だろう？」

二十四じゃねえのかえ。

「ちっとばかり、くたびれちまってさ」

「隠居するってのかえ」

となれば、女将は……。

「隠居はしないけど」

何をするってんだ。まさか、見世へ出るってんじゃあるめえな。

「飯炊《めした》きでもしようかと思ってさ。慣れない仕事だから、その方がくたびれる。くたびれて、早く死ねるかもしれない。お前さんも、その方がいいだろう？　明日っから、お前さんがこの見世の亭主、わたしはただの飯炊きだよ」

「飯炊き？」

「そりゃ、うまく炊けないかもしれないけど。とにかく、お前さんを亭主としてたてたいんだよ。わたしゃただの奉公人、女達にも、お六さんと呼ばせるつもりさ」

「そんなばかな」

「何がばかだよ。お前さんをたててやろうってのに、どこに文句があるってのさ。さ、もう話は終り、終り。さっさと煙草屋の娘にでも会いに行っといで」

いつもの通りになってきたようだった。

深川八幡宮《はちまんぐう》の一の鳥居をくぐってからまもなく、どんよりと水をたたえている入堀《いりぼり》の前へ出る。堀に向って左側が山本町で、堀に沿って曲がると、すぐに表櫓《おもてやぐら》と呼ばれる岡場所があった。裏櫓は、その名の通り、表櫓の奥にある。

五月のなかば、晴れている日は暑いくらいだが、吉次は薄汚れて見える木綿を着て、懐手《ふところで》だった。入堀はここが行きどまり、流れて行く先を失って、疲れはてたように波もたてずによどんでいる水を眺めながら、右へ曲がった。先日、裏櫓の遊女屋へ、むみ小屋にいた遊女達を連れてきてやったのだった。

無論、売り飛ばしたのではない。事情のある女達だが、半年ほどあずかってやってくれぬかと、妓楼の主人に話しただけだ。

今は手鎖をかけられた上、町内預けとなっている、先日手入れをうけた越中島町《えっちゅうじまちょう》の妓楼の主人も、半年ほどたてば金を掻《か》き集めて同じ商売をはじめようとするだろう。その時がきて、以前の主人のもとへ帰りたいと思うなら帰るもよし、裏櫓に馴《な》れて、こちらへ残りたいと思うなら、主人と相談の上、そうすればよいのである。

親切な男じゃねえかと、唇を歪《ゆが》め、片頰で笑いながら裏櫓の路地へ入って行こうとすると、手拭《てぬぐ》いをかぶって走ってきた女が突き当たった。

吉次が三人の遊女をあずけたのは巴屋《ともえや》という遊女屋だが、それと軒をならべている桔《き》梗屋《きょうや》の裏口から出てきたらしい。

ついでに言えば、巴屋も桔梗屋も、そこで遊女と遊ばせてくれる見世である。二階建で、狭苦しい場所を隣りと取り合いながら建っているように見える。

が、小金はためているかもしれない。今の女は泥棒だろうかと、あまり勘の働かなかった吉次がふりかえると、「あら、親分」という声が聞えた。あずけた三人の中ではとびぬけて若い、お蝶《ちょう》の声だった。

「どうしなすったの、親分」

越中島町の岡場所へは、売られてきたばかりだったという。十八になっているのと、さほど縹緻《きりょう》がよくないのとで、吉原ではなく岡場所へ身を沈める破目になったのだろうが、抜けるほど色が白い。幼い頃から下駄屋《げたや》の子守に出たり、乾物屋の女中をしたりと、一心不乱に働きつづけてきた野暮くささが、かえって男心をくすぐるような娘だった。

「今、桔梗屋の裏口から、女が出て行ったのさ」

「ああ、あれは女将さんですよ」

と、お蝶は言った。吉次をどんな男と思っているのか、小走りに近づいてきて、耳許《みみもと》へ口を寄せようとする。

吉次はうろたえた。下っ引に低声《こごえ》で報告をうける時ですら、そんなことをされた覚えはない。どういう表情をしてよいのかわからなかったが、とりあえず、苦虫を噛《か》みつぶしたような顔をしていることにした。

「男の人に会いに行ったんですよ」

お蝶の息が耳をくすぐった。

「年下のご亭主がいるってのに」

「女将と言ったが」

気がつくと、お蝶の手が肩に触れている。背伸びをするのに、お蝶は吉次の肩を借りたらしい。

「見間違えじゃねえのかえ。ずいぶんと薄汚え恰好《かっこう》をしていたぜ」

「そうなんですよ。何があったのか知らないけど、昨日から、急にご飯を炊いたり雑巾《ぞうきん》がけをするようになって、みんなにもお六さんと呼ばせてるんですって」

「ふうん」

「ご亭《て》さんにもいい人がいるから、大喧嘩《げんか》でもしなすって、女将さんが、飯炊きでも雑巾がけでもするから勘弁してって言ったのかと思ったんだけど、喧嘩をしたのなら、ご亭さんが叩き出される筈《はず》なんですって。桔梗屋のおみねさんが、そう言ってなすった」

ご亭さんとは亭主、遊女屋の主人のことである。が、一昨年、代替わりした桔梗屋は、女主人になったと聞いている。挨拶《あいさつ》の金を持ってきたのは若い衆で、主人がなぜ挨拶にこぬのかと吉次は一瞬不愉快になったものだが、服紗包《ふくさづつみ》を持ったとたん、話のわかる女主人だと思った。話のわかる女主人には、吉次も話のわかる岡っ引となる。去年の手入れの時には、その前日に下っ引を遊びに行かせ、それとなく教えてやった。

「で、何かご用？」

お蝶が吉次を見上げた。

吉次は、あわてて横を向いた。人をねめつけたり、眺めまわしたりしたことはあっても、視線を合わせて微笑《ほほえ》んだことはない。

「越中島町のお見世が、もう開くようになったんですかえ」

「いや、そうじゃねえんだが……」

三人の遊女を呼び、「お前達《めえ》、何か忘れちゃあいねえかえ」と、薄笑いを浮かべてみせるつもりだったのだが、おかしな具合になってきた。何かが少しずつ、ずれてしまう気がするのである。長年の経験からいえば、こういう時は思いもよらぬことが起こる。引き上げた方がよいのだが、だからといって、ここで黙って引き返しては、吉次の沽券《こけん》にかかわるだろう。

「その、何だ。お前達《めえ》が何か忘れてやしねえかと思ってさ」

「越中島町のお見世に？」

子守や女中奉公をして、故郷の親兄弟に仕送りをすることしか知らなかったというが、少し知らな過ぎるのではないかと思った。

世の中には、礼というものがある。あの時は襦袢《じゅばん》一枚で逃げ出して、礼をしようにもできるわけがないとわかっていたから黙っていたが、それから十日が過ぎている。客がこなかった筈はない。

お蝶はともかく、四十に近いあとの二人は、皺《しわ》を埋めた白粉《おしろい》が剝《は》がれぬように注意しながら、悲しい身の上話をして泣いて、客から小遣いをもらったにちがいない。それを全部寄越せとは言わないが、見逃してくれたお礼と言って鼻紙にくるんで差し出すのは、世の中のきまりというものだ。

「あの時は、ほんとにびっくりしてね。忘れたって言うより、何もかも越中島町のお見世に置いてきちまって――。それを取り返しておくんなさるんですか、親分」

「そいつはむりだが」

吉次は、懐へ手を入れた。いつ誰を追って旅に出てもよいように、財布には五両の金が入っている。

「古着でも買いな」

一分金を二つお蝶の手にのせてやって、吉次は自分のしていることに目をむいた。お蝶の手の上で光っている金も、簡単に稼ぎ出したわけではない。いや、簡単と言えば簡単なのだが、人が懸命に隠していることを探し出し、それをちらつかせて収入を得るのも、疲れることとなのだ。

気にしないようにはしているものの、それでも、「あいつ、恨んでいるだろうな」と思うことがある。それを苦にして自害をはかったなどという話を聞けばなおさらだ。わるいことをしたと思ってしまう心を踏みつぶすのも、楽ではないのである。

それを、あっさりお蝶にくれてしまったのだ。

吉次はふと、女房のおみつを思い出した。おみつに惚れた頃の吉次も、懸命に人の秘密を探り出しては金を稼ぎ、その金で惜しげもなくおみつの着物や簪《かんざし》を買っていたものだった。

「帰るよ」

「待っておくんなさいな、親分」

お蝶が、驚いた顔のまま追いかけてきた。

「こんな大金、もらえません、わたし」

「取っておきな。その着物も、借金でこしらえたんだろうが」

「そうだけど――でも、知らないお人にこんな大金をもらったら、お父つぁんに……」

叱《しか》られちまうと言いかけたのを、飲み込んだらしい。ご亭さんでも女将さんでもなく、お父つぁんという言葉の出てくるところが、可愛《かわい》らしかった。

「取っておきな。一度出したものを、ひっこめられるわけがねえ」

「有難うございます、親分」

お蝶は、涙のたまった目で吉次を見つめ、もらった金は三人で分けると言った。

吉次は、黙って背を向けた。あとの二人には黙っていろという言葉が、どうしても口の外へ出てこなかった。

福松の家は、今川町にある。知った顔に会わぬよう、遠まわりをしてきたお六は、中ノ堀の中ノ橋を渡ったところで足をとめた。

手拭いをとって、乱れた髪を撫《な》でつける。空はよく晴れているが、左官の福松は、家にいる筈であった。早く言えば、仕事がないのである。

「わたしゃ、どうしてこう男運がわるいんだろう」

そう思う。

お六は、決して醜い女ではない。が、なぜか、男に縁がなかった。豆腐屋の娘だった頃は、それだけ縹緻がよいと並の男はかえって尻込《しりご》みすると、年下のいとこによく言われたものだった。

いとこの言葉は当っていた。尻込みをせず、お六を口説きに口説いた男は、金まわりこそわるくなかったが、ろくでなしの嫌われ者で、確かに並の男ではなかった。

お六の間違いは、根負けをしてその男の女房になってしまったことだろう。男は、約束を守ってくれた。男の女房でいた間、お六は金に不自由したことがない。芝居を見に行こうが、花見に出かけて留守をしようが、男は怒ったことがなかった。

亭主に背を向けて、好きなことをしていればよいと思ったのだが、その考えの何と稚《おさ》なかったことか。女の方が惚れて所帯をもつと苦労する、どんな男とでも惚れられて所帯をもつ方がいいという、友達の言葉は決して真実ではなかった。

惚れた男と暮らしたい、苦労をしてもいいから、惚れて惚れて、惚れぬいた男と暮らしたいと、どれほど思ったことだろう。それが、ざる売りとの駆落となった。

ざる売りを思い出すと、お六は今でも胸が熱くなる。あの男さえ死なずにいてくれれば――と、今でもふっと涙ぐむこともある。あの時、ざる売りは二十三、今の福松と同じ年齢《とし》だった。

お六は、撫でつけても額へこぼれてくる髪を、指先で押えたまま歩き出した。

ざる売りと福松は、やさしげな顔立ちがよく似ていた。働き者のざる売りは、朝早くから日の暮れるまで市中を売り歩いていたが、稼ぎはごくわずかだった。福松も熱心に仕事はするのだが、腕前の方はよくないらしい。働きたくても仕事をもらえないことが、時折あるようだった。似なくてもよいのに、まじめで貧乏というところまでよく似ていた。

長屋の路地へ飛び込んで、左側二軒めの戸を叩く。「おかみさん？」という声が聞え、律儀に土間へおりてきた足音が聞えた。心張棒などおろしていないのに、中から戸を開けて、お六を入れてくれるのである。福松が戸を閉めるのを待って、お六は福松の胸にすがりついた。仙八とは二つしかちがわぬのだが、仙八にはなくなりかけている若い男のにおいがした。

「とにかく、上がって下さいよ」

と、福松は、お六が胸に埋ずめていた顔を上げるのを待って言った。

「ひさしぶり」

お六は、やさしげな顔立ちを、うっとりと見上げた。やさしげな顔立ちは、「一昨日《おとつい》会ったじゃありませんか」と、薄情なことを言った。

「一日千秋《せんしゅう》の思いっていうじゃないか。一日会わなければ、千年も会わないような気がするっていうんだよ。知らないのかえ」

「知りません」

拍子抜けして、お六は話題を変えた。

「浮気はしなかったかえ」

「するわけないじゃありませんか、お金がないんだもの」

「いい子」

お六は、福松の頬を撫でた。

「おみやげがあるんだよ」

「でも、俺、結城《ゆうき》の紬《つむぎ》なんぞをもらっても、着て行くとこがないし……」

「そんなもの、もう持ってこやしないよ」

福松より先に、お六は座敷へ上がった。

福松は、草履を揃《そろ》えて上がってくる。坐《すわ》るのを待って、その膝《ひざ》の前に、懐へ押し込んできた財布を置いた。

福松は、いぶかしそうな目でお六を見た。

「この間、話したじゃないか」

と、お六は言った。

「覚えてないのかえ。うちのお金を少しずつ、そっと持ってくるって」

「覚えてますけど、そんなことをしなすったら、ご亭主が……」

「いいんだって言っただろう？　うちにためておいたら、手入れがあった時に奉行所へ持って行かれちまう。女達に恨まれながら、稼げ稼げって尻を叩《たた》いてさ、やっとためた金を、気まぐれな手入れで持って行かれてたまるかってんだ」

「それは、わかりますが」

「だったら、黙ってあずかっといておくれ。いずれ、お前と所帯をもつ時に役立つよ」

福松が俯《うつむ》いた。知りたいことがあるのだが、尋ねてよいものかどうか、ためらっているようだった。

「何だえ。お前とわたしの仲じゃないか。遠慮をすることたあない」

あの——と、福松は、おそるおそる口を開いた。

「女将《おかみ》さん、鎌倉へ行きなさるんですかえ」

「鎌倉？」

「縁切寺へ。ご亭主と別れるために」

「いやだよ」

お六は、身震いして答えた。

「縁切寺へ入ったら、何やかやとお調べやら手続きやらがあって、すぐには出てこられないじゃないか。わたしゃもう三十……じゃなかった二十四だよ。一月《ひとつき》たてば、一月だけ年齢《とし》をとっちまう。いやなこった」

「でも……」

女から離縁状を渡した話など、聞いたことがない。

「だからさ」

と、お六は言った。

「あいつを主人にしたんじゃないか。今のわたしは、ただの奉公人だよ。お前には話したけど、わたしの昔の亭主は大根河岸《だいこんがし》の吉次といってね、そりゃいやな岡っ引だった。附届《つけとどけ》を送らなければ、吉次は吉原の誰かを突ついて、手入れをさせるようにしむけるよ」

　福松は口を閉じた。

「あいつは捕えられて、百日間の手鎖、町内預けになる。ただでさえ煙草屋《たばこや》の娘と一緒になりたくって仕方がないんだ、町内預けで懲《こ》りりゃ、遊女屋なんざいやだって言い出すよ。その時に、三行半《みくだりはん》を書いてもらえばいい。あいつが遊女屋をやめるのだから、こっちの手には、桔梗屋とお前にあずけたお金が残る。あまり威張れた商売ではないが、食いっぱぐれはないよ」

　福松が、また俯いた。仙八に百日間手鎖の苦痛をあじわわせるのも、遊女屋の亭主になるのもいやだと言いたいのだろう。が、先日、お六は福松に、左官としての行末に見込がないことを、じっくりと話してやった。自分でもそう思っていたところだけに、なおさら不安になったようだ。

「これを見な」

　お六は、財布をさかさまにした。金色やら銀色やら、大きいのやら小さいのやら、このために身を売った人や死を考えた人の、いや、すべての人達に数々の恨みをいだかせているものが、音をたててこぼれ出た。

「そりゃね、百日間の手鎖は楽じゃないよ。寝床へ入ったって眠れたものじゃないそうだし、気軽に厠《かわや》へも行けないそうだ。軀《からだ》の具合をわるくした者も、一人や二人じゃない。

それでも、無事に手鎖をはずしてもらった者は、またこの商売に戻るんだよ。それだけ儲《もう》かるんだ」

「でも……」

「じれったいね。この前も言ったじゃないか、儲けるだけ儲けたら、前の桔梗屋の亭主のように、すっぱりやめちまおうって。根岸でも向島でも、お前の好きなところへ行って、のんびり暮らそうよ」

そう言いながら、お六は、そんな日のくるわけがないような気がした。

この次の手入れがある前に、福松が心変わりしているかもしれないし、福松に飽き足らぬ自分が、別の男を見つけているかもしれないのである。

あの人が生きていてくれたらね。

貧乏でも幸せだったにちがいないと思う。が、人は、あの男が死んでいるからそう思うのだと言うだろう。あの男が生きていればお六はあの男に不満をいだき、今と同じことをしていた筈と嗤《わら》うだろう。

そんなこたあない。

お六は、あの男に惚《ほ》れた。目の前にいる福松はあの男によく似ているし、仙八も、痩《や》せていた二十一、二までは、あの男を思い出させるような表情をする時があった。

でも、二十三で死んじまったんだよねえ、あの人は。

生きている男は年齢《とし》をとる。年齢をとって、あの男の面影などなくなってしまう。その上、お六だっていつまでも二十一ではいられない。気がつけば、四十の坂が目の前に迫っているのだった。

巴屋の女将は、上機嫌で吉次を二階へ上げてくれた。客を遊ばせる座敷だった。すぐにお蝶が入ってきて、若い衆が酒と料理をはこんでくる。「線香は立てておりませんので」と言って、階段を降りて行った。

岡場所は、客が上がると線香に火をつける。その火の消えるまでが、遊んでゆける時間なのである。

遊び足りなければ、線香を追加しなければならない。無論、代金も追加となる。若い衆は、そんなことを考えずにゆっくりしてくれと言ったのだ。見世一同、吉次がお蝶と遊ぶことを目的にあらわれた、と思ったのかもしれなかった。

まったくの誤解ではないが、これで吉次の弱みを握ったと、帳場で大喜びをしていると思えば癪《しゃく》に障《さわ》る。第一、お蝶がその気になっているのにも弱りはてた。

お蝶は十八、吉次は五十過ぎに見えるが実は四十五で、それでも親子以上に年齢がちがう。六十の隠居がくることもないではないだろうが、それはただの遊びだ。吉次は、

――多少、本気なのである。

この本気が間違いのもと、礼金を巻き上げるつもりが二分も渡してしまうし、見世が気をきかして二階へ案内してくれても、お蝶が横たわっている床へ入ってゆくことができないのである。

女など信用していないし、好きでもないが、抱きたくないことはない。吉原や岡場所へ出かけたこともあるし、そういう商売の女の家を訪れたこともある。言うまでもないことだが、十手をちらつかせて上がるのだ。が、それは、ただ女を抱きに行った時の話で……いや、さっきも十手をちらつかせてしまったな……その、何だ、お蝶を抱こうという気はこれっぽっちもなかったものだから……でも、少しはあったかもしれないと、吉次の胸のうちは、しどろもどろになっているのだった。

「親分、何をしていなさるんですよ」

赤い派手な夜具の上で、お蝶が呼んでいる。吉次は、苦りきった顔でかぶりを振った。

「俺あ、そんなことできたんじゃねえ」

「それじゃ何をしにきなすったの」

「お調べだ」

お蝶は床の上で目を丸くしたが、吉次も自分の言葉に驚いて目をしばたたいた。

「何のお調べ？」

「ええと、その、この前、隣りの女将が女中になったと言っただろう。何か、たくらんでいるのじゃねえかと思ってさ」

吉次は、もう一度自分の言葉に目をしばたたいた。だから、女は困ると思った。お蝶のことが頭にあったため、勘が鈍っていたのである。

先日突き当った女は、桔梗屋の女主人だという。手拭《てぬぐ》いをかぶっていてよく顔が見えなかったが、身のこなしに色気があった。かねてから耳にしている噂《うわさ》も、若づくりが気になるものの、いい女だとのことだった。しかも、年下の亭主は、女将に頭が上がらないらしい。長火鉢に寄りかかって、煙草をくゆらせていられるものを、何を好きこのんでどぶ鼠色《ねずみいろ》の着物を着、へっついの前に蹲《うずくま》る気になったのだろうか。

「帰《けえ》るよ」

吉次は、お蝶の肩を叩いて立ち上がった。

「お前《めえ》が気に入らなかったのじゃねえよ。ちょいと用事を思い出したのだ。女将さんには俺がわけを話してゆくから、今日はゆっくり休んでいねえ」

客をひきとめる手管《てくだ》が身についていないのか、お蝶は、呆然《ぼうぜん》と吉次を見た。

可愛《かわ》いかった。女は信用できないが、この娘にならト遣いをやってもよいと、ちらと思った。

「わたし、遊女屋の女将さんになる気はありませんからね」

と、おちかが言った。

「どうして桔梗屋の主人なんぞに、おさまっちまいなすったんですよ」

赤い鳥居の奥、稲荷《いなり》社の前だった。仙八は、油揚を放り出すように供えて、おちかを
ふりかえった。

「ていうことは、おちかちゃん、俺の女房になってくれる気になったのかえ」

「仙八さんが、料理屋の亭主になるっていうならね」

「なるともさ。俺あ、昔はその気で修業をしていたんだ」

「ほんと？」

「ほんとうさ。お六にさえ会わなけりゃ、三島でいい板前になっていたかもしれねえ。

——が、おちかちゃんの方はどうなんだえ。お前《めえ》は、勇助ってえ板前と……」

「あんな人、大っ嫌い。女を見る目がないんですもの。そんな人に、いいお料理のつく
れるわけがない」

そうだ、そうだと相槌《あいづち》を打つ背に冷汗が流れた。お六と夫婦になった仙八も、まるで
女を見る目がない。

「勇さん、おかみさんをもらってお店を出すっていうけど、すぐにつぶれちまうにきまってる」

そうだ、そうだと言う声が小さくなった。

「ねえ、約束よ。ほんとに、お店を出しておくんなさいね。それも、平清《ひらせい》のように、唄《うた》にうたわれるようなお店でなくっちゃいやですからね」

「わかったよ。それくらいの金はためている。明日っからでも、店は出せらあ」

と言ったが、金はお六が握っている。半分は俺のものだと言ったところで、お六がうなずく筈《はず》はない。三行半を叩きつけたところで、追い出されるのは仙八だ。金の入った袋とお六は、桔梗屋に残る。お六を殺しでもしないかぎり、一文も仙八の手には入らないのである。

困った——と唇を噛《か》んだところで、ふっと脳裡《のうり》に浮かんできたのが、巴屋であずかることになった遊女の顔だった。

彼女達がいた越中島町の妓楼は、手入れをうけたというではないか。

この手があると、仙八は思った。

お六を桔梗屋の女将に戻して、仙八が飯炊《めした》きになればよいのである。そして、岡っ引の家へ、不埒《ふらち》な桔梗屋に手入れをしてくれという投げ文をする。手入れがあれば、遊女屋の主人は過料を申し付けられ、百日間の手鎖をかけられて町内預けとなる。その間に、お六が隠した金を探し出せばよい。

頭の上をおおっていた雲が晴れたような気がした。

「一緒になろうな、おちかちゃん」

が、落着いて考えてみれば、仙八はまた、ほかの男に心を寄せていた女と一緒になろうとしているのだった。


お六に福松という男のいることは、すぐにわかった。仙八が、おちかという煙草屋の娘に惚れていることもわかったが、お六はおちかの存在に、早くから気づいていたらしい。しかも、下っ引が桔梗屋に上がって調べてきたところによると、今度は仙八が飯炊きになると言い出したのだそうだ。

面白え。

吉次は、片頬で笑った。

双方に、好きな相手がいるのである。何をたくらんでいるのかはわからなかったが、目的は桔梗屋が稼ぎ出した金であることは間違いなかった。

「もっと探りを入れてみようか」

近頃、これほどうまい話はない。桔梗屋の夫婦にそれぞれたくらんでいることがあるならば、吉次が十手を見せただけでなにがしかの金は包む筈だし、尻尾《しっぽ》をつかめば、当人を脅しても、相手に教えてやっても、相当な金が手に入るにちがいなかった。

お蝶の顔が目の前を通り過ぎて、吉次は山本町へ足を向けた。

入堀に沿って右へ曲がり、表櫓《おもてやぐら》の入口を通り過ぎる。

その声は、裏櫓への一劃《いっかく》へ入ったところから聞えていたが、桔梗屋の前に立つと、いっそう大きくなった。夫婦喧嘩《げんか》らしい、男と女が罵《ののし》りあう声だった。

「ごめんよ」

吉次は、十手の先で出入口の戸を開けた。客がきたと思ったのかもしれない。鼻紙にくるんだ金を持って、若い衆が帳場から飛び出してきた。近くで一杯飲んでいてくれと言うつもりだったのだろう。が、吉次の顔を見て、あわてて帳場へ戻って行った。

大根河岸の親分がきなすったと言っているが、喧嘩をしている夫婦には聞えないようだった。吉次は、遠慮をせずに上がって行った。

「ごめんよ。何をたくらんでいるか、お互《たげ》えに……」

吉次の言葉は、そこで途切れた。帳場の真中には、おみつがいた。それも、ざる売りを太らせたような男の胸倉をつかんで立っていた。

「お前……さん……」

おみつは、凍りついたように動かなくなった。

「何の……何の用だよ」

町内一の縹緻《きりょう》よしと言われた頃のおみつや、祝言《しゅうげん》をあげた夜に泣き出したおみつ、酒の燗《かん》をつけて吉次の帰りを待っていたおみつなどが、一時《いちどき》に脳裡へ浮かんだ。働き者だったが稼ぎの少なかったざる売りのことも、おみつに逃げられたあとの惨《みじ》めさも、同時に思い出した。吉次の記憶にあるおみつは、世間知らずの可愛い女だった。

そのおみつが、遊女屋の女主人になっていた。それも、年下の亭主を尻《しり》に敷いているすれっからしという評判の……。

気がつくと、その亭主も、若い衆も、鑓手《やりて》の女も、吉次を見つめていた。遊女達のものにちがいない視線も、背中に突き刺さっていた。大根河岸の吉次、蝮《まむし》の吉次が、うろたえたようすを見せてはならなかった。

「桔梗屋の女将がお前《めえ》とは思わなかったな」

おみつは横を向いた。そのうしろへまわって、男が腰をおろした。ざる売り同様に、気の小さい男のようだった。

「俺あ、昔っから親切な男でね。お前《めえ》さん達に、それぞれ深い仲のお相手がいるってことを教えにきてやったんだ」

「知ってるよ、そんなこたあ」

知らなかったという声が聞えた。おみつの亭主の声だった。男はつづけて、お前に男がいたことも、大根河岸の親分がお前の亭主だったことも知らなかったと言った。老《ふ》けて見えるが、当時のざる売りに近い年齢《とし》かもしれないと、吉次は思った。

「それじゃあ——」

と、吉次は笑ってみせた。先日の手入れの光景が、脳裡をよぎって行った。

「手前《てめえ》が奉公人になって、見世に手入れをさせ、相手を町内預けにしちまおうとたくらんでいたのは、知ってるかえ」

越中島町の妓楼の主人が百日の手鎖で軀の具合がわるくなったと聞き、それから考えついたでまかせであった。が、誰からそんなことを聞いたと、亭主がわめいた。福松が言いつけたのかと、負けずにおみつも叫んでいた。

吉次は口を閉じた。お互いに、相手が百日の手鎖で弱るのを待つつもりであったようだった。

ばかが——。

吉次は、口許《くちもと》だけで笑った。

が、それを人が変わったようなおみつに言ったのか、いまだにおみつは世間知らずな女と思い込んでいた自分自身に言ったのか、よくわからなかった。

「俺がなぜ、そんなことを教えにきたのか、お前《めえ》が一番よく知ってるだろう」

吉次は、十手の先を眺めて見せた。吉次は、昔から蝮の異名がある男だった。

「わかっているけど、ここにはないよ」

と、おみつが言った。

亭主がおみつを見た。おみつは、かつての亭主を見て、大声で笑った。

「福松か」

「よく知ってるじゃないか」

「さっさと誰かを取りにやらせな」

「金を渡さないうちは引き上げないだろうから、取りに行かせるけどね」

おみつは、笑いつづけていた。

「巴屋の女将さんから聞いたよ。お蝶にのぼせあがってるんだって？」

吉次は口を閉じた。

「わるいことは言わないから、あの子はおやめ。どこがいいのか、いい客のつく子でね、世間ずれのしてないようすを見せて稼いでいるんだとさ。お前さんが身請けしても、すぐにどこかの男と逃げてしまうよ」

吉次は、横を向いて黙っていた。俺はお前の一件から、女は信用していないのだと思った。

が、それにしても、早くどこかの縄暖簾《なわのれん》へ飛び込んで、前後不覚になるほど酔ってしまいたかった。

「慶次郎縁側日記」、なんとか映像化したいなァ。

寺田　農

役者という商売柄か、小説を読む楽しみの一つに、映像化した時の登場人物のキャスティングを頭に浮かべながら読むということがある。当然のことながら、その主人公役はいつもわたし自身なのだが……。

だから、時代の背景、また舞台となる町の雰囲気、匂《にお》いなどがわたしにとってはたいへん重要な要素になる。面白い小説であればあるほどその度合いは深い。そのせいか、自分の気持ちとの一体感がないと、つまらなくて興味が持てなくなる。そこに描かれている世界を、自分がどれだけ想像できるか、ということなのだろう。小説を読むのが好きなわりに、ＳＦ物をあまり好きになれないのも、そんなことと関係しているのかもしれない。わたしは別に火星人を演じたいとは思わない。

よく言われることだが、北原さんの作品は非常に映像的である。こんなことを申し上げると北原さんに怒られそうだが、この『再会』でも、収められている作品すべてについて、まるで非常に優れたドラマのシナリオを読んでいるような錯覚を覚える。一場面、一場面がそのまま、映像として浮かび上がってくるのである。

普通のシナリオは、たとえそれがどんなに優れたものでも、あくまでも映像化するための叩《たた》き台《だい》であるに過ぎない。文字に書かれた世界を立体化させていく作業、それが映像化だ。ところが、北原さんの世界は、文字に書かれたものでありながら、すでに立体化、完成されている。映像の世界になっているのだ。

ここまで完成された作品を、映像化するのは逆に大変なことである。舞台になる町の情景、そのとき気温は高いのか低いのか、晴れているのか、菜種梅雨のような雨が降っているのか――。すべてが計算し尽くされている。登場人物の着物の素材、柄、小道具などのひとつひとつにいたるまでが完璧《かんぺき》に描かれており、どれかひとつをおろそかにしても世界が成り立たなくなる。

映像とは「光」と「翳《かげ》」の世界であると、言い換えることも出来る。

この「光」と「翳」が、北原さんの作品では効いている。

先日と同じように板戸がなかば閉められていて、出入口の土間は暗かった。

その隙間から、紺色の蛇の目が見えた。臙脂色《えんじいろ》の裏をつけた着物がからみつく白い足も、確かに見えた。（「再会　二一　卯《う》の花《はな》の雨」）

夕焼けの庭に、卯之吉が傘を干していた。（中略）
「ふうん。夕焼けの傘ってのは、きれいなものだな。庭に大きな花が咲いたようだ」
（中略）傘に残っている雨の雫《しずく》が、糸を引くように地面へ落ちて行った。（「花の露」）

「光」と「翳」が、すでに芝居をしているのだ。

すべての情景、情感がそこにはこめられている。


わたしは、北原さんの幕切れが好きだ。特に最後の一行がいい。

女はこわいと呟《つぶや》いたのが、辰吉の耳に入らなかったのは幸いだった。（「八百屋お七」）

「会えてよかった。ほんとうにいい日だぜ、今日は」

そんな源三郎の声が聞えたような気がした。（「最良の日」）

吉次は肩をそびやかした。その衿首《えりくび》を、日本橋川からのつめたい風が触れて行った。

（「晩秋」）

佐七が熱いするめを裂くことに夢中になっているのが有難かった。（「再会　二　卯の花の雨」）

泣けるほどにいい。わたしはこういう切ないのに弱い。

最近の小説で私が不満を感じるのは、すべてを読み手に語りかけてくるモノ、ねぇねぇそう思わない、そうでしょと無理強いするヤツである。共感出来たら出来たで、そんなと云われる迄《まで》もないと思うし、共感できなければ、ただ反感を覚えるだけである。安手のテレビドラマのように分りやす過ぎるほどに説明してくれて、「ねぇ、そうでしょ」と云われても困るのだ。

北原さんは、読み手に無理強いをしない。かといって突き放しもしない。自らに語りかけているのである。後は、読み手がその物語をどう感じてどう受け止めるか。よくあるように、「幕切れに余韻が残る」などと軽々に言えるものではない。

「慶次郎」シリーズは、優れたハードボイルド小説でもある。

もちろん異論はおありだろうが、昔からわたしは「すぐれたハードボイルド小説は哲学である」と思っている。登場人物に託された作者の思想、哲学が物語を紡《つむ》いでいくのである。乱暴を承知で云えば、山本周五郎はわが国の数少ないハードボイルドの書き手なのだと思えるし、もっとわたし流に云えば、辻邦生《つじくにお》の『春の戴冠《たいかん》』だって読みようによっては立派なハードボイルド小説なのである。「慶次郎」の登場人物は、それぞれが哲学を持っている。しかも今ではとんとお目にかかることのない、こまやかな人情というやつと共に。北原さんの作品を映像化するについて有難いのは、シナリオ構成を原作通りにすればいいことである。出だしから幕切れまで、すべて原作のままでいい。だが、登場人物の哲学までを映像化するのは、至難の業だ。

シナリオを作る上で、もうひとつ素晴らしいのは、台詞《せりふ》を原作そのままで使えることである。

こう云っては何だが、台詞のうまい脚本家というのも数少ないのである。なんでもかんでもすべて台詞で説明してしまう。ラジオドラマかと思うほどに喋《しゃべ》りすぎる。おかげで画面を観《み》ていなくてもすべてが分かる。「それは芝居で見せるところだろう」と思うのまで台詞で説明してしまうから、役者の芝居のしどころがないのだ。役者の芝居がひどいから台詞で分からせようとするのかもしれないし、どちらがひどいのかはよく分からない。おそらくは、どっちもひどいのだろう——。

北原さんの台詞は男も女もいい。

「俺……、思ってたより、いい人に出会ってるんだ……」（「花の露」）

幸運なんてものは、そう簡単にゃこねえんだよ。（「晩秋」）

「（略）お前も口惜《くや》しがって、俺に飛びかかってくるかもしれない。明りの中では、そういう喧嘩《けんか》もできるんだよ」（「あかり」）

「ごめんよ」
と、おもんの声は言う。
「どの男もつまらないんだもの。それが兄さんのせいだとは言わないけど」（中略）
「その通りでさ。そんなことを言う女じゃあない。ないが、そんなことをする女だったんでさ。好きな男は、ほかにいやがったんだ」（「再会　一　秘密」）

「有難うございますが、大丈夫。わたしゃ糊《のり》づけの人間じゃございませんから、ちっとばかり雨に濡《ぬ》れたって剝《は》がれてこわれやしませんよ」（「再会　二　卯の花の雨」）

こんな台詞は、なまじの役者には言えない。それでなくてもイイ台詞というのは、役者がその台詞に酔ってしまいがちになる。感情こめて言えば言うほど、ただ重くクサくなるだけだし、かといってサラッと言うだけでは、味も何もなくなってしまう。
役者泣かせなのである。しかし、ここまでこなれていると、役者としては実に覚えやすい。わたしの業界では、会話にすらならないお粗末な台詞ばかりの脚本だって珍しいことではない。そんな台詞を無理やり覚えさせられて、なお観客を感動させようなんて、どだい無理な注文なのだ。

これはわたしのまったくの想像だが、北原さんはお書きになっている時に、きっとご自分で声に出しておられるに違いない。でなければこんなにも無駄のない台詞が出てくるわけがない。この台詞を一番うまく言えるのは、他ならぬ北原さんご自身ではないだろうか。

聞くところによると、北原さんは原稿を何度も何度も書き直されるのだという。校正刷りになってからもなお、納得がいくまで用紙が真っ赤になるほどの直しをされるそうだ。これらは、そうして熟成された台詞なのである。

北原さんの文章はホドがいい。

身の程のホドである。どんな対象も必要最小限にしかお書きにならない。その人間の持つ深い悲しみや苦しみも、大きな喜びですら大げさではない。過ぎるということがない。つまり、江戸前なのだ。その恥じらいのようなものが、「慶次郎」の世界に活《い》きている。北原さんご自身、新橋生まれ。さらには四代以上にも遡《さかのぼ》ることのできる、生粋《きっすい》の「江戸前」でおられることも、無関係ではないだろう。

匠《たくみ》の手にかかった上質な漆器の味わい。決して陶磁器のそれではない。掌に包み込まれた深い味わいと重みがゆっくりと心の中に染み込んでいく……。北原さんの作品を読むたびに感じるこんな思いも、実はそのあたりにあるのかもしれない。

問題は、配役である。

北原さんの世界には主人公の慶次郎を筆頭に、魅力ある人物が数多く登場してくる。それぞれが色々な過去を背負った一筋縄ではいかない人物ばかり。しかも、間違ってもその胸の内を言葉に出して説明してくれるようなタイプではない。

だからこそ、演じる役者の技量が問われる。芝居が出来る役者でないと務まらない。わたしが空想上ですべての人物を、女ですらも演じているつもりになっているのとは、わけが違うのだ。

主人公の慶次郎。作中の年齢は四十九歳。しかし、すでに現役を引退しているから、現在の感じでは六十歳前後か。薪割《まきわ》り姿が似合うのがいい。着物姿で走る格好が良くて、「罪を犯させぬことこそ町方の役目」「仏の慶次郎」と呼ばれるほどの大きな包容力も持ち合わせてなければならない。

（略）おしんの涙が、慶次郎の胸を濡らした。

その涙を拭《ふ》いてやろうと俯《うつむ》いた慶次郎の唇に、ふっと顔を上げたおしんの唇が触れた。

おしんが慶次郎の肩へ手をまわした。そう思ったが、慶次郎がおしんを抱きしめたのかもしれなかった。(「再会　二　卯の花の雨」)

こんな色気も持っていなければならない。色気があれば妙にギラついて、渋ければただ枯れているだけ。渋くて、色気がある、こういう役者がいなくなった。

慶次郎の脇《わき》にあって、際立《きわだ》っているのが蝮《まむし》の吉次。五十過ぎに見える四十五歳。実際には慶次郎よりすこし老《ふ》けているくらいがいい。

幸運なんてものは、そう簡単にゃこねえんだよ。

吉次は肩をそびやかした。その衿首を、日本橋川からのつめたい風が触れて行った。

(「晩秋」)

つめたい風が似合う。

虚無、悔恨、絶望そのすべてが立っているだけでわかる。

まさしくこのまんまが、絵になる。任《ニン》だねェ——こう呼べる役者もいなくなった。

そして佐七、辰吉などなど、どの人物をとっても役者が足りない。男に比べればまだ皐《さ》月《つき》や「秘密」のおもん、「卯の花の雨」のおしんなど、ひょっとすればいい女優が見つかるかもしれない。しかし女優はわがままだから、これまた難しい。やはり映像化は、わたしの空想のなかに留めるしかないのか……。

撮影・佐藤慎吾

実をいうと、わたしは一度、慶次郎を演じている。舞台は、「小説新潮」。北原さんが慶次郎を連載しておられる小説誌である。その二〇〇一年三月号「北原亞以子特集」に、慶次郎の舞台を歩く、という実に魅惑的な企画があり、なんとわたしが憧《あこが》れの慶次郎に扮《ふん》し、根岸散歩としゃれ込んだわけである（写真）。慶次郎が小さな三千代を連れてきた円光寺、御行《おぎょう》の松、三島神社、千手院《せんじゅいん》……慶次郎が暮らした根岸の面影が、そこかしこに残っており、「そのまんまロケに使えるじゃないか」と喜んだのだが――。
なんとかならないもんですかねェ。

（二〇〇一年九月、俳優）

この作品は平成十一年五月新潮社より刊行された。

再《さい》　会《かい》

慶次郎縁側日記

新潮文庫　き－13－5

平成十三年十一月一日発行
平成十六年九月十日九刷

著者　北《きた》原《はら》亜《あ》以《い》子《こ》

発行者　佐藤隆信

発行所　株式会社新潮社

郵便番号　一六二—八七一一
東京都新宿区矢来町七一
電話　編集部(〇三)三二六六—五四四〇
　　　読者係(〇三)三二六六—五一一一
http://www.shinchosha.co.jp

価格はカバーに表示してあります。

乱丁・落丁本は、ご面倒ですが小社読者係宛ご送付ください。送料小社負担にてお取替えいたします。

印刷・大日本印刷株式会社　製本・株式会社大進堂

ISBN4-10-141415-7 C0193